ULI PAULUS

Schattengott

KRIMINALROMAN

emons:

Bibliografische Information der Deutschen Nationalbibliothek
Die Deutsche Nationalbibliothek verzeichnet diese Publikation in der Deutschen Nationalbibliografie; detaillierte bibliografische Daten sind im Internet über http://dnb.d-nb.de abrufbar.

FSC www.fsc.org
MIX
Papier aus verantwortungsvollen Quellen
FSC® C083411

Umschlagfoto: Uli Paulus
Umschlaggestaltung: Tobias Doetsch
Druck und Bindung: CPI – Clausen & Bosse, Leck
Printed in Germany 2012
ISBN 978-3-89705-970-2
Originalausgabe

Teil 1

«Da werden Stiere niedersinken,
und ihr Land wird trunken werden von Blut,
denn es kommt der Tag der Rache.»
Jesaja, 34,7

1

Als die gusseiserne Glocke im Windfang läutete, war Sabina Lindemann gerade im Hund. Sicher war es Agi, die wie jeden Morgen die Zeitung ans Haus brachte. Sabina beendete die Yogaübung, zog ihre Pantoffeln an und ging zur Tür. Auf der alten Holzbank unter dem Fenster lag die Montagsausgabe der Südostschweiz. Sie nahm die Zeitung, blickte über das Schamsertal und atmete in tiefen Zügen die kühle, reine Luft ein. Der Himmel über den Bergen war wolkenlos blau, die Gipfel strahlten in polarem Weiss.

Mit einer grossen Tasse Milchkaffee setzte sie sich in die Stube und blätterte in der Zeitung. Übers Wochenende waren drei Skibergsteiger bei einem Lawinenabgang in Graubünden verunglückt. Alle tot. Gerade jetzt im Frühjahr, wenn der Schnee feuchter wurde, brachen immer wieder Gleitschneelawinen ab. Man musste höllisch aufpassen.

Sabina nahm einen Schluck Kaffee und schlug die Seite um. Im Lokalteil fürs Domleschg und das Schams blieb sie an einer Meldung hängen, die ein Polizeikollege aus der Pressestelle verfasst haben musste: «Junge Frau aus Reischen vermisst. Die Kantonspolizei Graubünden fahndet seit dem Wochenende nach der Auszubildenden Katharina Jakobs aus Reischen am Hinterrhein. Die Achtzehnjährige arbeitet bei der Graubündner Kantonalbank in Thusis. Zum Zeitpunkt ihres Verschwindens trug sie vermutlich einen grauen Hosenanzug und hatte eine schwarze Ledertasche bei sich. Sie ist 1,67 m gross, hat lange braune Haare und graublaue Augen. Zuletzt gesehen wurde sie am vergangenen Freitag gegen fünfzehn Uhr dreissig in Thusis. Die Polizei bittet um sachdienliche Hinweise …»

Könnte was für uns werden, dachte Sabina und faltete die Zeitung zusammen. Sie blickte aus dem Fenster. Auf der anderen Talseite lag weit unter dem Muttner Horn das Dörfchen Reischen mit seinen gerade mal fünfzig Einwohnern. Es war ungewöhnlich, dass aus einer derart kleinen Ortschaft jemand spurlos verschwand. Sie trank den letzten Schluck, stellte die Tasse in die Küche und packte ihre Sachen. Bis zur Kantonspolizei in Chur war sie gut eine halbe Stunde unterwegs.

«Was sagen die Eltern?», fragte Malfazi, der erst um halb zehn zur Arbeit erschienen war.

«Sie haben wohl nichts Besonderes bemerkt», antwortete Sabina. «Katharina hat am Freitag gegen sieben Uhr das Haus verlassen und ist wie immer zum Bus gegangen. Gegen acht ist sie in der Arbeit erschienen.»

«Und auf der Bank? Ist den Kollegen etwas aufgefallen? Hat sich das Mädchen irgendwie sonderbar verhalten?»

«Ein Disput mit einem deutschen Touristen, der sich beschwert hat, weil seine EC-Karte am Automaten nicht funktionierte.»

«Hat jemand den Touristen überprüft?»

«Bisher nicht», sagte Sabina. «Die Thusner kämpfen mit einer Grippewelle. Deswegen übernehmen wir ja die Sache.»

«Müssen wir uns jetzt um jeden Dreck kümmern?» Malfazi fuhr sich durch seine dunklen, gegelten Haare. Der Montagmorgen war seine Sache nicht. Er verliess das Büro mit einem Fluch, von dem nur das finale «huara seich» im Raum hängen blieb. Sabina und ihr älterer Kollege Thomas Heini grinsten sich an.

«Der hat sich ja mal wieder richtig ausgeruht am Wochenende», sagte Sabina.

Heini nippte an seinem Kaffee. «Das mit dem Rendezvous hat wohl nicht geklappt. Zumindest kam er offensichtlich nicht zum Abschluss.»

Sabina verschluckte sich vor Lachen. Just in diesem Moment kam Malfazi ins Büro zurück.

«Hier geht's ja lustig zu.» Er liess sich schwungvoll in seinen Stuhl fallen, legte die Füsse auf den Schreibtisch und verschränkte demonstrativ entspannt die Arme hinterm Kopf.

«Vielleicht hat's ja doch geklappt mit dem Abschluss.» Sabina schickte ein Grinsen zu Heini, der an der Wand neben ihrem Schreibtisch lehnte.

Heini stiess süffisant ein wenig Luft durch die Nase und ging zur Tür. Malfazi nahm ruckartig die Beine vom Tisch und sprang auf.

«Ihr macht euch doch über mich lustig. Was soll das?»

«Du meldest dich, wenn es was Neues aus Thusis gibt», sagte Heini und trat auf den Gang.

«Arschloch», rief ihm Malfazi hinterher und schlug mit beträchtlichem Energieeinsatz die Tür zu.

Sabina stand am Fenster und schaute auf die Gipfel des Calandamassivs. Sie spürte, wie Malfazis Blick über ihren Körper wanderte und am zentralen Punkt ihrer Rückseite haften blieb. Sie konnte seine Gedanken regelrecht hören und machte sich einen Spass daraus, ihre Hüfte ganz leicht hin- und herzuwiegen. Dann drehte sie sich unvermittelt um und sagte kühl:

«War wohl nicht so *geil*, dein Wochenende.»

«Ach, wie man's nimmt», wich Malfazi aus. «Bei dir?»

«Hatte am Sonntag Besuch von einem alten Schulfreund. Er hat seine Qualitäten nicht verloren.»

«Aha», sagte Malfazi beiläufig, als habe er die Anspielung nicht verstanden. Sie legte noch einmal nach, um ihn aus der Reserve zu locken.

«Man vögelt einfach besser, wenn man sich kennt.»

Er fixierte sie mit seinen dunklen Augen, strich sich über die Haare und fläzte sich, die Beine im Siebzig-Grad-Winkel gespreizt, in seinen Schreibtischstuhl. Ohne auf ihre Provokation einzugehen, vertiefte er sich in seine Unterlagen.

«Ich schreib mal zusammen, was wir in der Vermisstengeschichte vom Hinterrhein wissen. Wenn wir uns schon damit befassen sollen, dann wenigstens richtig.»

«Nur zu», sagte Sabina und ging zum Kaffeeautomaten.

Gegen elf Uhr meldete sich ein Angestellter der Bank in Thusis. Das mit dem deutschen Touristen, der sich wegen seiner EC-Karte beschwert hatte, habe sich geklärt. Er sei ein bekannter Kunde, der auf dem Heinzenberg oberhalb von Thusis ein Ferienhaus besitze.

«Wie heisst er?», fragte Malfazi.

«Seilbach», sagte der Mann von der Bank.

«Welches Haus?»

«Haus Tägerli. Direkt beim oberen Müllhaus in Oberurmein.»

«Gut. Danke.» Malfazi legte den Hörer auf und nahm seine Jacke vom Sessel.

«Kommst du mit?»

«Jep», sagte Sabina und zog ihren dunkelroten Ledermantel an.

Er neigte den Kopf und lächelte. «Siehst gut aus in Leder.»

«Besser als du bestimmt», erwiderte sie und ging voran. Auf die Anmachtour musste ihr der Kollege nicht kommen. Oder war er ihr

Chef? Sie sollten gemeinsam den Spezialdienst 1 leiten, der für Entführungen und Kapitalverbrechen in Graubünden zuständig war. Der ranghöhere Malfazi trug die Verantwortung, sie war seine Stellvertreterin.

Sie fuhren durchs Rheintal nach Thusis und von dort auf den Heinzenberg.

Die Strasse führte über sanfte Wiesenhänge nach Urmein. Von dort schlängelte sie sich an einem kleinen See vorbei hinauf nach Oberurmein, wo noch ein wenig Schnee lag. Der Ort bestand aus Ferienhäusern, die Ämsli, Cardun oder Tguma hiessen. Im oberen Teil der Ortschaft stand das Haus Tägerli.

«Was verschafft mir die Ehre?», fragte der ältere Herr mit den verworrenen grauen Locken, der ihnen die Tür öffnete.

«Ihre EC-Karte, Herr Seilbach.» Malfazi zückte seinen Dienstausweis. «Sie sind doch Herr Seilbach?»

«Jaja, was ist denn mit meiner EC-Karte?»

«Nichts», sagte Sabina und stellte sich vor. «Sie haben auf der Bank in Thusis am Freitag versucht, Geld abzuheben. Und sich bei einer Auszubildenden am Schalter beschwert, weil es nicht funktionierte.»

«Man wird sich ja wohl noch beschweren dürfen, wenn der Automat nicht tut. Oder ist das mit einem Bussgeld verbunden? Ihr Schweizer nehmt es ja gerne von den Lebenden.»

Sabina konnte sich ein Grinsen nicht verkneifen. Malfazi verzog keine Miene.

«Es kostet nur Busse, wenn sich eine Beschwerde auf beleidigende Art und Weise gegen Beamte richtet», antwortete sie. «Die junge Frau, bei der Sie sich beschwert haben, ist seit Freitag verschwunden. Können Sie sich an sie erinnern?»

«Vage», sagte Seilbach. «Aber wollen Sie nicht reinkommen, ich habe gerade eine Kanne Tee gekocht.» Aus dem Haus roch es verlockend nach Zimt.

«Nein danke», sagte Malfazi und übernahm wieder das Kommando. «Ist Ihnen vielleicht irgendetwas aufgefallen an der Frau? Wirkte sie nervös?»

«Sie stellen Fragen … Ist mir da was aufgefallen? Nein, also ich wüsste nichts. Sie war eigentlich ganz freundlich. Jung halt, so eine junge Hübsche.»

«Haben Sie die Frau danach noch mal gesehen?»

«Hm, ich war einkaufen. Und dann noch auf dem Bahnhof. Wir bekommen Besuch nächste Woche.»

«Ja, und?»

«Ich wollte wissen, was eine Fahrt mit dem Bernina-Express kostet.»

«Ist es Ihnen wohl zu teuer?», fragte Sabina. Malfazi blickte sie streng an, ihre Augen schossen zurück. Seilbach blieben die Spannungen zwischen den Polizisten nicht verborgen.

«Fahren Sie fort», sagte Malfazi.

«Bei den Bussen. Auf den Bänken am Busbahnhof. Da habe ich das Mädchen noch mal gesehen. Glaube ich.»

«Bei den Bussen», wiederholte Sabina und notierte sich die Bemerkung in Gedanken. «Hatte sie etwas dabei? Einen Koffer vielleicht oder einen Rucksack? Oder war jemand bei ihr?»

«Nein, ich glaube nicht. Sie sass da halt. Alleine. Nein, da war niemand dabei, glaub ich.»

«Und sonst? Irgendetwas Besonderes? Hat sie telefoniert oder eine SMS geschrieben?»

«Wär mir nicht aufgefallen.»

«Als Sie aus dem Bahnhof zurückkamen, war sie da noch da?»

«Kann mich nicht dran erinnern, wahrscheinlich nicht.»

«Und, nur aus Neugierde, haben Sie die Tickets für den Zug gekauft?»

«Ja, ist ja auch günstiger, als man denkt.» Er lächelte milde.

Sabina schaute zu Malfazi, der mit seinen Fingernägeln spielte. «Vielen Dank auf jeden Fall, Herr Seilbach», sagte sie. «Wenn wir Sie noch mal brauchen, können wir ja sicher vorbeikommen?»

«Selbstverständlich.» Seilbach lächelte Sabina einladend an. «Sie können jederzeit auf einen Tee vorbeikommen.»

«Geiler alter Sack», brummte Malfazi, nachdem die Tür ins Schloss gefallen war.

«Also bitte», sagte Sabina, «so alt bist du nun auch wieder nicht.»

Sie freute sich über die schlagfertige Bemerkung mehr als er. Erst als sie das Ortsschild hinter sich gelassen hatten, brach er das Schweigen.

«Bestimmt ist das Mädchen einfach irgendwohin gefahren. Hat sich mit einem Kerl getroffen und ein paar Tage Auszeit genommen.»

«Ohne Urlaub? Ich denke, wir sollten uns erst mal an die Postbusse halten. Bis zum Mittag bekommen wir Rückmeldung, ob sie einem der Busfahrer aufgefallen ist.»

«Du hast schon mit der Buszentrale gesprochen?»

«Ja, mein Arbeitstag beginnt nicht erst um halb zehn.»

Sabina beschleunigte und schnitt die Kurve. Malfazi wurde gegen das Seitenfenster geschleudert.

«Danke», sagte er knapp und krempelte die Ärmel seines schwarzen Hemds hoch.

Sabina lächelte unmerklich und liess kurz den Blick über die Landschaft schweifen. Hier oben war der Winter noch sehr präsent. Nur langsam tauten die Schneefelder auf und gaben einzelne Wiesenstücke frei. Wie auf einem riesigen Kuhfell wechselten sich braune und weisse Stellen ab.

Auf dem Polizeikommando in Chur trennten sich die Kollegen. Malfazi ging zum Mittagessen, Sabina blieb im Büro. Sie wählte die Nummer der regionalen Postbusverwaltung. Keinem der Fahrer sei etwas aufgefallen, sagte der Ansprechpartner für die Personalplanung. Sie könne aber gerne selbst Kontakt mit den Busfahrern aufnehmen. Sabina liess sich die Namen und Telefonnummern sämtlicher Fahrer geben, dazu die jeweilige Route, die sie am Freitag gefahren waren. Als sie auflegte, kam Heini vorbei. Er schaute oft in ihr Büro, um ein paar Worte mit ihr oder Malfazi zu wechseln.

«Und, was Neues?», fragte er.

«Katharina wurde von diesem deutschen Touristen bei den Postbussen gesehen. Ich hab mir von der Zentrale die Namen der Busfahrer geben lassen, aber keiner kann sich daran erinnern, das Mädchen gesehen zu haben.»

«Zeig mal her», sagte Heini und nahm die Liste. Zwölf Namen, dazu die jeweilige Route mit Abfahrtszeit. Er betrachtete die Namen und kringelte einen davon ein. «Gustav Höhli», stand da, mit blauem Füller geschrieben und jetzt mit schwarzem Kugelschreiber umrandet.

«Und?», fragte Sabina.

«Gustav Höhli. Den Namen habe ich schon mal irgendwo gelesen. Aber ich weiss nicht mehr, wo.»

Das war seine Art. Eine vage Andeutung und dann erst mal nichts mehr. Sabina mochte den älteren Kollegen. Er hatte sie bei ihrem

Dienstantritt vor drei Monaten freundlich aufgenommen und war immer hilfsbereit. Mit derart lakonischen Bemerkungen aber konnte sie nichts anfangen.

«Ich gehe was essen in der Stadt. Kommst du mit?», fragte er.

Das gefiel ihr schon besser.

Sie verliessen das graue Polizeigebäude von Chur und fuhren Richtung Innenstadt. Als sie durch die kleine Gasse kamen, in der die Nachtclubs der Stadt lagen, fragte Sabina, ob Heini schon einmal in einem der Etablissements gewesen sei.

«Hier noch nicht», sagte er, «stell dir vor, meine Nachbarn sehen mich, wenn ich da reingehe.»

Endlich mal ein Mann, der nicht heuchelte.

«Wollen wir mal zusammen reingehen?», fragte sie mit geneigtem Kopf und einladendem Augenaufschlag. Heinis Kinnlade hing mit einem Mal fünf Zentimeter unter seinem stark pulsierenden Kropf.

«War nur ein Spass», sagte sie und drückte ihm ihren Ellbogen in die Seite. Er atmete aus.

Im Gansplatz war Heini Stammgast. Er bestellte ein Rösti mit Speck, Sabina einen Salat.

«Von irgendwoher muss die Figur ja kommen», sagte er und deutete auf ihren Teller, der nur aus Rohkost und ein paar Käsestreifen bestand.

«Deine auch», sagte Sabina und brachte ihn damit zum Lachen.

Er wog bei einem Meter fünfundsiebzig Körpergrösse fast fünfundneunzig Kilo und konnte kaum einem Stück Fleisch oder Schokolade widerstehen.

«So erntet eben jeder, was er sät», meinte er.

Sabina stocherte in ihrem Salat herum und wog ihre Gedanken ab.

«Ist alles, was einem im Leben widerfährt, die Ernte von etwas, was man vorher gesät hat?»

«Du meinst, so im Sinne von Karma? Ob alles, was einem passiert, der Lohn oder die Strafe für ein früheres Verhalten ist?», fragte Heini.

«Ja. Genau das.»

«Ich weiss es nicht. Aber eher nicht, bei den vielen reichen Arschlöchern, die es auf der Welt so gibt. Das haben die sich doch nicht in einem früheren Leben verdient. Oder glaubst du das?»

«Ich fänd so 'ne Karmapolizei okay. Aber wenn ich an Unfall- oder Vergewaltigungsopfer denke, kommt mir das ziemlich absurd vor.»

«So kommt man nicht weiter», sagte Heini. «Karma, höhere Gerechtigkeit. Das sind alles Ideen, um sich die Ungerechtigkeiten des Lebens erträglicher zu machen. Am Ende ist doch alles Zufall.»

«Wahrscheinlich. Aber du hast damit angefangen», sagte sie, «man erntet, was man sät.»

«Ja, aber doch nur beim Essen», erwiderte er und fasste sich genüsslich an den Bauch.

Thomas Heini mochte die Gespräche mit Sabina Lindemann. Wie fast allen männlichen Kollegen gefiel die Neue mit den langen dunkelblonden Haaren und den türkisgrünen Augen auch ihm. Nur offenbarte er es nicht auf so plumpe Art und Weise. Mit ihren zweiunddreissig Jahren war sie eine der jungen Hoffnungsträgerinnen bei der Kantonspolizei. Ihre Zeugnisse waren erstklassig, ihre Liste an absolvierten Weiterbildungskursen beeindruckend. Schon nach drei Monaten war sie eine gut integrierte Mitarbeiterin. Heini selbst war bereits zweiundsechzig und hatte keine Karriereambitionen mehr. Aus gesundheitlichen Gründen hatte er vor einem Jahr um Versetzung in den Innendienst gebeten, wo er vornehmlich Beweismittel und Verdachtsmomente auswertete.

Nach dem Espresso rief er den Kellner zum Bezahlen.

«Toni», sagte er, «du kennst doch hier in der Umgebung fast jeden. Sagt dir der Name Gustav Höhli was?»

«Hm», überlegte der Kellner, «Gustav Höhli. Ich meine, das ist der Familienvater aus Tiefencastel, der letztes Jahr angeklagt war, weil er seine Frau vergewaltigt haben soll. Zumindest hat sein Weib das behauptet.» Sein Tonfall gab deutlich zu verstehen, was er von Frauen hielt, die so etwas taten. «Man konnte ihm wohl nichts nachweisen.»

«Stimmt», sagte Heini, «in dem Zusammenhang hab ich den Namen gehört.» Er liess dem Kellner ein ordentliches Trinkgeld zurück und klopfte ihm freundschaftlich auf die Schulter.

Den Rest des Nachmittags nahm Sabina Rückmeldungen aus der Bevölkerung entgegen und erledigte Routinearbeiten. Alle Zeitungen und Radiosender in Graubünden und den anliegenden Kantonen waren mit der Vermisstenmeldung versorgt worden. Die meisten

Anrufer waren allerdings eher an dem Schicksal der jungen Frau interessiert als daran, sachdienliche Hinweise zu ihrem Verschwinden zu geben.

Um sechs Uhr verliess Sabina das Polizeigebäude und fuhr nach Hause. Die Strecke vom Arbeitsplatz zu ihrem Wohnort war für Bündner Verhältnisse ungewöhnlich lang, und mancher wunderte sich darüber. Von ihren halbdeutschen Wurzeln und dem geerbten Haus wussten allerdings die wenigsten, zumal sie perfekt Schweizerdeutsch sprach.

Sie bog hinter dem langen Viamala-Tunnel von der Autobahn ab und nahm die alte Bergstrasse durch die Schlucht, auf der auch der Postbus verkehrte. War Katharina Jakobs möglicherweise hier irgendwo verschwunden? Oder war sie tatsächlich nicht mit dem Bus unterwegs gewesen? Aber mit wem war sie dann gefahren und wohin? Irgendjemand musste sie am Busbahnhof abgeholt haben.

Es gab viele mögliche Antworten. Ein achtzehnjähriges Mädchen taucht am Freitag nach der Arbeit irgendwohin fürs Wochenende ab und verlängert den Ausflug eben noch um einen Tag. Klar machten sich die Eltern Sorgen, weil sich die Tochter normalerweise immer abmeldete und weil sie nichts mitgenommen hatte. Aber war es nicht denkbar, dass sie einfach einer spontanen Einladung gefolgt war? Und den Eltern vielleicht sogar eine SMS geschickt hatte, die nicht angekommen war? Beim Arbeitgeber allerdings hätte sie sich auf jeden Fall abmelden müssen. Dass sie heute nicht zur Arbeit erschienen war, war merkwürdig.

Sabina beschloss, sich am nächsten Tag den Bekanntenkreis der Vermissten vorzunehmen. Sie stellte das Radio lauter und fuhr mit Radiohead in den Feierabend. Die weichen Töne der Abendsonne und der atmosphärische Song brachten das Schamsertal zum Klingen. Sabina liebte es, in den Bergen zu wohnen. Hier, in der Heimat ihrer Mutter.

2

Als sie am nächsten Morgen aufs Polizeikommando kam, war Malfazi zu ihrer Überraschung bereits in einer Besprechung. Es ging um die Kompetenzverteilung bei schweren Verbrechen. Um kurz nach halb neun kam er in ihr gemeinsames Büro.

«Hoi, Sabina», sagte er und pfefferte einen Ordner auf seinen Schreibtisch.

«Hoi, Claudio», sagte sie und blickte dem rutschenden Ordner nach, der neben dem Bildschirm einen Ständer mit Stiften abräumte. «War wohl nicht wunschgemäss, die Besprechung?»

Malfazi bückte sich und klaubte die Stifte vom Boden auf. «Sie überlegen, ob sie noch konsequenter die Regionalposten unseren Job machen lassen. Ich frag mich ehrlich, was ich dann noch hier soll.»

Sabina verstand seinen Ärger. Sie war aus Zürich zum Bündner Spezialdienst gewechselt, um mehr Verantwortung in schweren Kriminalfällen zu übernehmen. Sollten die Kompetenzen des Diensts jetzt beschnitten werden, würde sie sich um eine andere Stelle bewerben. Morde und Entführungen waren psychologisch viel facettenreicher als kleinere Kriminalfälle – auch wenn in Graubünden wenige solcher Kapitalverbrechen geschahen. Sie gab sich kämpferisch.

«Wir werden die Damen und Herren da oben schon überzeugen, dass Spezialisten wie wir die besten Ermittler sind. Die sollen uns nur mal einen komplizierten Fall geben.»

Malfazi betrachtete sie mit einem Blick, als würde er in ihr zum ersten Mal nicht nur eine hübsche, aufstrebende Konkurrentin sehen, sondern auch eine Mitarbeiterin, mit der er gemeinsam erfolgreich sein konnte.

«Willst du einen Kaffee?», fragte er.

«Einen Latte macchiato, bitte.»

Er kam mit zwei Gläsern zurück.

«Diese Kaffeemaschine macht mich noch wahnsinnig. Brrrr. Brrrr. Eine Tortur ist das.»

«Ja, das ist wirklich ein Monster», sagte Sabina, «aber der Kaffee schmeckt besser als in Zürich. Danke!»

«Bitte», hörte sie ihn in nie gekannter Freundlichkeit sagen.

Ihre Zweifel, ob sie mit ihm klarkommen würde, wichen erstmals einer zaghaften Zuversicht.

Um kurz vor zehn rief eine Frau auf dem Polizeikommando an, die behauptete, sie habe das vermisste Mädchen gesehen. Im Bus zum San Bernardino sei sie gesessen, am Freitag gegen vier. Die Anruferin wurde zu Sabina durchgestellt.

«Sind Sie sicher, dass es die junge Frau aus der Zeitung war, Frau Zügli?»

«Ja. Die Katharina. Ich kenn die doch.»

«Wissen Sie, wo sie ausgestiegen ist?»

«Nein, als ich raus bin, war sie noch im Bus.»

«Wo sind Sie denn ausgestiegen?»

«An der Viamala. Mein Mann richtet den Kiosk für den Sommer her.»

«Danke, Frau Zügli. Das wird uns auf jeden Fall helfen.»

«Ja, was ist denn nun mit dem Mädchen?»

«Das wissen wir nicht, aber Sie haben uns wirklich sehr geholfen. Merci vielmals.»

Malfazi kam von der Toilette zurück und zündete sich eine Zigarette an. Er hatte sich selbst eine Sondergenehmigung für das Rauchen im Büro erteilt.

«Das war eine Frau Zügli aus Andeer», sagte Sabina und holte sich einen Apfel aus ihrer Tasche. Sie hatte erst vor ein paar Monaten das Rauchen aufgegeben. Es war ein harter Kampf gewesen, und ihr lag wenig daran, rückfällig zu werden. «Sie will Katharina Jakobs am Freitag gegen vier gesehen haben. Im Bus Richtung San Bernardino.»

«Haben nicht alle Fahrer gesagt, sie hätten das Mädchen nicht dabeigehabt?», fragte Malfazi.

«Doch, aber die müssen ja nicht die Wahrheit gesagt haben. Oder einer hat sie schlicht übersehen.»

Sabina kramte den Zettel hervor, auf dem die Namen, Routen und Abfahrtszeiten der Busfahrer standen. Als sie die Route von Thusis zum San Bernardino über Andeer und Splügen durchcheckte, stutzte sie. Linie 541, um fünfzehn Uhr fünfundvierzig ab Thusis. Fahrer: Gustav Höhli.

«Hier.» Sie präsentierte Malfazi den Zettel. «Den Bus, der um fünfzehn Uhr fünfundvierzig Richtung San Bernardino abfuhr, hat ein gewisser Gustav Höhli gefahren. Der war letztes Jahr vor Gericht angeklagt. Rate mal, weswegen?»

«Keine Ahnung.»

«Wegen Vergewaltigung seiner Frau.»

Malfazi schnellte aus seinem Stuhl hoch und tippte gegen seine Pistole. «Hast du das gecheckt?»

«Ja, Freispruch aus Mangel an Beweisen.»

«Und wo wohnt der Gute?», fragte Malfazi.

«Moment», sagte sie und flog über die Tastatur, «in Tiefencastel, Schafsgasse 12.»

«Na, dann wollen wir mal.»

Als sie vorfuhren, sah Sabina, dass Kinder im Garten spielten. Die graugrüne Schindelfassade des alten Hauses benötigte dringend einen Anstrich. Von den Fensterrahmen blätterte die Farbe ab. Die Vorhänge hinter den milchigen Fenstern wirkten schmutzig.

«Hübsch», sagte Malfazi und klingelte.

Eine hagere Frau Mitte vierzig, die braunen Haare zu einem Dutt zusammengebunden, öffnete die Tür.

«Ja bitte?», sagte sie und blickte auf die Dienstausweise, die ihr entgegengestreckt wurden.

«Claudio Malfazi und meine Kollegin Sabina Lindemann. Sind Sie Frau Höhli?»

«Ja», sagte die Frau verstört. «Was ist denn passiert?»

«Ist Ihr Mann da, Frau Höhli?», fragte Sabina.

«Nein, der wohnt nicht mehr hier. Ist zu seinem Bruder gezogen.»

«Seit wann?», fragte Malfazi.

«Seit Freitag erst, warum?»

Malfazi und Sabina hatten denselben Gedanken.

«Wo wohnt denn der Bruder?», fragte sie.

«In Obermutten. Die beiden machen die Alp fertig für den Sommer.»

«Die Hütten direkt unter dem Muttner Horn?»

«Ja, die Alp beim Sendemasten.»

Sie bedankten sich und gingen.

Im Garten hüpften die Kinder auf einem Trampolin und kreischten.

«Komischer Zufall, hm?», sagte Malfazi.

«Ja, aber wir wissen noch nichts», erwiderte Sabina.

«Ausser dass der Typ genau an dem Tag abhaut, an dem das Mädchen verschwindet. Und dass sie in seinem Bus sass, was er sauber verschwiegen hat. Ich finde schon, dass das mehr als nichts ist.»

Sabina nahm das Lenkrad fester in die Hand. «Das kann auch alles Zufall sein. Ich hab mich mal bei einem Fall in Zürich zu früh auf vermeintliche Indizien verlassen und bin damit voll auf die Schnauze gefallen. Das passiert mir so schnell nicht noch mal.»

«Worum ging es denn damals?»

«Es gibt Dinge, über die redet man. Und es gibt Dinge, über die schweigt man», sagte Sabina und schaltete hoch. Malfazi nickte. Und schwieg.

Nach einigen Kilometern auf der Albulastrasse bogen sie Richtung Mutten ab.

«Bist du schwindelfrei?», fragte Sabina.

«Warum, müssen wir klettern?»

«Nein, aber ich kenne die Strasse nach Obermutten von früher. Das ist nichts für schwache Nerven.»

Die Strasse war zunächst gut ausgebaut. Frischer Betonbelag und grosszügige Ausweichbuchten liessen kaum vermuten, wie es hier früher bergan gegangen war.

«Was hast du denn, das ist doch eine ganz normale Strasse», sagte Malfazi.

Zum ersten Mal korrigierte er sich, als ihnen im Muttnertobel in einer Kurve ein VW-Bus entgegenkam.

«Ja, Scheisse», brüllte er, «die können doch keinen einspurigen Tunnel bauen und dann keine Ampeln an den Ausgängen hinmachen!»

«Offensichtlich schon», sagte Sabina und stieg in die Eisen. Nachdem sie etwa fünfzig Meter zurückgesetzt hatte, konnte der Bus seitlich ausweichen.

«Der Tunnel ist neu», sagte sie, «vielleicht ist die Strasse bis ganz oben so gut ausgebaut.»

«Gut ausgebaut ist witzig», sagte Malfazi, «die hätten ruhig auch zwei Spuren in den Tunnel machen können.»

Kurz nach Mutten war es vorbei mit der betonierten Strasse. Eine enge, von kraterartigen Spurrinnen zerfurchte Schotterpiste führte hinauf nach Obermutten. Als ihnen ein riesiger Laster mit Baumstämmen entgegenkam, mussten sie erneut rückwärts zur nächsten Bucht ausweichen. Der Wagen kroch genau an der Kante zum Abgrund entlang. Sabina kam an die Grenzen ihrer Fahrkunst. Malfazi schwieg, bis der Lastwagen vorbei war.

«Können Frauen rückwärtsfahren?», sagte er, ohne preiszugeben, ob er es anerkennend meinte.

«Frauen können sogar rückwärtsfahren und dabei kochen und telefonieren», sagte Sabina und fuhr mit quietschenden Reifen an. Malfazi öffnete das Fenster und tupfte sich mit einem Taschentuch die Stirn.

Die Ortschaft Obermutten bestand ausschliesslich aus alten Holzhäusern. Menschen waren nicht zu sehen, dafür versperrte ihnen ein schwerfälliger Berner Sennenhund den Weg. Sabina hupte, aber das Tier rührte sich nicht von der Stelle. Malfazi stieg schliesslich aus und lockte den Hund mit seinem Taschentuch weg. Sabina nahm ihn an der Kirche wieder auf, deren hölzerne Wände über viele Jahrzehnte hinweg von der Sonne fast schwarz gebrannt worden waren.

«Stinkt das Taschentuch so nach Schweiss?», lachte sie.

«Dem Hund hat's gut gerochen», sagte er.

Sie deutete auf einen steilen Anstieg, der zum Muttner Horn führte. «Da müssen wir rauf.»

«Laufen?» Malfazi fuhr sich fast panisch durchs Haar.

«Nein, du hast Glück, der Schotterweg ist offen», sagte Sabina. Der Wagen rollte über die Steine und hinterliess eine Staubwolke.

Immer wieder ratterten Roste, die Kühen das Überqueren verleiden sollten, unter dem Fahrwerk.

«Hätt ich bloss was Ordentliches gelernt», sagte Malfazi, nachdem es ihn komplett durchgeschüttelt hatte.

Sabina schaltete hoch und liess es noch einmal ordentlich holpern. Endlich erreichten sie die Alp.

Sabina rief ein freundliches «Grüezi» in die Hütte. Kurz darauf kam ein Mann um die vierzig in einem rot-schwarzen Karohemd mit kurz rasierten Haaren und breiten Schultern aus dem Stall. Er hielt einen staubigen Akkuschrauber in einer kräftigen, schwieligen Hand.

«Ja bitte?»

«Wir suchen Gustav Höhli», sagte Sabina. «Sind Sie das?» Jetzt erst fiel ihr auf, dass sie vergessen hatten, sich eine Beschreibung oder ein Bild des Busfahrers zu besorgen.

«Nein, das ist mein Bruder, der ist grad im Ort Zigaretten holen. Wird bald wieder da sein.»

Malfazi zückte seinen Dienstausweis. «Wir warten hier auf Ihren Bruder. Bitte bleiben Sie in unserer Nähe und telefonieren Sie nicht.»

«Ich hab zu tun. Was wollen Sie denn vom Gustav?»

«Wir möchten ihn im Zusammenhang mit dem Verschwinden einer jungen Frau als Zeugen vernehmen», sagte Sabina.

Malfazi sah sie finster an. Sie hätte gegenüber dem Bruder nicht gleich so konkret werden sollen. Die Furchen zwischen den Augen von Höhlis Bruder vertieften sich.

«Darf ich?», fragte Sabina und trat über die Schwelle zur Hütte.

«Hm», brummte der Mann und nickte missmutig.

Sabina schaute sich in der Stube und im Dachgeschoss um – nirgends waren Anzeichen dafür zu entdecken, dass hier das Mädchen versteckt war. Sie prüfte auch den Stall, den Lagerraum und den Arbeitsraum, in dem die Milchkessel standen. Der säuerliche Milchgeruch, den sie aus Alphütten kannte, war einer geruchlosen Winterkälte gewichen. Alles sah verlassen und trostlos aus. Der Blick auf die umliegende Bergwelt dagegen war überwältigend. Von hier aus sah man den Heinzenberg in seiner ganzen Pracht mit all den kleinen Dörfern: Sarn, Portein, Flerden, Urmein, Tschappina. Dahinter die Gipfel des Safientals bis tief hinein in die Surselva. Direkt gegenüber lag der charismatische Piz Beverin, unter seinen Ausläufern die Viamala-Schlucht, links davon der Schamserberg mit Sabinas Wohnort Donat.

Nach einer Viertelstunde kam ein verblichener roter Lada-Jeep den Schotterweg hochgekrochen. Ein schmalschultriger Mann in Jeans und grünen Gummistiefeln stieg aus.

«Gustav Höhli?», fragte Malfazi.

«Ja, warum?», sagte der Mann mit einer Stimme, die weniger fest klang, als er es wohl beabsichtigt hatte.

«Claudio Malfazi und Sabina Lindemann vom Spezialdienst in Chur. Wir haben ein paar Fragen bezüglich Katharina Jakobs.»

«Katharina wer?»

«Katharina Jakobs. Ein Mädchen, das am Freitag bei Ihnen im Bus sass und seither vermisst wird. Lange braune Haare, graublaue Augen, arbeitet auf der Bank in Thusis. Hier ist ein Bild. Sie sass doch bei Ihnen im Bus, oder?»

«Na ja, jetzt wo Sie es sagen. Vielleicht schon. Ich weiss nicht mehr.»

«Kommen Sie, Herr Höhli», sagte Sabina. «Wir haben alle Busfahrer befragen lassen, und keiner hat das Mädchen gefahren. Sie angeblich auch nicht. Aber eine Zeugin hat das Mädchen in Ihrem Bus gesehen. Warum haben Sie uns das verschwiegen?»

«Ja hört das denn nie auf mit den Anschuldigungen?», schrie Höhli. «Ich hab doch mit dem Mädchen nix zu schaffen.»

«Und warum haben Sie dann nicht die Wahrheit gesagt?», fragte Sabina.

«Ich sag gar nichts mehr.» Höhli verschränkte die Arme vor der Brust. Sein schütteres, ungepflegtes Haar stand zerzaust vom Kopf ab. Die schlammbraunen Augen hinter der schmucklosen Brille blickten trübe.

«Dann kommen Sie mit uns», sagte Malfazi. «Am besten, Sie packen gleich ein paar Sachen ein, falls es länger dauert.»

Gustav Höhli schüttelte ungläubig den Kopf.

«Urs, sei so gut und hol meine Tasche», sagte er schliesslich. Der Bruder verschwand in der Hütte und kam mit einer abgewetzten Ledertasche zurück.

«Hier ist alles drin, was du dabeihattest.»

«Darf ich mal?», fragte Malfazi und durchstöberte die Tasche. Unter ein paar Hemden, Unterhosen, Socken und einem braunen Kulturbeutel aus Kunstleder kam eine Zeitschrift zum Vorschein, auf der eine nackte Frau posierte. «Geile Fötzchen rasieren sich für dich glatt», stand auf dem Titel. Höhli errötete.

«Getrennt von Tisch und Bett», stammelte er, «da braucht man schon mal …»

«Im Knast auch», schnitt ihm Malfazi das Wort ab. «Mitkommen.»

Auf dem Polizeikommando gab Höhli zu Protokoll, Katharina Jakobs im Bus befördert zu haben, behauptete aber, sie sei an der Haltestelle in Zillis ausgestiegen, und zwar kurz nach sechzehn Uhr. Auf die Frage, warum er das nicht sofort mitgeteilt habe, sagte Höhli, er habe Angst gehabt, nach dem Vorfall mit seiner Frau schon wieder in eine Angelegenheit verstrickt zu werden, die seinem Leumund schade.

«Das haben Sie jetzt auf jeden Fall geschafft», sagte Sabina, die den Mann für unschuldig hielt. Sie glaubte nicht, dass er etwas mit dem Verschwinden des Mädchens zu tun hatte. Auf diese Intuition verlassen durfte sie sich freilich nicht. Sie liess Höhli im Einvernahmezimmer allein und ging zu Malfazi ins Büro.

«Ich denke, er hat nichts damit zu tun.»

«Er hat sich auf jeden Fall ermittlungsbehindernd verhalten», sagte Malfazi, «und er ist ein kleiner Perverser.»

«Wieso das?»

«Er hat perverse Zeitschriften bei sich. Und er wird schon nicht ohne Grund vor Gericht gestanden haben.»

«Die Justiz hat also mit dem Freispruch unrecht gehabt, und das Lesen solcher Ramschpornos ist eine perverse Neigung? Das ist doch nicht dein Ernst, Claudio.»

«Du nervst», murmelte Malfazi; leise zwar, aber laut genug, dass sie es hörte.

«Was hast du gesagt?»

«Die letzten Nächte waren hart», sagte er und hob entschuldigend die Hände. «Nichts für ungut.»

«Wo warst du denn die letzten Nächte?», fragte Sabina. Sie glaubte irgendwie nicht an die Wochenendgeschichte mit der ehemaligen Schulfreundin in Zürich, die er Heini und ihr aufgetischt hatte.

«Ich war … ach, das geht dich einen Scheissdreck an!» Er fuchtelte wild mit den Händen in der Luft. «Wir sind hier nicht zum Erzählen da. Kümmer dich um die Verwahrung unseres Verdächtigen.»

Er nahm seine Jacke und stapfte ohne Erklärung aus dem Büro.

«Ein Bitte wäre hübsch», rief ihm Sabina hinterher und donnerte die Tür zu.

Sie kannte Malfazi erst seit ein paar Monaten. Er war manchmal aufbrausend. Er war immer chauvinistisch. Nie aber hatte er so die Fassung verloren. Irgendetwas hatte ihn völlig aus dem Gleichgewicht gebracht.

Was machte der Kollege eigentlich in seiner Freizeit? Sicher hatte er viele Verehrerinnen. Seine Latin-Lover-Attitüde, die schwarzen

Designerklamotten, der testosterongetränkte Gang, das gefiel schon mancher Frau. Aber führte er eine Beziehung? Oder mehrere? Fest stand, dass Malfazi in seiner Freizeit offenbar etwas tat, was ihn überhaupt nicht entspannte.

Sabina ging zurück zum Einvernahmezimmer. Sie musste Höhli noch einmal in die Mangel nehmen. Vielleicht hatte er noch etwas wahrgenommen, an das er sich im Moment nicht mehr erinnerte. Irgendeine Kleinigkeit, die vielleicht mit dem Verschwinden des Mädchens in Zusammenhang stand. Sie betrat den Raum und lächelte verbindlich. Höhli versuchte, ebenfalls zu lächeln, gewährte ihr aber nur einen kurzen Blick auf seine vergilbten Zähne.

«Ich würde mit Ihnen gerne noch einmal über den Freitag reden. Ich glaube Ihnen das, was Sie gesagt haben. Aber ich möchte Sie bitten, die Situation im Kopf noch einmal durchzugehen. Fangen wir am Busbahnhof in Thusis an. Versuchen Sie bitte, sich an alles zu erinnern. Menschen, Dinge, Auffälliges und Unauffälliges.»

Höhli nahm die Brille ab, stützte den Kopf in die Hände und schloss die Augen. Mit beiden Händen fuhr er sich durch das schüttere Haar.

«Ich hab ab halb vier am Busbahnhof in Thusis gewartet und bin kurz vor der Abfahrt noch mal aufs Klo gegangen», sagte er schliesslich. «Als ich in den Bus kam, waren nicht viele Fahrgäste drin. Zwei jüngere Männer, Skiwanderer. Die haben ein Ticket gelöst und sind in Donat ausgestiegen. Dann war da Frau Zügli, die stieg an der Viamala aus. Und das Mädchen, Katharina Jakobs, die ist in Zillis raus.»

«Ist Ihnen sonst noch was aufgefallen? War das Mädchen besonders unruhig? Hat jemand sie nach dem Aussteigen angesprochen?»

«Sie stieg hinten aus dem Bus, dann verschwand sie. Ich meine, ich sehe den Leuten ja nicht nach, sie ging halt einfach.»

«Hatte sie etwas bei sich?»

«Das weiss ich nicht mehr, aber jetzt wo Sie fragen: Da lag noch was im Bus. So ein Stoffsäckchen mit Steinen drin. Ich hab das an der Post in den Mülleimer geworfen.»

«Wo, an der Endstation in San Bernardino?»

«Ja, da hab ich immer ein paar Minuten Aufenthalt und seh nach, ob der Bus sauber ist. Aber das war ja nur so ein Säckchen mit Steinen. Deswegen hab ich es ja weggeschmissen.»

«Das kann uns schon helfen», meinte Sabina. «Was hatte denn das Säckchen für eine Farbe?»

«Dunkelgrün, grau», sagte Höhli.

«Und wie oft wird da oben der Mülleimer geleert?»

«Das weiss ich wirklich nicht.» Höhli schüttelte den Kopf. «Einmal in der Woche vielleicht?» Er kratzte sich am Kinn. «Wie lang werden Sie mich hier eigentlich festhalten?»

«Ich denke, dass Sie bald gehen können. Aber es wäre hilfreich, wenn Sie hierbleiben, bis sich alles geklärt hat.»

Höhli sah zu Boden. Wenn er es darauf angelegt hätte, hätten sie ihn nicht dabehalten können. Doch der Mann war viel zu willfährig, um sich zu wehren und auf seinen Rechten zu beharren. Sabina hatte ihm angeboten, mit einem Anwalt zu sprechen. Aber er hatte nur abgewunken. Ihm war seit dem Vergewaltigungsprozess offenbar sein Leben aus den Händen geglitten und jetzt, angesichts eines neuen Vorwurfs, versank er vollkommen in lethargischer Gleichgültigkeit.

Sabina spürte den Impuls, den Mann zu trösten, beliess es aber bei einer freundlichen Geste. Sie bedankte sich für seine Aussage und übergab ihn an einen Kollegen.

Als sie das Einvernahmezimmer verliess, kam ihr Heini entgegen.

«Ich fahre gleich nach San Bernardino, um einer Aussage von Höhli nachzugehen. Kannst du mein Telefon übernehmen?»

«Ja, ja, geht nur alle», sagte der schwergewichtige Kollege im Vorübergehen. «Schliesslich gibt es hier ja nichts zu tun.»

Sabina versuchte, den Zorn im Zaum zu halten, der sich angesichts der Bemerkung in ihr regte. Als sich Heini noch einmal umdrehte und ihr zugrinste, wusste sie, dass er nur einen seiner Spässe gemacht hatte.

In weniger als zwanzig Minuten war sie in Thusis. Von dort aus bohrte sich die Autobahn durch mehrere Tunnel hinauf ins Val Schons. Hier lag Zillis mit seiner berühmten Kirche und etwas oberhalb, am Hang, der kleine Ort Reischen. Irgendwo zwischen diesen beiden Orten musste die junge Frau verschwunden sein. Nach der protokollierten Aussage ihrer Eltern fehlten weder Kleider noch persönliche Sachen. Die Mutter hatte bereits am Wochenende auf dem Polizeiposten in Thusis ihre Angaben gemacht. Sabina aber wollte sich selbst noch einmal ein Bild machen. Sie bog von der Autobahn ab und nahm an der Post in Zillis die Abzweigung nach Reischen.

Der Ort bestand nur aus zehn, fünfzehn Häusern und einer kleinen, gedrungenen Kirche am Ortseingang. Alles hier wirkte so friedlich, gepflegt und aufgeräumt; es war schwer vorstellbar, dass irgendjemand diese Idylle durch ein Verbrechen befleckte. Fakt aber war, dass das Mädchen verschwunden war. Und grundsätzlich konnte natürlich auch jeder Bewohner der kleinen Ortschaft dafür verantwortlich sein. Wer wusste schon, was in den Köpfen dieser fleissigen, verschlossenen Bergmenschen vorging?

Sabina stellte ihren Wagen gleich beim ersten Haus an der Kirche ab und fragte einen älteren Bauern nach der Familie Jakobs.

«Ist es wegen der Katharina?», fragte er.

«Ja, wir wollen sie so schnell wie möglich finden.»

«Gleich hier.» Der Bauer zeigte auf das stattliche Haus oberhalb der Kirche. «Da wohnen der Simon, die Ursina und die Katharina. Das sind gute Leut.»

Sabina betrachtete die Malereien an dem mehrstöckigen Bündnerhaus. Hier wohnte eine wohlhabende Familie, so viel stand fest.

Sie klopfte an die Tür. Eine Frau mittleren Alters öffnete und starrte erst in Sabinas Gesicht und dann auf ihren Dienstausweis.

«Bitte», sagte sie und bat Sabina herein.

Aus der Küche roch es nach frischem Kuchen. Sabina nahm an einem alten Weichholztisch in der Stube Platz. Frau Jakobs bot ihr einen Kaffee an und brachte ein Stück Nusskuchen, der noch warm war.

«Irgendwas muss man ja tun, um sich abzulenken. Ich hoffe, er schmeckt Ihnen.»

Sabina fragte nach Freunden, Bekannten, Verwandten, Nachbarn und Kollegen. Doch nirgends ergab sich ein Anhaltspunkt. Die Ausführungen der Mutter zeichneten das Bild eines normalen, lebenslustigen Mädchens mit intakten sozialen Beziehungen und einem guten Umfeld am Arbeitsplatz. Einen Freund hatte Katharina nach dem Kenntnisstand der Mutter nicht.

«Ist Ihnen in den letzten Wochen und Monaten irgendetwas an Katharina aufgefallen?», fragte Sabina. «Hat sie sich irgendwie verändert?»

Die Mutter überlegte. «Sie hat mehr Musik gemacht in letzter

Zeit», sagte sie schliesslich, «hat sich öfter zurückgezogen und Gitarre gespielt.»

«Weil sie etwas beschäftigte? Als seelischer Ausgleich?», fragte Sabina.

«Ich weiss nicht», antwortete Frau Jakobs. «Ich glaube eher, dass sie einfach wieder mehr Freude an der Musik hatte. Sie hat sich manchmal mit Freunden getroffen, um zu musizieren. Draussen in der Natur. Aber sie hat nie was Genaueres drüber erzählt.»

«Ist sie generell eher verschlossen?»

«Nein, nein», sagte die Mutter, «aber über diese ganz innerlichen Dinge, über die Musik und den Glauben, da redet sie nicht viel.»

«Ist sie denn sehr gläubig?», fragte Sabina.

«Ja, ich weiss auch nicht, irgendwie anders als wir. Sie geht nicht in die Kirche, aber sie betet schon», sagte Frau Jakobs.

«Etwas anderes», wechselte Sabina das Thema, «wissen Sie, ob Katharina ihr Handy bei sich hatte?» Sie ärgerte sich, dass sie nicht längst danach gefragt hatte. Offenbar hatte es auch keiner der Kollegen getan.

«Ja, aber es ist ausgeschaltet. Moment, ich gebe Ihnen die Nummer. Wollen Sie überprüfen lassen, ob sie telefoniert hat?»

Sabina nickte.

Die Mutter brachte einen Zettel, auf dem sie Katharinas Handynummer und die Namen und Telefonnummern ihrer engsten Freundinnen notiert hatte.

«Und von den ganzen Freundinnen hat keine eine Idee, wo Katharina sein könnte?», fragte Sabina.

«Sie haben alle gesagt, sie wissen es nicht.»

«Ich werde mich noch mal drum kümmern. Hat Katharina eigentlich jemals erwähnt, dass sie Probleme auf der Arbeit hat? Oder dass ihr jemand nachstellt?»

«Nein, nie. Sie ist ein sehr unkompliziertes Mädchen. Und ja auch kaum erwachsen, im Mai wird sie neunzehn.»

Die Mutter schluckte. Sie sah Sabina mit fast flehendem Blick an. «Glauben Sie, dass Sie meine Katharina bald zurückbringen?»

«Wir tun alles, was wir können», sagte Sabina.

«Ja?», fragte die Mutter.

Sabina nickte und erwiderte den Blick der Frau.

Als sie San Bernardino erreichte, dämmerte es schon. Die Wintersaison ging zu Ende, und der Ort war nicht mal mehr zur Hälfte ausgebucht. Nur wenige Menschen waren auf den Strassen.

Sie parkte bei der Post. Die grosse Tonne beim Bushalteplatz war bis oben hin mit Müll gefüllt. Der Deckel hatte ein grosses Loch in der Mitte und war mit einer Kette an der Tonne befestigt. Auf den ersten Blick konnte Sabina nicht erkennen, ob sich das von Höhli beschriebene Säckchen darin befand. Ein anderer, etwas kleinerer Mülleimer beim Eingang zur Post war fast leer.

«Scheisse», fluchte sie.

Ein älterer Mann, der an ihr vorbeiging, sah sie fragend an. Sie zückte ihren Polizeiausweis und stellte sich vor.

«Wissen Sie, wie oft hier die öffentlichen Mülltonnen geleert werden?»

«Im Moment gar nicht», sagte der Mann, «die Grippe legt doch fast alles lahm.»

«Das ist gut», sagte Sabina, woraufhin er sie etwas besorgt ansah. «Weil ich etwas suche, deswegen ist es gut», präzisierte sie. «Können Sie mir helfen?»

Die Tonne war über einen Meter hoch und hatte einen enormen Durchmesser. Sabina rüttelte am Deckel, aber es tat sich nichts.

«Warten Sie kurz», sagte der Mann, verschwand in einem der umstehenden Häuser und kam mit einer Axt zurück.

«Soll ich?», fragte er und deutete auf die Kette.

«Ja bitte», sagte Sabina, und schon war das Eisen durchgehackt.

Gemeinsam stiessen sie die Tonne um, aus der unter einem gewaltigen Rumsen Plastikflaschen, Zeitungen, Dosen, Taschentücher, Schokoverpackungen und Obstreste purzelten, dazu Windeln, zerknüllte Plastiktüten, ein kaputter Fussball und – genau wie es der Busfahrer beschrieben hatte – ein kleines anthrazitfarbenes Stoffsäckchen.

Sabina hielt es unter die Strassenlaterne. Es war ein schlichtes Säckchen ohne Aufschrift. Sie ging damit zum Auto, holte eine Taschenlampe und zog ein paar Gummihandschuhe an. Mit einem «Mille grazie» verabschiedete sie sich von dem älteren Herrn, holte die Steine heraus und legte sie nebeneinander aufs Autodach.

Sie liess den Kegel der Taschenlampe über die Ansammlung streichen und hielt inne. In einen der Steine war ein Wort geritzt: *Rabe.*

Sabinas Herz schlug schneller, als sie die anderen Steine genauer untersuchte. Auch auf dem nächsten stand etwas: *Blut*. Auf dem dritten *Stier*. Auf dem vierten *Post*. Dann *Bank*. *Himmelsleiter*. *Russland*.

Ein Schuss Adrenalin versetzte sie in Hochspannung. In alle Steine waren Worte eingeritzt, die aussahen wie die Sgraffito-Verzierungen an den Häusern der Gegend. Fein säuberlich schraffierte Buchstaben mit grossen hellgrauen Flächen im dunkleren Stein. Um jeden Buchstaben ein kleines Quadrat als Umrandung. Waren diese Steine Teil einer Spielausstattung? Oder war hier ein Entführer am Werk, der rätselhafte Botschaften hinterliess? Der Fall wurde interessant.

Sabina fuhr nach Donat und stellte den Wagen vor ihrem Haus ab. Am Eingang zog sie Schuhe und Mantel aus und schlüpfte in ihre Pantoffeln. Das Säckchen legte sie auf den alten Fichtentisch in der Stube, dann zog sie ihre Gummihandschuhe an, griff hinein und breitete die sieben Steine vor sich aus.

Bank – das konnte auf die Bank hinweisen, in der Katharina Jakobs arbeitete. Aber auch auf jede Bank, die irgendwo am Wegesrand stand.

Rabe – ihr war der Rabe am ehesten als Symbol für Weisheit bekannt.

Post – Katharina Jakobs war bei der Post in Zillis zuletzt gesehen worden, sie war mit dem Postbus gefahren.

Stier – was konnte am Stier relevant sein? Die Kraft? Der Stierkampf, von dem Heini so fasziniert war? Das Sternzeichen?

Himmelsleiter – es gab eine Leiter auf dem Weg zum Piz Beverin, oberhalb von Donat. «Stairway to Heaven» von Led Zeppelin fiel ihr noch ein. Und gab es da nicht irgendeine Geschichte in der Bibel?

Blut – bislang war keine Gewalt im Spiel. Blut konnte für alles stehen. Für den Saft des Lebens, für den Tod, für das Leiden Jesu, für Gewalt.

Russland – Russland verband sie mit Gasmillionären und undemokratischen Verhältnissen, aber auch mit grosser Literatur und der berühmten russischen Seele.

Sabina zog die Handschuhe aus, notierte sich die Begriffe auf Karteikarten und steckte sie an eine Pinnwand in der Küche.

Sie ging ins Bad, liess Wasser in die Wanne laufen und gab einen Schuss Lavendelöl dazu. Ihre iPod-Station stellte sie auf den Wannenrand, dazu zwei kleine Duftkerzen. Als sie die sphärischen Harmonien der isländischen Band Sigur Rós hörte, stieg sie ins Wasser und wurde von wohliger Wärme umarmt. Sie liess den Kopf unter die Oberfläche gleiten und lauschte den verzerrten Klängen.

Nicht weniger diffus als die Geräusche unter Wasser war das Auftauchen dieser Steine. Bis klar war, ob es weitere Indizien gab, würde sie Malfazi nichts davon erzählen. Zu nah war noch die Erfahrung aus Zürich, als sie bei einem Mordfall im Rotlichtmilieu verfrüht auf vermeintliche Indizien gesetzt hatte, die sich im Nachhinein als fingiert erwiesen hatten. Sie hatte dort zwei Unschuldigen massiv zugesetzt und deren Familien bis an den Rand des Zerbrechens gebracht. Ihre Kollegen hatten ihr keine Vorwürfe gemacht; das könne jedem passieren, hatten sie gesagt. Auch an die Presse war nichts gedrungen. Ihr Chef aber hatte sie vor der gesamten Mannschaft zusammengestaucht. «Naiv und voreilig», hatte er sie genannt, «und das bei Ihren Zeugnissen.» Auf keinen Fall wollte sie, dass sich so etwas wiederholte. Und unter keinen Umständen wollte sie gleich bei ihrem ersten grösseren Fall in Graubünden als Spinnerin in Erscheinung treten, mit der die Phantasie durchging.

3

Als Sabina am nächsten Morgen den Leiter des Erkennungsdiensts auf dem Gang traf, bat sie ihn diskret in die Kaffeeküche.

«Was gibt's so Geheimes?», fragte Reto Beeli, den Sabina für einen loyalen, vertrauenswürdigen Kollegen hielt.

«Ich hab etwas, was ich gerne auf Fingerabdrücke untersuchen lassen möchte. Kannst du das für mich machen, ohne es an die grosse Glocke zu hängen?»

«Du meinst, ohne das Ergebnis an die Pinnwand zu heften oder auf Malfazis Schreibtisch zu legen?»

«Ja, so ungefähr. Ich bin mir nicht sicher, ob es relevant für diese Vermisstengeschichte aus Reischen ist.»

«Okay. Worum geht's genau?»

«Um ein paar Steine», sagte Sabina. «Hier.» Sie griff in ihre Tasche und gab ihm das Stoffsäckchen.

Höhli, der Busfahrer, war wieder auf freiem Fuss, nachdem seine Frau einen Anwalt eingeschaltet hatte. Den Menschen in Obermutten war nichts Auffälliges rund um die Alp aufgefallen. Und auch aus anderen Ortschaften kamen keine brauchbaren Hinweise. In der Mittagspause traf sich Sabina mit einigen von Katharina Jakobs Freundinnen.

Die Mädchen zeichneten, wie schon die Mutter, das Bild einer sympathischen, unkomplizierten jungen Frau, die keine Laster, keine Feinde und keine Geheimnisse zu haben schien. Ein Entführer meldete sich nicht, eine Lösegeldforderung gab es nicht. Ausser den Steinen, die Sabina gefunden hatte, gab es keine brauchbaren Ermittlungsansätze. Umso gespannter war sie auf das Ergebnis der kriminaltechnischen Analyse.

«Da sind keine Fingerabdrücke drauf», sagte Beeli und gab ihr das Säckchen zurück.

«Überhaupt keine?», fragte sie.

«Nicht ein Fingerchen.»

«Komisch, oder?»

«Ja, schon.»

«Dann hat jemand sie abgewischt», sagte Sabina.

«Oder die Steine mit Handschuhen angefasst.»

«Und was mach ich jetzt mit dieser Information?»

«Ich denke, du solltest mit den Kollegen drüber reden. Aber entscheide selber.»

Sabina verstaute das Säckchen in ihrer Jackentasche und ging zum Polizeiparkplatz. Sie wollte noch einmal mit Gustav Höhli reden.

Im Muttnertobel kam ihr diesmal niemand entgegen. Ohne einmal zurücksetzen zu müssen, erreichte sie Obermutten und fuhr zügig weiter zur Alp.

Als Höhli den Polizeiwagen kommen sah, sackte er in sich zusammen.

«Was ist?», fragte er mit schwacher Stimme, als Sabina vor der Alphütte stand. Sie roch seine Alkoholfahne.

«Ich will noch einmal mit Ihnen über dieses Säckchen mit den Steinen reden», sagte sie.

Er bat sie in die Hütte und goss ihr lauwarmen Kaffee aus einer verbeulten silbergrauen Thermoskanne ein.

Sabina behielt das Säckchen zunächst in der Jackentasche. «Haben Sie sich die Steine aus dem Bus eigentlich genauer angesehen?», fragte sie, nachdem sich Höhli ebenfalls Kaffee eingeschenkt hatte.

«Nein, ich hab nur kurz reingeschaut», sagte er. «War ja nix Besonderes drin.»

«Doch», widersprach Sabina und schüttete die Steine auf dem Tisch vor ihm aus. «Bitte nicht anfassen», sagte sie, als er danach greifen wollte. Er schaute sich die Worte interessiert an.

«Das hab ich nicht bemerkt», sagte er.

«Ich möchte Sie bitten, sich noch einmal in die Situation am Freitag zu versetzen. Ist Ihnen irgendjemand aufgefallen, der das Säckchen in den Bus gelegt haben könnte? Oder ein Kind, das die Steine vielleicht vergessen hat? Wo genau lagen sie denn?»

Höhli kratzte sich am Ohr. «Die lagen», sagte er nach einer Weile, «die lagen nicht da, wo Katharina sass. Die lagen weiter hinten, aber da sass gar niemand. Ja, das ist komisch. Da sass eigentlich gar niemand. Aber ich war ja kurz vor der Abfahrt auf dem Klo, vielleicht hat sie da jemand reingelegt und ist dann weg. Ich dachte halt, das Säckchen hätte jemand vergessen. Irgendjemand.»

«Sie hatten noch diese Skitourengeher erwähnt, die in Donat ausgestiegen sind. Wann kamen denn die zum Bus?»

«Die sind mit Frau Zügli zusammen auf den letzten Drücker rein. Das waren Österreicher, das hab ich gehört.»

«Und wo sassen die im Bus?»

«Direkt vorne bei mir, darum hab ich sie ja so gut reden hören.»

«Dann versuch ich die Herren mal ausfindig zu machen. Danke, Herr Höhli. Und – bitte reden Sie mit niemandem über die Steine.»

«Ist recht, ja. Ja, ist recht.»

Sabina sammelte die Steine mit einem Taschentuch wieder ein. Den halbwarmen Kaffee liess sie stehen.

Die beiden Skiwanderer waren in Donat ausgestiegen. Vielleicht hatten sie dort auch übernachtet? Sabina setzte sich ins Auto und fuhr vorsichtig bergab. Gut eine halbe Stunde später erreichte sie ihren Wohnort. Sie fuhr direkt zum Gasthof Beverin. Der Besitzer war ein alter Bekannter ihrer Mutter, er würde ihr jede Hilfe angedeihen lassen, da war sie sich sicher.

«Hoi, Carlo», grüsste sie, als er aus der Küche gestapft kam.

«Salü, Sabina», erwiderte er.

«Espresso?»

«Jo.»

«Setz dich schon mal raus, ich komm gleich.»

Er konnte sich an die beiden Skiwanderer erinnern. «Aus Österreich waren in der Woche nur die beiden da, ich hol gleich mein Buch und schau nach. Aber sag, wie geht's dir?»

«Danke, Carlo, gut. Ich fühl mich wohl.»

«Ja, wir haben's schon schön.»

«Es ist auch das Tempo», sagte sie, «hier ist man nicht so gehetzt.»

Carlo holte sein Reservierungsbuch und suchte den letzten Freitag. «Da sind sie, zwei Brüder aus Feldkirch. Die waren eine ganze Woche da, von Sonntag bis Sonntag. Thomas und Gerhard Pletzer. Hier ist die E-Mail-Adresse.»

Sabina schrieb sie sich ab und trank den letzten Schluck ihres Kaffees.

«Ist ein guter Espresso, ich komm bald mal wieder auf einen.»

«Sicher», sagte er und wies ihren Zehn-Franken-Schein ab.

emons: weltweit regional
www.emons-verlag.de
NOTRUF 110
OLIVER G. WACHLIN
Kreuzberg
KRIMINALROMAN
emons:
© Foto: Don Espresso / photocase.com

Sabina fuhr noch einmal nach Oberurmein, um mit Seilbach zu sprechen, der Katharina Jakobs am Busbahnhof gesehen hatte. Er empfing sie freundlich und bat sie herein. Sie hielt sich nicht lange mit Formalitäten auf und kam gleich zur Sache.

«Wann waren Sie am Busbahnhof, können Sie sich an die genaue Uhrzeit erinnern?»

Seilbach rührte mit dem Löffel in seiner Teetasse herum. «Das war vielleicht um halb vier, aber ich weiss es nicht mehr genau.»

«Ist Ihnen jemand aufgefallen, der sich in der Nähe der Busse aufgehalten hat? Jemand, der etwas reingelegt haben könnte und dann wieder verschwunden ist?»

Seilbach schien ernsthaft nachzudenken.

«Ich bin vom Aufzug zum Bahnhof gelaufen», sagte er schliesslich. «Erst als Sie mich explizit danach gefragt haben, ob ich das Mädchen an dem Tag noch mal gesehen habe, konnte ich mich erinnern, dass sie da auf der Bank sass. Aber das ist jetzt schon zu lange her. Keine Ahnung, ob da sonst noch jemand war.»

Sabina sah, dass der Mann sich Mühe gab, in seiner Erinnerung zu kramen. Aber alles, was die Wissenschaft über Zeugenaussagen in Kriminalfällen herausgefunden hatte, bestätigte das, was Seilbach gerade gesagt hatte. Wenn ein Geschehen mehr als ein, zwei Tage zurücklag, war es fast unmöglich, sich korrekt an Nebensächlichkeiten zu erinnern. Menschen vermischten im Nachhinein oft Suggestion und Wirklichkeit – mit manchmal fatalen Folgen für Gerichtsprozesse.

Sabina bedankte sich und hinterliess Seibach ihre Karte, falls er sich doch noch an etwas erinnerte.

Auf dem kleinen See oberhalb des Ferienhauses versanken die blauen Zielringe der Eisstockbahnen im Matsch. Das Eis auf tausendsechshundert Metern Höhe war durch die Sonne stark aufgeweicht. Sabina stellte ihren Wagen etwas weiter oben ab und ging ein paar Schritte durch den Wald. In vier Tagen war Ostern. Sie hatte sich bei Freunden in Stuttgart angekündigt und wollte noch ein paar Sachen packen.

Zu Hause in Donat schrieb sie eine E-Mail an die Adresse der österreichischen Skiwanderer und bat um eine rasche Rückmeldung. Danach suchte sie ihre Sachen für die Ostertage zusammen. So wie die

Dinge lagen, konnte sie am Karfreitag nach Stuttgart fahren. Eine junge Kollegin übernahm die Vertretung und war instruiert, sie sofort anzurufen, falls sich etwas ereignete.

4

Der Gründonnerstag verlief relativ ruhig. Die Auswertung von Katharina Jakobs Handy hatte ergeben, dass sie am Tag ihres Verschwindens keine Telefonate geführt hatte. Auch die Überprüfung der Verbindungsdaten aus den Vorwochen ergab keinen Anhaltspunkt: alles Nummern von Freunden oder Verwandten. Gegen dreizehn Uhr antwortete per Mail einer der österreichischen Skiwanderer aus dem Bus, Thomas Pletzer. Er sei gerne bereit, als Zeuge auszusagen, wolle aber deswegen nicht extra nach Chur reisen. Sie verabredeten sich für vierzehn Uhr am Telefon.

Sabina befragte ihn eingehend nach seinen Beobachtungen am Busbahnhof in Thusis und während der Busfahrt. Der Mann versuchte, sich die Fahrt noch einmal vor Augen zu führen. Er konnte sich an Katharina Jakobs und auch vage an Frau Zügli erinnern. Weitere Mitreisende hatte er nicht bemerkt. Der Busfahrer «mit der dicken Brille und dem schütteren Haar» war ihm ebenfalls in Erinnerung geblieben, auffällig verhalten habe der sich aber nicht. Überhaupt wisse er nichts von besonderen Vorkommnissen zu berichten. Die Menschen im Bus hätten sich alle freundlich in Ruhe gelassen. In Donat sei er mit seinem Bruder ausgestiegen und habe die Ski ausgeladen. Auch dabei sei ihm nichts Besonderes aufgefallen. Der Laderaum sei leer gewesen, ausser ihren Rucksäcken seien keine Gepäckstücke darin gewesen. Sie könne aber gerne auch noch mit seinem Bruder sprechen, der sei nur für einige Tage beruflich ausser Landes.

Sabina beendete die Befragung nach etwa zehn Minuten. Sie erwartete keine dienlichen Hinweise mehr.

Lustlos ging sie in Heinis Büro und informierte ihn über das Gespräch mit Pletzer.

«Sieht so aus, als würden wir in der Sache nicht weiterkommen», sagte Heini, «zumal von nirgendwo ein Hinweis auf ein Verbrechen zu uns kommt.»

«Meinst du, es ist viel Lärm um nichts?»

«Keine Ahnung. Aber dass ein Mädchen aus dem Schams ermordet wird oder auf dem Heimweg im Rhein ertrinkt, ist eher unwahrscheinlich. Zumindest ist es in den letzten fünfzig Jahren nicht passiert.»

«Also können wir in Ruhe die Ostertage geniessen?»

«Ich wüsste nicht, warum wir eine Sonderschicht fahren sollten. Wir haben die Routinebefragungen durch, und es hat sich keine Spur ergeben. Oder hast du eine?»

Sabina fuhr sich verlegen über den Mund. Einen Moment überlegte sie, ob sie Heini die Sache mit den Steinen anvertrauen sollte. Doch dann siegte eine innere Stimme, die ihr riet, sich nie wieder so zu blamieren wie in Zürich.

5

«Was sagt der Kollege Freisler?», fragte Claudio Malfazi, als er am Ostermontag um sieben Uhr zweiunddreissig das Besprechungszimmer betrat, in dem bereits Heini und eine junge Kollegin, die über Ostern Dienst gehabt hatte, warteten.

«Bei der neuen Vermissten handelt es sich um eine junge Frau aus Andeer, Iris Grenz, vierundzwanzig», sagte die Mitarbeiterin vom Spezialdienst. «Sie war gestern mit zwei Freundinnen im Mineralbad Andeer. Die drei haben sich gegen zwanzig Uhr am Ausgang getrennt. Iris Grenz wollte noch alleine zur Kirche gehen, zum Grab ihrer Grossmutter. Ab hier fehlt jede Spur von ihr. Sie hat mit ihrem Freund eine Modeboutique in Thusis. Er konnte sich ihr Verschwinden nicht erklären und hat gestern um dreiundzwanzig Uhr die Polizei verständigt.»

Erst jetzt betrat Sabina, die aufgrund der neuen Vermisstenmeldung ihren Osterurlaub abgebrochen hatte, den Besprechungsraum.

«'tschuldigung», sagte sie und stellte ihren Kaffee auf den Tisch. «Ich komm direkt aus Stuttgart.»

Malfazi sah sie missbilligend an und fuhr mit seiner Befragung fort. «Keine Auffälligkeiten in den letzten Tagen und Wochen, keine sonderbaren Kontakte?»

«Soweit mir das der Kollege aus Andeer mitgeteilt hat, nein», sagte die junge Polizistin.

«Dann haben wir also nichts! Ausser zwei Vermisstenfällen, für die wir normalerweise gar nicht zuständig wären.»

«Moment, Moment», hakte Sabina nach. «Wer genau ist vermisst?»

«Eine Iris Grenz aus Andeer», wiederholte Malfazi. «Alle, die rechtzeitig da waren, wissen das bereits.»

Dass gerade er als notorischer Zuspätkommer sie zurechtwies, missfiel Sabina gehörig. Sie ging in die Offensive.

«Sind irgendwo im Umfeld der Vermissten Botschaften aufgetaucht?»

«Was denn für Botschaften?», fragte Malfazi.

«Zum Beispiel Steine mit Worten darauf.»

Die junge Polizistin sah etwas überrumpelt aus. «Davon weiss ich nichts, aber ich kann ja noch mal fragen.»

«Nein, nein, schon gut», wiegelte Sabina ab. «Ich werde selber hinfahren. Dann lern ich den Kollegen Freisler auch mal kennen. Ist ja praktisch mein Hauspolizist im Schams.»

«Okay, kümmer dich drum», befahl Malfazi mehr, als dass er sie darum bat. «Und was hast du da gerade von Botschaften gefaselt?»

«Ach nichts. Ich klär das erst.»

«Vielleicht lässt du uns an deinen Ideen teilhaben?»

«Ich will erst noch etwas prüfen. Bitte.»

«Macht man das so in Zürich?», ätzte er. «So im Alleingang?»

«Ich mache das so. In Graubünden», giftete sie zurück.

Die Kollegen nahmen das Gezeter schweigend zur Kenntnis.

«Der ist ja mal wieder drauf», sagte Heini, als Malfazi den Raum verlassen hatte.

«Ja, irgendwas bekommt ihm nicht», sagte Sabina. «Aber das ist nicht mein Problem. Ich fahr nach Andeer. Kommst du mit?»

«Nein», sagte Heini, «hab zu tun.»

«Ich glaube, dass wir vor einem komplizierten Fall stehen», sagte Sabina.

«Wieso?»

«Kann ich noch nicht sagen. Vielleicht weiss ich heute Nachmittag mehr.»

«Okay, aber mach keine Alleingänge, Sabina. Malfazi hat gerne die Kontrolle. Und ich weiss ehrlich gesagt auch ganz gerne, was meine Kollegen so denken und tun.»

Sabina wusste, dass sie ihn und Malfazi über die Steine hätte informieren müssen und dass ihr Vorgehen wie ein Alleingang aussah. Seit der Sache in Zürich hatte sie ihre Sicherheit im Umgang mit Indizien verloren. Dazu kam noch, dass Malfazi angesichts der Steine sicher in seiner üblichen Art reagiert hätte: herablassend. Das Verschwinden einer Frau mit ein paar Steinen in Verbindung zu bringen, die zufällig in einem Bus lagen, das überstieg seine kriminalistische Phantasie. Schon an ihrem ersten Tag im Januar hatte er klargemacht, dass er sich bei der Arbeit nur an Greifbares hielt. «Ich bin Praktiker, kein Theoretiker», hatte er gesagt und Sabina damit einen vor den Latz geknallt.

Sie hatte etliche fachliche Fortbildungen hinter sich und – trotz des Fauxpas in Zürich – sehr gute Arbeitszeugnisse. Malfazi war sicher neidisch auf diese Meriten und ihr theoretisches Know-how. Den Neid aber versteckte er, wie so viele, hinter einer harten Gangart und der Berufung auf die allein zählende Praxis.

Der Tag war traumhaft schön. Auf der Fahrt über die Autobahn liess sich Sabina am Telefon Details über Iris Grenz durchgeben und vereinbarte für den Nachmittag Zeugenbefragungen. Dann legte sie eine CD mit finnischer Volksmusik ein. Sie hatte sich vorgenommen, in diesem Jahr die musikalischen Kulturen von mindestens zehn Ländern zu erkunden. Finnland versprach immer etwas Spannendes. Und die Lieder der Sängerin waren gut mitzusingen: «Ailole, oilole, eilole, le.»

Auf dem Polizeiposten in Andeer war normalerweise nur einmal in der Woche ein Beamter anzutreffen. Aufgrund des neuerlichen Vermisstenfalls war der Posten vorübergehend ganztägig und auch am Feiertag besetzt.

«Urs Freisler», stellte sich der dickbäuchige Polizist mit dem breiten Schnauzer vor und reichte Sabina die Hand. «Wie kann ich Ihnen helfen?»

«Sabina Lindemann, ich leite mit Claudio Malfazi den Vermisstenfall Katharina Jakobs.»

«Ach, sieh an, Frau Lindemann. Ihr Ruf eilt Ihnen voraus», sagte Freisler und bot ihr einen Platz an.

«Ich hoffe, ein guter», sagte Sabina.

«Ja. Aber er bezog sich bisher nur aufs Fachliche.»

Sie liess den Flirtversuch ins Leere laufen. In dem Büro stand die Luft; Sabina war danach, ein Fenster aufzureissen.

«Wie können wir weitermachen?», fragte Freisler, um das entstandene Schweigen zu brechen.

«Nun, aufgrund der zeitlichen und räumlichen Nähe der beiden Vermisstenmeldungen denke ich, dass ein Zusammenhang bestehen könnte», sagte Sabina.

«Klingt plausibel», erwiderte Freisler und strich sich bedächtig über seinen Schnauzbart.

«Mich interessiert, ob im Umfeld von Iris Grenz oder am Ort, wo sie zuletzt gesehen wurde, auffällige Zeichen registriert wurden», fuhr Sabina fort.

«Was denn für Zeichen?», fragte Freisler mit verschränkten Armen.

«Zum Beispiel Steine mit eingravierten Worten.»

Freisler zog die Augenbrauen hoch und kratzte sich am Kinn. Sabina wurde konkreter.

«In dem Bus, in dem Katharina Jakobs zuletzt gesehen wurde, lagen in einem Stoffsäckchen sieben Steine mit darin eingeritzten Worten. Möglicherweise haben wir es mit einem Entführer zu tun, der bewusst Zeichen hinterlässt.»

«So was hatten wir hier noch nie», sagte Freisler mit der Unerschütterlichkeit eines Mannes, für den Veränderung ein Fremdwort war.

Sabina wusste nicht, ob sie lachen oder weinen sollte. Sie wusste um die Eigenheiten der Bündner. Und dieser hier schien ein Paradeexemplar zu sein. Sie musste schliesslich lachen.

«Es gibt ja nun gerade in unserem Job gerne für alles ein erstes Mal, lieber Kollege, oder?», sagte sie.

Freisler hob mit beachtlicher Langsamkeit die Schultern. Sabina fühlte sich herausgefordert.

«Ich weiss zwar noch nicht, was es mit diesen Worten auf sich hat», sagte sie, «aber ich bin zumindest gewappnet dafür, dass es etwas Neues ist.» Sie betonte das »Neues« sehr deutlich. Freisler schwieg immer noch. Sabina verlor die Geduld.

«Unterrichten Sie mich doch bitte, falls Ihnen irgendetwas in der Art unterkommt», sagte sie und stand auf. «Etwas, das Sie vorher noch nie hatten, hm?»

Sie ging, ohne Freisler noch einmal die Hand zu reichen. Die Phantasielosigkeit mancher Kollegen hatte sie schon in Zürich manchmal zum Kochen gebracht. Die selbstgenügsame Dumpfheit dieses Dorfsheriffs allerdings war eine bisher einmalige Erfahrung für sie.

Nachdem sie das Polizeibüro verlassen hatte, ging sie ein paar Schritte durchs Dorf und sah sich beim Schwimmbad um. Ihr fiel nichts Besonderes auf. Weder im Eingangsbereich noch an der grossen Glasfassade waren besondere Zeichen auszumachen. Direkt hinter dem Hotel Fravi, das mit dem Schwimmbad verbunden war, stand auf einem Hügel die alte Dorfkirche. Sabina schritt den unebenen Weg bergan und achtete auf die Steine am Boden. Es war nichts Auffälliges zu entdecken. Auf dem Friedhof fand sie das Grab der Grossmutter Grenz. Weder am Grabstein noch in der Bepflanzung fand sie ein Zeichen. Sie ging wieder zum Auto und fuhr zurück nach Chur. Die finnische Musik brachte sie zum Schmunzeln.

«Etwas erreicht?», fragte Heini, als er sie auf dem Gang traf.

«Wie willst du mit Kollegen was erreichen, deren Neugierde genau von der Tellermitte bis zum Rand reicht?», raunzte sie und ging schnurstracks an ihm vorbei.

«Hm», murmelte Heini und folgte ihr in ihr Büro.

Dort deutete er auf das Stoffsäckchen, das auf einer Ablage neben ihrem Schreibtisch lag.

«Sag mal, sind da die ominösen Botschaften drin, von denen du heute Morgen geredet hast?»

«Das sind Steine, die in dem Bus gefunden wurden, mit dem Katharina Jakobs zuletzt gefahren ist.» Sabina nahm das Säckchen und liess den Inhalt auf den Tisch kullern.

Heini beugte sich darüber und legte einen für seine Verhältnisse uninspirierten Gesichtsausdruck auf.

«Hast du die Dinger untersuchen lassen?»

Sie hörte den Hauch eines Vorwurfs in seiner Stimme.

«Ja», sagte sie. «Es sind keine Fingerabdrücke drauf.»

Heini zog die Augenbrauen hoch. «Wenn die Steine zufällig im Bus vergessen worden wären, müssten Spuren drauf sein, oder?»

«Ich denke schon», sagte Sabina, «deswegen hab ich das Ganze ja auch ernst genommen.»

«Und warum hast du nichts gesagt?»

Hier war der Vorwurf. Sehr direkt und völlig ungeschminkt. Sabina schluckte.

«Ich hatte Bedenken, dass Malfazi es nicht ernst nimmt», rückte sie heraus. «Ich war mir einfach nicht sicher. Hab mal in Zürich auf fingierte Indizien gesetzt und mich ziemlich blamiert.»

«Jetzt mal unter uns», Heini machte eine beschwichtigende Geste, «seit wann hast du diese Steine?»

«Schon ein paar Tage. Ich hab sie im Müll gefunden.»

«Im Müll?»

«Ja, in San Bernardino. Der Busfahrer hat sie weggeschmissen, ohne sie genauer anzuschauen.»

«Und du glaubst ihm?»

«Ja.»

«Okay», sagte Heini nach einer Pause, «ausnahmsweise würde ich sagen: Schwamm drüber, dass du die Sache so lange für dich behalten hast. Aber versprich mir, dass du in Zukunft keine Alleingänge mehr machst. Wenn Malfazi das genauer mitbekommt, hast du eine Abmahnung sicher. Wer weiss denn davon, dass du die Steine so lange hattest?»

«Beeli, du und Gustav Höhli.»

«Na ja, das wird wohl klargehen.» Heini nickte ihr wohlwollend zu. «Wir können ja mal eine Liste mit Assoziationen aufschreiben, die uns zu den Begriffen einfallen», schlug er vor.

«Hab ich schon gemacht.» Sabina zog ein Papier aus ihrer Jacke und zeigte es ihm.

Bank:	Aussichtsbank, Bank an der Strasse nach Reischen, Sicherheit, Arbeitsstelle der Vermissten, Datenbank, Samenbank, Schulbank, Banknachbar, Banküberfall
Post:	Postbus, Post in Zillis, Postsendung an die Eltern
Rabe:	Vogel, Weisheit, Schwarz, Kleine Hexe/Abraxas
Stier:	Stierkampf, Sternzeichen, Hörner, Stärke, rotes Tuch
Himmelsleiter:	Grössenwahn, Bibel, Traum, Jakob, Piz Beverin, Aufsteigen, Stairway to Heaven
Blut:	Gewalt, Tod, Verwandtschaft, Saft des Lebens, Jesus Christus, Abendmahl
Russland:	Gas, Kälte, Putin, Lenin, Stalin, Dostojewski, Tolstoi, Gorbatschow, KGB, Moskau, St. Petersburg, Atomwaffen, Öl

«Da kannst du ja einen ganzen Roman draus machen», sagte Heini. Sabina wusste zunächst nicht, ob er es anerkennend meinte. Zwei Sekunden später verriet er es. «Aber sonderlich erhellend ist das nicht.»

In ihrem Bauch zuckte es. Der Zorn. Er war kaum zu bändigen, wenn jemand ihre Eitelkeit verletzte. Das Bedürfnis nach einer Zigarette wurde in solchen Momenten fast unerträglich. Sie atmete tief durch. Ihr Puls war oben.

«Wie wäre es denn erhellend?», fragte sie kühl und knapp.

«Hohoho, so war das nicht gemeint.» Heini schmunzelte und nahm der Situation dadurch die Brisanz. «Ich meine ja nur: verschlüsselte Botschaften bei einem Vermisstenfall in Graubünden?»

«Jetzt fängst du auch noch damit an», sagte sie und spürte erneut ein Zucken im Bauch.

«Wieso auch noch?», fragte Heini.

«Ach, der Tubel aus Andeer hat sich schon darüber lustig gemacht.» Sie parodierte Freislers behäbigen Tonfall: «So was hat es hier noch nie gegeben.»

«Freisler?», lachte Heini. «Du hast es eben mit bodenständigen Menschen zu tun bei der Kantonspolizei Graubünden. Mit sehr bodenständigen Menschen.»

«Ich bin selber auch auf dem Boden», erwiderte sie. «Aber muss ich deswegen meine Neugierde begraben?»

«Nun lass uns erst mal was essen gehen», beschwichtigte Heini.

«Soso, arbeitet die Polizei neuerdings auch an Ostern?», fragte Toni, der Kellner.

«Leider zwingt uns die Situation dazu», sagte Heini und bestellte einen Nizzasalat.

«Sa-was?», fragte Toni.

«Sa-la-hat.»

Der Kellner sah Heini gespielt mitleidig an. Heini schickte ihn mit einer wedelnden Handbewegung fort.

«Ernsthaft, was ist mit dir los? Salat passt nicht zu dir», sagte Sabina.

«Ich möchte meinen Body-Mass-Index verbessern.»

«Warum?»

«Weil ich dann Geld von meiner Krankenkasse bekomme. Und von dem Geld kann ich dann ein paar ordentliche Filets kaufen.»

So war Heini. Er hatte eine ganz eigene Logik und einen herrlichen Humor. Nicht ohne Grund galt er als einer der gewieftesten Ermittler in Graubünden. Sabina wechselte die Tonart von lustig auf ernst.

«Wir müssen reden.»

«Das klingt nach Problemen. Worüber willst du reden?»

«Über Malfazi, wenn ich ehrlich bin. Er ist komisch.»

«Er ist halt ein typisches Alpha-Mannsbild», sagte Heini, «ein Testosteronfass. Da tut sich so ein Alpha-Weibsbild wie du natürlich schwer.»

«Nein, das meine ich nicht», sagte Sabina. «Dass er ein Depp sein kann, weiss ich. Aber irgendwas stimmt nicht mit ihm in den letzten Tagen.»

«Vielleicht Frauengeschichten?»

«Ich hab ihn noch nie mit einer gesehen.»

«Früher hat er hier jede Kollegin angemacht. Als er dann Chef des Spezialdiensts wurde, hat es sich ein bisschen gebessert.»

«Also meinen Arsch hat er täglich im Visier», lachte Sabina. «Wie ist er überhaupt Chef geworden?»

«Er hat einen Mordfall aufgeklärt», sagte Heini. «Die Hauptarbeit hat damals allerdings ein Kollege gemacht.»

«Und?», fragte Sabina.

«Der Kollege hat seinen Dienst quittiert, nachdem Malfazi befördert wurde.»

«Malfazi hat sich mit fremden Lorbeeren geschmückt?»

«So kann man es ausdrücken.»

«Ist das bekannt?»

«Er ist seither nicht mehr befördert worden.»

«Und das nagt an ihm, oder wie?»

«Viel schlimmer ist es wahrscheinlich», grinste Heini, «dass sie ihm jetzt dieses junge, begabte Ding aus Zürich an die Seite gestellt haben. Das ist für Malfazi eine Kampfansage. Du bist eine Bedrohung für ihn.»

So direkt hatte ihr das bisher noch niemand gesagt.

Für den Nachmittag verabredete sich Sabina mit den beiden Freundinnen von Iris Grenz, die gestern gemeinsam mit ihr im Schwimmbad gewesen waren. Sie traf sie beim Kiosk an der Kirche in Zillis. Beide waren über das Verschwinden der Freundin sehr besorgt.

«Die Iris ist eine ganz Zuverlässige», sagte Melanie Giger, «die würde nie fortfahren, ohne Bescheid zu geben.»

«Und sie hat überhaupt nicht erwähnt, dass sie fortwill», sagte die zweite Freundin. «Wir waren ja am Nachmittag im Bad und hatten uns für heute zum Spazierengehen verabredet. Das macht man doch nicht, wenn man was anderes vorhat.»

Zum ersten Mal war sich Sabina sicher, dass die beiden Vermisstenfälle zusammenhingen und dass es sich möglicherweise um den Beginn einer Serientat handelte. Die Art und Weise, wie die Frauen das Verschwinden von Iris Grenz bewerteten, liess kaum einen anderen Schluss zu, als dass es sich um ein Verbrechen handelte.

Um siebzehn Uhr war sie in Thusis mit Beat Tester, dem Freund von Iris Grenz, verabredet. Sie stellte ihren Wagen in der Hauptstrasse ab und ging die letzten Meter zum Modeladen der beiden zu Fuss. Im Schaufenster war eine Art Dschungel aufgebaut: eine Phantasielandschaft aus Baumstämmen, Blätternetzen, Lampen und Kleidern, dazu die Logos einiger Modelabels. Im Inneren konnte man eine Theke und ein paar Umkleidekabinen erkennen. Sabina klopfte an.

«Moment», hörte sie eine sonore Männerstimme rufen. Aus einem Hinterzimmer kam ein athletischer Mann um die dreissig und öffnete die Ladentür.

«Sabina Lindemann, wir haben telefoniert», stellte sie sich vor.

«Grüezi, Frau Lindemann, kommen Sie rein.»

«Sie arbeiten wohl auch am heiligen Ostermontag?»

«Lieber vertiefe ich mich in die Arbeit, als dass ich nur noch grüble. Am Feiertag kann man wenigstens ein bisschen Ordnung machen.»

«Sicher», sagte Sabina, «ich kann verstehen, dass Sie versuchen, sich abzulenken.»

«Wenn ich nur wüsste, was ich tun kann!» Tester blickte Sabina fast flehend an.

«Sie können im Moment leider wenig tun, Herr Tester. Erzählen Sie mir am besten, was Sie beide die letzten Wochen gemacht haben. Wo Sie waren. Wen Sie getroffen haben. Und falls Iris etwas alleine unternommen hat, wäre es natürlich auch gut zu wissen, was, wann und wo.»

Das Gespräch dauerte fast anderthalb Stunden. Sabina schrieb mehrere Seiten ihres Notizbuchs voll, machte Fragezeichen bei Dingen, die sie überprüfen wollte, und Ausrufezeichen bei Aspekten, die ihr besonders wichtig erschienen.

«Sagen Sie, ist Iris eigentlich gläubig?», wollte sie zum Schluss wissen. Beat Tester wand sich offensichtlich um eine Antwort.

«Das ist so ein Thema für sich», sagte er. «Ich halte von diesem christlichen Zeug nichts und, na ja, also wir vermeiden das Thema. Aber: Ja, sie hat da einen Bezug dazu.»

Gegen halb sieben verliess Sabina die kleine Modeboutique und machte sich auf den Weg nach Chur. Sie hatte für den Abend noch etwas vor.

«Huah!», schrie sie und versetzte ihrem Trainingspartner Marco einen saftigen Tritt gegen den Oberschenkel.

Er lachte nur und forderte sie mit einem lässigen «Na, komm noch mal» heraus. Sabina schnaubte und versuchte es erneut. Als sie gerade zur Drehung ansetzte, säbelte er mit einem blitzschnellen Tritt ihr Standbein weg. Sie landete auf dem Hosenboden und fluchte.

Seit Februar ging sie regelmässig ins Fitnessstudio, um sich beim Kickboxen abzureagieren. Marco nahm sie ernst und störte sich nicht daran, dass sie eine Frau war. Wenn ihr, wie gerade, ein Schlag oder ein Tritt misslang, zog er sie aber nur allzu gerne damit auf. Er musste sie wohl hin und wieder ein bisschen sticheln. Marco war ein heiterer Geselle, der immer geradeheraus seine Meinung sagte und sich nicht allzu viele Gedanken um den Gang der Dinge machte. Seine Arme waren flächendeckend tätowiert, seine Haare kurz rasiert, dazu zeigte er ein bubenhaftes Grinsen mit Zahnlücke. Heute schien er zu spüren, dass seine Trainingspartnerin besonders geladen war. Und genau in solchen Momenten, das wusste er, vernachlässigte sie gerne ihre Deckung. Sabina versuchte noch einmal, einen Drehkick anzusetzen, verfing sich aber wieder in seinem Bein und rutschte aus.

«Mann!», schrie sie.

«Ja, das bin ich, ein Mann», grinste er. «Sag mal, hast du's grad streng auf der Arbeit?»

«Wir haben schon viel zu tun. Und Malfazi nervt mich ein bisschen.»

«Der Typ, der dir immer auf den Arsch glotzt?»

«Ja, der. Ich werde in hundert Jahren nicht verstehen, was die Typen an meinem Arsch finden. Er ist doch fett.»

«Also fett ist er jetzt nicht direkt.»

«Da schau halt.» Sabina klopfte sich gegen ihre Pobacken.

«Na ja», sagte Marco. «Dünn ist er natürlich auch nicht.»

Sie trat ihn gegens Knie, er jaulte kurz auf, fing sich aber schnell wieder. «Noch 'ne Runde?», fragte er.

«Ja», sagte Sabina und begab sich in Kampfstellung.

Nach dreissig Sekunden lag sie wieder auf dem Boden. Als ihr noch zwei weitere Fusshaken gegen den Kopfschutz krachten, hatte sie endgültig genug.

«Manchmal vergess ich fast, dass du eine Frau bist», sagte Marco.

Sabina lächelte.

«Aber nur manchmal», fügte er an.

«Ey, was ist denn das?», sagte Sabina und guckte überrascht nach links. Marco drehte den Kopf und hatte im selben Moment ihren Fuss in der Hüfte.

«Der war für dein blödes Grinsen», sagte sie und ging duschen, während er sich die Hüfte hielt.

Die Sauna war nur noch spärlich besucht. Sabina streckte sich auf dem Rücken aus und genoss die Wärme. Bald sickerte sie in einen entspannten Dämmerzustand.

Nach dem Saunagang steckte sie die Füsse in ein Becken mit kaltem Wasser, dann in eines mit warmem. Ihr Geist war wieder wach. Sie blätterte in einer Zeitschrift. Unglaublich, mit wie wenig Inhalt diese Frauenmagazine über Jahre hinweg ihre Ausgaben füllten. Welcher Beziehungs- oder Sextyp bin ich? Wie macht man die Wohnung schöner? Wie wird man erfolgreicher im Job? Welcher Partner passt zu mir? Kochen, Reisen, Mode. Und ein bisschen Promi-Talk. Immer das Gleiche. Je nach Saison und Trend ein wenig anders akzentuiert. Und trotzdem lasen es alle Frauen der Welt immer wieder gerne. Sie informierte sich über die sieben Sextypen und fand sich im Profil «Die Abenteurerin» wieder. Eine Überraschung fühlte sich anders an.

Gegen dreiundzwanzig Uhr verliess sie das Fitnessstudio, das in einem alten Fabrikturm untergebracht war. Im Treppenhaus blickte sie auf die Lichter von Chur. Es war die älteste Stadt der Schweiz, Kantonshauptstadt, Bischofssitz, und doch ein Dorf. Genau das liebte sie daran.

6

Ein Tropfen fiel zu Boden. Lange musste sich das Wasser an der Decke gesammelt haben, sich langsam senkend, zu einem Körper formend, bis es sich in einem einzigen Moment von der Decke loslöste und auf den Boden aufschlug. Ein kurzes Zeichen, ein Geräusch wenigstens, eine leise Ahnung von Bewegung ausserhalb ihrer selbst. Dann wieder Stille.

Sie musste sich in einer Höhle oder in einem Schacht befinden. Die Wände waren aus Naturstein, schroff und feucht. Neben ihrer Pritsche standen zwei Kannen Tee. Im Eck ein Topf. Dazu hatte sie eine kleine Akkuleuchte. Wie lange war sie jetzt schon hier gefangen? Eine Woche, zwei Wochen? Sie hatte jedes Gefühl für Zeit verloren. Seit sie auf dem Heimweg überfallen worden war, hatte sie kein Tageslicht mehr gesehen. Alles war so schnell gegangen. Der Wagen am Wegesrand zwischen Zillis und Reischen. Im Schutz der Bäume hatte ein Unbekannter sie überwältigt, betäubt. Seither war es dunkel.

Sie hatte Angst. Jedes Mal, wenn der Mann zu ihr kam und sie aufforderte, sich auszuziehen, hatte sie unerträgliche Angst. Doch bisher hatte er ihr nichts angetan. Er hatte sie lediglich mit einer nach Honig duftenden Creme eingerieben und ihr zu essen gegeben. Ihre Haut war weich und duftete süss.

Sie hörte Schritte. Ihr Puls schlug schneller. Ein Schrei. Eine Frau. Dann Stille. Ein Stampfen. Ein Kämpfen. Oder bildete sie sich diese Geräusche nur ein? Nein. Die Schritte kamen zu ihr. Das Schloss klickte.

«Was machen Sie mit uns?», fragte sie den Mann, als er zu ihr trat, aber er sprach wie immer kein Wort. Auch heute trug er eine schwarze Maske; sein massiger Körper war von einer roten Robe umhüllt, in ihrer Innenseite ein tiefblauer Himmel mit goldenen Sternen. Darunter alles schwarz. Wie ein Teufel sah er aus. Und doch auch wie ein religiöser Würdenträger.

Er öffnete den Verschlag an der Seite ihrer Zelle und schaltete einen Heizstrahler ein. Mit einer einfachen Handbewegung wies er sie an, sich auszuziehen. Sie wehrte sich schon lange nicht mehr. In den ersten Tagen hatte sie geschrien und gebissen. Jetzt war das Eincremen zu einem Ritual geworden.

Sie spürte den Balsam. Ein schauriges Prickeln kroch über ihren Rücken. Die Hände des Mannes wärmten ihren Körper. Sie wollte sterben vor Angst, und doch war da auch ein Gefühl der Nähe. Er tat ihr nicht weh. Er tat, was er tat. Mit unendlicher Ruhe und festen, warmen Händen. Wenigstens eine Berührung, ein Mensch. Als er fertig war, hielt er ihr die Kleider hin und brachte ihr einen Teller warmer Suppe. Wie oft hatte sie ihn gefragt, wer er war. Wo sie waren. Und warum er sie einsperrte. Hatte ihn gefragt, womit er sie eincremte und wozu. Hatte ihn angeschrien, ob er eigentlich taub sei. Doch der Mann sagte nie etwas. Ja, er schien sie gar nicht zu hören. War er tatsächlich taub? War er stumm? War er der leibhaftige Teufel?

Dass sie seit Tagen kein Sonnenlicht mehr gesehen hatte, führte sie in eine völlig andere Welt. Sie hörte jedes Geräusch. Roch wie nie den Duft des Honigs und das Aroma der Kartoffelsuppe, die sie jeden Tag bekam. Nahm ihren Pulsschlag im Herz, am Hals und in den Ohren wahr.

Sie hatte versucht, sich in die Situation zu ergeben und gleichmütig zu werden. Doch ihre Angst war geblieben. Sie hatte geschrien und um sich geschlagen. Ihre Angst war geblieben. Irgendetwas hatte man mit ihr vor. Warum sonst wurde sie einbalsamiert? Und warum sonst hatte man jetzt noch eine weitere Frau in dieses grosse, offenbar weit verzweigte System gebracht?

Als er wieder weg war, weinte sie. Denn nichts war schrecklicher als dieses einsame Dämmern in der Dunkelheit. Nichts war schlimmer als dieses schwarze Nichts.

«Hallo, ist da jemand?», rief sie irgendwann. «Ich bin auch hier gefangen. Ist da wer? Haaallllooo.» Nichts rührte sich. War die andere Frau betäubt worden? Hatte er sie getötet?

Sie betete. Sie betete, um ihre Angst zu bezähmen. Doch es half nichts. Es war kalt. Es war dunkel. Und kein Gott schien sie zu hören.

7

«Ich will noch zur Glocke», sagte Moritz Freisler, als er mit seiner Mutter das Mineralbad in Andeer verliess. Er hatte sich im Schwimmkurs viel Mühe gegeben, also erfüllte ihm seine Mutter den Wunsch. Direkt am Kirchturm der Andeerer Kirche stand eine alte Glocke. Mitsamt dem Gebälk und den rostigen Schrauben der Halterung hatte man sie neben die Tür zum Turm gestellt – als Erinnerung an die alte Kunst des Glockengiessens. Der kleine Moritz rannte die Stufen zur Kirche hoch und hämmerte mit der Hand gegen die Glocke, die nur ein dumpfes Pochen wiedergab. Dann hielt er inne. An der Mauer direkt über der alten Glocke hatte er etwas entdeckt.

«Mama, was ist das?», rief er seiner Mutter zu.

Maria Freisler verschnaufte erst einmal, dann las sie ihm die Worte vor, die in die Wand eingraviert waren: *Stier, Auge, Blut, Wasserkirche, Limes, Bräutigam, Esprit.* Einen Sinn ergab das ihres Erachtens nicht aber mit den Buchstaben hatte sich jemand wirklich Mühe gegeben. Sie wirkten viel filigraner als die Schmierereien, die man sonst manchmal an Hauswänden und öffentlichen Gebäuden fand. Da hatte ein wahrer Kunsthandwerker Hand angelegt und alles fein säuberlich in die Kirchturmwand geritzt. Nur wofür?

Beim Abendessen war das Schwimmen ein grosses Thema, schliesslich hatte Moritz sichtbare Fortschritte gemacht und viel zu erzählen.

«Machen wir auch so Worte an die Wand, Papa?», fragte er, nachdem er ausführlich über seine Erfolge berichtet hatte.

«Was denn für Worte?», fragte Freisler, während er weiterkaute.

«Ach, da waren so Sgraffitos an der Kirchturmwand bei der Glocke», sagte seine Frau. «Irgendwelche Worte haben sie da reingeritzt, keine Ahnung, warum, aber sieht hübsch aus.»

Freisler hielt inne. «Worte an der Kirche?»

Seine Frau wunderte sich über sein reges Interesse. Normalerweise kümmerte er sich nicht allzu sehr um das, was Moritz und sie beim Essen erzählten. Für seine Verhältnisse geradezu explosiv löste er sich von seinem Stuhl und zog die Schuhe an.

«Was ist denn jetzt los?», fragte sie.

«Ich muss mir das anschauen», erwiderte er und ging.

***

«Handelt es sich um sieben Worte?», fragte Sabina, als sie am Mittwochmorgen einen Anruf aus Andeer erhielt. Sie verkniff sich zunächst einen Kommentar. Innerlich aber jubilierte sie.

«Stier, Auge, Blut, Wasserkirche, Limes, Bräutigam, Esprit», zählte Freisler. «Ja, sieben.»

«Bitte senden Sie mir Fotos von der Wand, Herr Freisler», sagte Sabina, und nicht unfreundlich fügte sie an: «Manchmal gibt es eben doch Dinge, die es vorher noch nicht gegeben hat, hm?»

Sie hatte kurz mit dem Gedanken gespielt, die Sache auf sich beruhen zu lassen, aber sie konnte die anfängliche Haltung des Kollegen einfach nicht unkommentiert lassen. Mit Genugtuung hörte sie sein trockenes Schlucken im Telefon.

«Ich hätte das wirklich nicht für möglich gehalten», drang es nach einer kurzen Pause in geradezu kniefälliger Haltung aus dem Hörer.

«Schicken Sie mir bitte die Bilder. Ich melde mich», beendete Sabina das Gespräch und ballte die Faust. Den Triumph konnte ihr niemand mehr nehmen. Es war höchste Zeit, die Kollegen zu informieren.

Die Worte waren untereinander in die weisse Wand geritzt worden. Durch den darunterliegenden Putz traten sie grau hervor. Sabina zoomte die Buchstaben heran und erkannte, dass es dieselbe Schrift war wie bei den Steinen aus dem Bus. Klar schraffierte graue Flächen auf weisser Wand, archaisch anmutend in ihrer Schlichtheit, dazu um jeden Buchstaben ein feines graues Quadrat, sodass sie wie Würfel nebeneinanderstanden. Diese Buchstaben wirkten altertümlich, ein wenig wie römische Ziffern oder Inschriften auf uralten Grabplatten.

Fünfzehn Minuten später sassen die wichtigsten Kriminalisten der Kantonspolizei in einem kargen Besprechungszimmer zusammen und wurden über den aktuellen Stand der Ermittlungen informiert. Sabina hatte rasch eine Präsentation der wichtigsten Indizien zusammengestellt: Fotos der Steine, Fotos vom Kirchturm, Fotos der vermissten Frauen und eine Karte, auf der die Wohnorte und die letzten Aufenthaltsorte der beiden markiert waren.

«Die Sache mit den Worten muss unbedingt intern bleiben», ordnete Oberstleutnant Spescha, der Chef der Kriminalpolizei, an. «Wenn wir das an die Öffentlichkeit geben, gibt es möglicherweise Trittbrettfahrer. Dann ist bald der ganze Kanton ein Wörterbuch.» Die Anwesenden lachten. «Übrigens gute Arbeit, Frau Lindemann.»

Sabina lächelte, Malfazi verbarg sein Gesicht hinter einem Ordner.

«Sollen wir die Bevölkerung warnen?», fragte Mario Hemmi, der für die Pressearbeit zuständige Polizist.

«Auf keinen Fall», erwiderte der Polizeichef. «Die ganze Panikmache übernehmen sicher die Medien. An alle Polizeiposten in Graubünden und in den anliegenden Kantonen geben wir Fotos der Vermissten und Fallbeschreibungen heraus. Und bitte auch an die italienischen Kollegen in den Grenzregionen. Vielleicht hat man die Frauen ja dort gesehen.»

Als die Sitzung beendet war, besprachen Sabina, Heini und Malfazi das weitere Vorgehen.

«Ich beschäftige mich mit den Worten», sagte Sabina.

«Häng die Listen in unseren Büros aus und lass unter jedem Begriff Platz für weitere Assoziationen», schlug Heini vor.

«Von mir aus», sagte Malfazi, «der Täter will uns ja offenbar irgendwas mitteilen, wenn es ihn überhaupt gibt.»

«Wie, wenn es ihn gibt?», fragte Sabina.

«Verschlüsselte Botschaften», spottete Malfazi, «ich glaub das nicht. Ach übrigens, Sabina: Findest du nicht, dass du die Steine hättest früher ins Spiel bringen können?»

«Ich hab sie gebeten, erst Beeli eine genaue Untersuchung machen zu lassen», sprang ihr Heini zur Seite. «Sie wollte dich eigentlich sofort informieren.»

Malfazi zog die Augenbrauen hoch und liess es damit auf sich beruhen. Heini erntete Sabinas süssestes Lächeln. Tatsächlich hatte sich Malfazi so verhalten, wie sie es erwartet hatte. Wenigstens hielt Spescha die Spur der Worte für plausibel.

«Ich hab mir ein bisschen über Tätertheorien Gedanken gemacht», sagte Sabina. Malfazi schaute demonstrativ aus dem Fenster. «Eine der Theorien besagt, dass sich Täter durch das Hinterlassen von Zeichen, Botschaften oder Gegenständen absichtlich selbst verraten. Sie folgen beim Begehen von Verbrechen einem Zwang. Gleichzeitig verfügen sie über intakte Gewissensanteile. Die drängen sie dazu, sich selbst zu verraten, um ihrem Handeln ein Ende zu setzen.»

«Sicher», sagte Heini. «Nach meiner Ansicht gibt es aber noch zwei weitere Erklärungen, die deutlich banaler sind. Erstens: Da will sich einer wichtigmachen. Und zweitens: Da will einer die Polizei durch vermeintliche Spuren beschäftigen und in die Irre führen.»

«Das alles ist möglich», räumte Malfazi ein. «Im Kern aber geht es darum, die Frauen zu finden. Das ganze Theoriegeschwafel bringt uns nicht weiter.»

«Ich denke schon, dass es uns weiterbringt», fuhr Sabina unbeirrt fort. «Der Täter geht durch hinterlassene Botschaften ein hohes Risiko ein. Jede Art von Botschaft kann etwas über ihn verraten. Allein die Tatsache, dass er mit Worten arbeitet, lässt doch schon Schlüsse zu.»

«Zum Beispiel?», fragte Malfazi.

«Zum Beispiel, dass eine erhöhte Wahrscheinlichkeit besteht, dass es sich um einen hochgebildeten Menschen handelt.»

«Wieso das denn?»

«Nach allem, was ich recherchiert habe, werden Verbrechen, bei denen verschlüsselte Botschaften am Tatort auftauchen, fast ausschliesslich von Tätern begangen, die einen IQ von über hundertdreissig haben.»

«Die intelligenten Bestien.» Heini sah seine Kollegen düster an.

«Damit müssen wir rechnen», sagte Sabina.

«Können wir was tun, um weitere Verbrechen zu verhindern? Sind wir uns überhaupt sicher, dass es sich um Verbrechen handelt?», fragte Malfazi sichtlich genervt. «Es könnten ja auch zwei Frauen sein, die einfach abgehauen sind. Bisher gibt es keine Lösegeldforderung, kein Bekennerschreiben. Nichts ausser diesen paar Worten, wenn sie denn überhaupt damit im Zusammenhang stehen.»

Sabina legte ihre Hände aneinander und hielt sie vor den Mund, ehe sie im Brustton der Überzeugung sagte: «Ich bin mir sicher, dass es sich um Verbrechen handelt und dass wir es mit einer Serie zu tun haben, die gerade erst beginnt. Absolut sicher.»

Heinis Einschätzung war ähnlich, wenn auch nicht so dogmatisch. Malfazi dagegen war anzusehen, dass er nichts von Sabinas Meinung hielt. Da jedoch Spescha hinter Sabinas Theorie stand, übernahm er emotionslos die Rolle des Spezialdienstleiters. Ohne einmal das Wort «bitte» zu verwenden, verteilte er die Ermittlungsaufgaben.

«Sabina, du kümmerst dich um die Zeugen aus Andeer und lässt die Botschaften an der Kirchturmwand erkennungsdienstlich untersuchen. Ich weise noch einmal darauf hin, dass der Chef nichts von den Worten in der Zeitung lesen will. Und du», er blickte zu Heini, «überprüfst den familiären und persönlichen Hintergrund von Katharina Jakobs und Iris Grenz auf Gemeinsamkeiten. Sind sie auf dieselbe Schule gegangen, haben sie ähnliche Hobbys, gehören sie demselben Verein an und so weiter. Die beiden wohnen keine zehn Kilometer voneinander entfernt und arbeiten beide in Thusis. Da muss es Überschneidungen geben.»

Sabina googelte die neuen Begriffe aus Andeer, um weitere Assoziationen zu finden. Dann druckte sie die Wörterlisten zu den Indizien im Fall Katharina Jakobs und Iris Grenz aus und hängte sie zusammen mit Fotos der Vermissten in alle Büros. Auf der neuen Liste stand «Iris Grenz, 24, Wohnort Andeer, vermisst seit Ostern, zuletzt gesehen am Ostersonntag gegen zwanzig Uhr vor dem Schwimmbad in Andeer.

Auge:	Sehen, Gesehen werden, Auge Gottes, Beobachtung, Katzenauge, Auge des Gesetzes, Auge um Auge (Rache)
Limes:	Grenzbefestigung, Grenzwall, Römer, Reich, Antike
Wasserkirche:	Taufe, eine Freikirche, Kirche an einem Gewässer, die Kirche beim Mineralbad in Andeer
Bräutigam:	Heirat, Hochzeit, Treue, Versprechen, Frack, Ja-Sagen, Ring, Pfarrer, Kirche, Standesamt
Stier:	Stierkampf, Sternzeichen, archaische Gewalt, Hörner, rotes Tuch
Blut:	Gewalt, Tod, Verwandtschaft, Blutsbrüderschaft, Saft des Lebens, Jesus Christus, Abendmahl
Esprit:	Geist, Gewitztheit, Intelligenz, Modelabel, Feuer machen»

Auf ihrer persönlichen Liste unterstrich Sabina die Begriffe, die ihr am relevantesten erschienen. Dann ging sie zu Heini, um ihre Assoziationen zu diskutieren. Er war gerade dabei, den erweiterten Freundeskreis der Vermissten zu ermitteln, liess sich aber gerne auf eine Diskussion ein.

«Was meinst du denn mit ‹Feuer machen› bei *Esprit*?»

«Na, diese Stäbchen, die man früher immer in den Campingkocher gelegt hat.»

Heini lachte unverschämt laut los. «Die heissen *Esbit,* nicht *Esprit.*»

Sabina musste genauso heftig lachen und strich den Begriff auf allen ausgehängten Listen. Sie brachte auch die Wörterliste des ersten Vermisstenfalls mit und legte die Papiere auf Heinis Schreibtisch nebeneinander. Auf beiden unterstrich sie das Wort *Stier.*

«Das ist das Sternzeichen», sagte sie. «Katharina Jakobs ist Stier. Und auch Iris Grenz hat Anfang Mai Geburtstag.»

«Kann natürlich ein Zufall sein», entgegnete Heini.

«Meine Intuition sagt mir, dass es kein Zufall ist.»

«Na dann», gab sich Heini geschlagen. «Hast du nicht auch im Mai Geburtstag?»

«Doch.»

«Dann hoffen wir mal, dass es dich nicht auch noch erwischt.»

Sabina stockte kurz, dann fuhr sie fort: «Der zweite Begriff, der sich wiederholt, ist *Blut.* Darin sehe ich einen Hinweis auf Blutsverwandtschaft, auf das Blut Jesu oder auf Gewalt.»

«Das mit der Verwandtschaft kläre ich. Ich glaube eher an das Blut Jesu. Die zweite Frau ist am Ostersonntag verschwunden. Das ist womöglich kein Zufall.»

«Ich sehe es genauso, zumal beide Frauen offenbar einen Bezug zum christlichen Glauben haben. Bleiben noch zehn Begriffe», sagte Sabina. «Zu manchen hab ich Ideen, bei anderen tappe ich im Dunkeln.»

«Lass mal hören.»

«Bei Katharina Jakobs tauchen die Begriffe *Bank* und *Post* auf. Ich glaube, dass es sich um Hinweise auf den Arbeitsplatz der Vermissten handelt und auf den Ort, an dem sie verschwunden ist. Sie ist mit dem Postbus gefahren und bei der Post in Zillis zuletzt gesehen worden.»

«Finden sich auch bei der zweiten Vermissten solche Hinweise?», fragte Heini.

«Das ist der Grund, warum ich in diese Richtung denke. Bei Iris Grenz haben wir die Begriffe *Esprit* und *Wasserkirche*. Esprit ist …», sie mussten beide lachen, «… *Esprit* ist ein Modelabel. Ich glaube, das ist ein Hinweis auf die Boutique von Iris Grenz. Im Schaufenster dort hängt ein Esprit-Logo. *Wasserkirche* halte ich für einen Hinweis auf die Kirche in Andeer, die steht direkt über dem Aussenbecken des Mineralbads. Und genau da ist Iris Grenz zum letzten Mal gesehen worden.»

Vorausgesetzt, ihre Schlüsse waren richtig, hatte Sabina in beiden Wortserien Hinweise auf den Arbeitsplatz und auf den Ort entdeckt, an dem die Frauen verschwunden oder zuletzt gesehen worden waren.

Heini fand die Erklärung plausibel, aber etwas daran störte ihn.

«Was haben wir eigentlich davon, wenn wir die Begriffe dekodieren? Dass es sich bei Iris Grenz um eine Frau handelt, die einen Modeladen hat und in Andeer verschwunden ist, wissen wir auch so. Warum bekommen wir diese Hinweise?»

Heini hatte recht. Selbst wenn sie die restlichen Begriffe sinnvoll auflösten – wussten sie dann etwas über einen möglichen Täter? Fanden sie dann die Frauen?

«Es wird spannend, Leute», platzte Malfazi sichtlich erregt herein. «Wir haben eine weitere Vermisste. Aus Isola, oben am Splügenpass. Sie heisst Maria Melchior.»

Die einundzwanzigjährige Frau arbeitete in einem Gasthof in Isola. Sie war am Ostersonntag nicht von einem Spaziergang durch die Cardinello-Schlucht zurückgekommen. Die italienische Polizei hatte die Vermisstenanzeige zunächst regional behandelt und die Bergwacht eingeschaltet, da man von einem Bergunfall ausgegangen war. Als nun die Rundmeldung aus Chur gekommen war, hatten sich die Kollegen sofort gemeldet. Die räumliche Nähe zu den Fällen aus dem Schams hatte sie hellhörig gemacht. Zudem habe der Inhaber des Gasthofs, in dem Maria Melchior arbeitete, auf der Terrasse eine Steintafel mit eingravierten Worten gefunden.

Sabina nahm die Informationen mit einer gewissen Genugtuung zur Kenntnis, schämte sich aber sofort dafür. Die dritte Vermisste und das erneute Auftauchen von Wortbotschaften war eine Bestätigung ihrer Serienthese, was Malfazi in die Defensive trieb. Trotzdem war das Wichtigste, dass sich die Fälle schnell klärten und niemand zu Schaden kam.

«Zweimal kann etwas Zufall sein», gab Malfazi endlich zu, «ab dreimal hat es Methode.»

Der Splügenpass war offiziell noch geschlossen. Mit einem geländegängigen Polizeiwagen fuhr Sabina die steilen Kehren hinauf. Ein paarmal drehten die Räder durch, dank des Allradantriebs kam sie aber immer wieder voran. Als sie die Passhöhe erreichte, blickte sie in eine fast unberührte Winterlandschaft. Der Splügensee lag unter einer weissen Schneedecke.

Sie liess den Passort Montespluga hinter sich und fuhr am Stausee vorbei nach Isola. Die Berge, die ringsum emporragten, waren allesamt noch tief verschneit. In Isola sprach man bereits Italienisch, der Pass bildete Landes- und Sprachgrenze zugleich. Sabina schlängelte sich durch die engen Gassen des menschenleeren Dorfs und stellte das Fahrzeug vor dem Gasthof ab.

«Locanda Cardinello» stand auf einem Holzschild, das so alt wirkte wie das ganze Haus. Der Inhaber begrüsste sie und erzählte stolz, wer in früheren Jahrhunderten in dem Lokal abgestiegen sei: der grosse Goethe und auch Nietzsche. Zu dieser Jahreszeit hatte die Locanda allerdings kaum Gäste. Die Wintersaison war bereits vorüber, vom Sommer war noch nichts zu spüren.

«Was tun Sie in den Monaten bis zum Sommer?», fragte Sabina.

«Wir nutzen die Zeit, um zu renovieren», sagte er und führte sie durch das verwinkelte Haus.

Sie sah sich das Zimmer an, in dem Maria Melchior wohnte. Es war ein einfaches Dachzimmer mit einem Bett, einem Schrank und einem kleinen Fernseher auf der Kommode, weder aufgeräumt noch besonders unordentlich. Insgesamt wirkte es nicht so, als habe die Frau ihr Verschwinden geplant.

Als Nächstes begutachtete Sabina die Gaststube. Uraltes, fast schwarzes Holz und schweres Mobiliar schufen tatsächlich eine Atmosphäre wie zu Goethes Zeiten.

«Ich werde im Sommer auf jeden Fall mal zum Essen kommen», versprach sie.

«Bringen Sie Hunger mit», sagte der Wirt, «unter fünf Gängen geht bei uns nichts.»

Auf einem Tisch im hinteren Teil der Gaststube lag das Beweisstück, eine grün-gräulich schimmernde Steintafel. Sabina zog ihre Handschuhe an.

«Oh, ich hab sie natürlich schon angefasst», entschuldigte sich der Wirt.

«Schon recht», sagte Sabina. «Sie wussten ja nicht, dass es ein Beweisstück wird.»

Auf der Steinplatte waren untereinander sieben Worte zu lesen.

Blut
Stier
Gottesmutter
König
Insel
Schlucht
Soldat

Auch dieses Mal fiel wieder die kunstvolle Ausarbeitung auf. Hellgrau schraffierte Flächen im dunkleren Stein, archaisch anmutend in ihrer Schlichtheit, dazu ein schmaler quadratischer Rahmen um jeden Buchstaben. Keine Frage, es war wieder dieselbe Schrift.

Das Wort *Gottesmutter* war für Sabina eindeutig. Es musste ein Hinweis auf den Vornamen der vermissten Frau sein: Maria.

Blut und *Stier* waren bereits bekannt. *Soldat* konnte auf die französischen Soldaten hinweisen, die hier um 1800 auf dem Weg nach Italien vorbeigezogen waren. Mit *Schlucht* konnte die raue Cardinello-Schlucht gemeint sein, die man auf dem alten römischen Weg nach Isola passierte. In der Nähe dieser Schlucht war die Frau verschwunden. Das alles ergab mehr oder weniger Sinn und passte ins Gesamtbild. Sabina wollte noch am Abend die Kollegen zusammentrommeln, um die drei Vermisstenfälle zu vergleichen und neue Schlüsse zu ziehen. Sie packte die Tafel in eine Decke ein und ging noch einmal ins Zimmer von Maria Melchior.

«Bitte finden Sie meine Maria wieder», sagte der Besitzer des Gasthofs und erhob fast flehend die Hände. «Sie hat das ganze Haus auf Vordermann gebracht in den letzten Wochen. So eine fleissige Schamserin. Und ein gläubiges Mädchen.»

«Gläubig?»

«Ja, sie geht oft in die Kirche und singt.»

«Wissen Sie eigentlich, wann sie Geburtstag hat?», fragte Sabina.

«Im Mai irgendwann. Sie hat darum gebeten, an ihrem Geburtstag freizuhaben.»

«Sagen Sie, hatte Maria einen Freund, einen Liebhaber, männlichen Besuch?»

«Davon weiss ich nichts, hier war zumindest niemand.»

«Und wie ist es mit den Leuten hier im Ort. Hatte sie Kontakt? War sie integriert? Spricht sie Italienisch?»

«Sie spricht besser Italienisch als ich Deutsch, ja. Sie ist beliebt hier, ist ja auch ein hübsches Mädchen.»

«Und dass sie einem der Männer hier im Ort den Kopf verdreht hat?»

«Maria? Nein, nein. Die ist lieber für sich.»

«Wie oft war sie denn weg von hier in den letzten Monaten? Ist sie oft ins Schams gefahren? Oder woandershin?»

«Im März war sie mal eine Woche daheim. Aber sonst war sie meistens hier, hat gerne auf der Harfe gespielt in ihrer freien Zeit. Oder war spazieren. In der Natur.»

Auf dem Schrank stand eine kleine Harfe. Auch Katharina Jakobs musizierte gerne. Kannten sich die Frauen vielleicht?

«Fürs Erste reicht mir das an Informationen», sagte Sabina. «Ich gehe davon aus, dass die anderen Leute im Ort nicht so gut Deutsch sprechen wie Sie, oder?»

«Die meisten gar nicht», sagte der Wirt.

Sabina verabschiedete sich. Sie sah sich noch ein wenig in den Gassen um und ging dann zurück zum Auto. In gemässigtem Tempo fuhr sie über die verschneiten Kehren zurück zum Pass. Wer auch immer die Frau verschleppt hatte, er war entweder über den gesperrten Pass gefahren oder hatte sich von der italienischen Seite her genähert.

Sie hielt an, stieg aus und schaute nach Reifenspuren im Schnee. Alles war verweht. In jedem Fall musste der Täter gewusst haben, dass er das Mädchen hier oben finden würde. Musste nicht irgendjemand etwas gesehen haben? Einen Menschen? Ein Auto? Irgendwas? Sie rief Freisler an und beauftragte ihn damit, bis zum Wochenende die Bewohner von Isola nach Beobachtungen aus den letzten Wochen zu befragen. Sie hatte noch einen gut bei ihm, fand sie. Und er sprach viel besser Italienisch als sie.

Aus dem Auto informierte sie die Kollegen über die Inhalte der Steintafel und bat Reto Beeli, sich für die Untersuchung bereitzuhalten. Auf dem Polizeikommando angekommen, bereitete sie drei Flipcharts vor und schrieb die Worte darauf, die zu den vermissten Frauen gehörten.

Katharina Jakobs	*Iris Grenz*	*Maria Melchior*
Stier	*Stier*	*Stier*
Blut	*Blut*	*Blut*
Bank	*Esprit*	*Insel*
Post	*Wasserkirche*	*Schlucht*
Russland	*Auge*	*Gottesmutter*
Himmelsleiter	*Limes*	*König*
Rabe	*Bräutigam*	*Soldat*

Kurz vor neunzehn Uhr waren alle da: Claudio Malfazi, Thomas Heini und Urs Freisler. Sie bat Heini und Freisler vorzutragen, was es bisher an Ermittlungsergebnissen gab.

Die Recherchen hatten ergeben, dass die vermissten Frauen mindestens drei Gemeinsamkeiten hatten: Sie waren alle im Sternzeichen des Stiers geboren, sie kamen aus dem Schams, und sie hatten einen Bezug zum Christentum. Sabina strich die beiden Worte *Stier* und *Blut* auf den Flipcharts durch.

«Wir gehen davon aus, dass *Blut* etwas mit dem Christentum zu tun hat. Alle drei Vermissten werden als gläubig beschrieben, zudem sind zwei von ihnen an Ostern verschwunden. Und auch *Stier* ist eindeutig – es ist das Sternzeichen der Frauen.»

Nach kurzer Diskussion strich sie zudem die Begriffe *Bank* (Kantonalbank Thusis), *Post* (Postbus/Post Zillis), *Esprit* (Boutique Thusis), *Wasserkirche* (Kirche Andeer) und *Schlucht* (Cardinello-Schlucht) durch. Blieb noch der Arbeitsort von Maria Melchior bei der dritten Wörterserie.

«Insel ist die deutsche Übersetzung des Ortsnamens Isola», meldete sich Malfazi zu Wort.

«Der Arbeitsort von Maria», ergänzte Sabina und strich den Begriff *Insel* durch.

Auf einem Extrachart definierte sie die übereinstimmenden, entschlüsselten Inhalte der Wörterserien:

1.) Sternzeichen Stier
2.) Christentum
3.) Arbeitsort
4.) Ort des Verschwindens/zuletzt gesehen

«Da wir bei Frau Melchior mit *Gottesmutter* einen sehr deutlichen Hinweis auf den Namen Maria haben, können wir davon ausgehen, dass auch die Namen der anderen Frauen in ihren Wörterserien auftauchen», sagte Heini und trommelte mit den Fingern auf den Tisch.

Sabina strich das Wort *Gottesmutter* und ergänzte auf dem anderen Flipchart: *5.) Name der Vermissten.*

«Nach diesem Schema müssen wir arbeiten und es auf alle drei Wortserien anlegen. Welches Wort gibt uns noch einen Hinweis?»

Heini, Malfazi und Freisler sassen vor ihr wie drei Kandidaten in einer Quizshow. Heini wagte sich als Erster vor.

«Das mit der *Himmelsleiter* ist Jakob», sagte er. «Diese Geschichte in der Bibel. Er träumt von einer Leiter in den Himmel, Jakobs Leiter.»

«In der Surselva gibt es so eine Kirche, neben der eine Himmelsleiter steht», sagte Malfazi. «Ich glaube, in Sumvitg.»

«Was könnte der Hinweis damit zu tun haben?», fragte Heini.

«Es geht um den Namen», rief Freisler, «Jakobs Leiter ist ein Hinweis auf den Nachnamen der ersten Vermissten: Jakobs!»

Sabina strich, nachdem alle ihre Zustimmung gegeben hatten, das Wort *Himmelsleiter* durch und gleichzeitig eines ihrer Vorurteile gegenüber Freisler.

«Dann stecken sicher bei allen drei Wortserien die Vor- *und* Nachnamen der Vermissten drin», wagte sich der Kollege aus dem Schams noch weiter vor.

Sabina nickte ihm anerkennend zu.

«Maria Melchior», wiederholte sie den Namen der letzten Vermissten und zählte dann auf: «Kaspar, Melchior, Balthasar.»

«Die Heiligen Drei Könige», sagte Heini. «Da steht es ja. *König.*»

Sabina strich das Wort *König* aus der dritten Spalte und wandte sich wieder der ersten Wortserie um Katharina Jakobs zu.

«*Rabe* oder *Russland* müsste sich dann auf den Vornamen Katharina beziehen», sagte Heini. «Alle anderen Begriffe sind bei Katharina Jakobs schon durchgestrichen.»

«*Russland*», rief Malfazi und gab die Erklärung gleich dazu, «Katharina die Grosse war eine russische Zarin. Das Wort *Russland* bezieht sich auf den Vornamen Katharina.»

Sabina strich das Wort *Russland* von der Liste und blickte zufrieden auf das Flipchart. Zum ersten Mal seit sie bei der Kantonspolizei Graubünden war, griffen die verschiedenen Denkräder ineinander. Das Teamwork funktionierte. Sie notierte auf dem Flipchart *6.) Vorname der Vermissten* und wandte sich der Wortserie um Iris Grenz zu.

«*Auge* steht für den Namen Iris», sagte Heini.

«Ja klar, die Iris», sagte Malfazi.

Blieb der Nachname Grenz. Jeder suchte im Kopf nach einer Lösung.

«Limes», rief Sabina nach einer Weile wie vom Esel getreten, «natürlich, der alte Grenzwall der Römer, der *Limes* steht für Grenz. Man muss nur das ‹e› in Grenze weglassen.»

Sabina strich *Limes* auf dem Flipchart. So blieb schliesslich für jede Frau nur noch ein Wort übrig, das unklar war:

Katharina Jakobs	***Iris Grenz***	***Maria Melchior***
Rabe	*Bräutigam*	*Soldat*

«Schieb mal das Laptop rüber», sagte Sabina. Malfazi reichte es ihr.

Sabina gab den Begriff *Rabe* ein und warf die Ergebnisse mit dem Beamer an die Wand. Sie fanden etliche Firmen mit dem Namen, dazu Einträge zu Raben und Krähen, eine Internetseite über den Deutschen John Rabe, mehrere Einträge zum Raben «Abraxas» aus der Kleinen Hexe und ein Gedicht von Edgar Allan Poe.

«Ich sehe nichts, woran wir anknüpfen könnten», sagte Heini, nachdem sie etliche Seiten durchforstet hatten. «Ihr?»

«Probier es mal mit Übersetzungen», sagte Freisler.

Sie bekamen die lateinischen, griechischen, französischen, spanischen, englischen Übersetzungen des Wortes *Rabe*, aber auch das brachte sie nicht weiter. Im nächsten Anlauf klopften sie den Begriff *Bräutigam* auf mögliche Anknüpfungspunkte ab, dann das Wort *Soldat*. Doch auch hier kamen sie der Entschlüsselung nicht näher.

Nach wie vor blieb die Frage: Warum hinterliess der Täter überhaupt diese Botschaften? Hatten ihn die Worte zu den Frauen geführt? Oder liess hier ein Verrückter mit Allmachtsphantasien die Polizisten an einem Rätsel teilhaben, dessen Ausgang er selbst bestimmte?

8

Den nächsten Tag nutzte Sabina, um sich mit den engsten Verwandten von Iris Grenz und Maria Melchior zu treffen. In beiden Familien war die Besorgnis über das Verschwinden der Töchter gross, plausible Erklärungen dafür gab es nicht.

Die auffälligste Übereinstimmung im Leben von Iris Grenz, Maria Melchior und Katharina Jakobs war die Zugehörigkeit zu einer Art naturchristlicher Gruppe, die offenbar alle drei mit Inbrunst zelebrierten. Wer genau die rituellen Feiern in der Natur organisierte und wer konkret daran teilnahm, wussten die Eltern nicht. Auch die Schwester von Maria Melchior konnte darüber keine weiteren Angaben machen. Tatsache aber war, dass sich die drei vermissten Frauen kannten.

Wie sich herausstellte, gab es auch aus der Vergangenheit noch Übereinstimmungen: Alle drei Frauen waren auf dieselbe Schule gegangen, und sie waren – wenn auch in unterschiedlichen Jahren – vom selben Pfarrer konfirmiert worden. Es war der ehemalige Pfarrer für Zillis, Andeer und den Schamserberg. Der Mann war mittlerweile im Ruhestand. Sabina besorgte sich die Adresse und fuhr noch am Vormittag hinauf nach Mathon.

Sie stellte ihren Wagen am Ortseingang ab und ging zu Fuss in den Dorfkern. Die Sonne beschien den ganzen Schamserberg und brachte einen Hauch von Frühling in das malerische Dorf. Alte, von der Sonne gegerbte Holzhäuser mit Schieferdächern standen neben üppig verzierten Steinhäusern und fensterlosen Holzställen. Eine schiefe Strasse schlängelte sich hinab zur Kirche, und hinter jeder Ecke hatte das Dorf ein anderes Antlitz.

Auf dem Platz vor der Kirche plätscherte ein alter Steinbrunnen. Links davon stand ein uraltes Haus mit grünen Fensterläden. Die aus Natursteinen gebaute Treppe zur Eingangstür hatte kaum mehr gerade Stufen, von einer hölzernen Bank im Garten blätterte die ehemals rote Farbe. Sabina kontrollierte noch mal die Hausnummer. Ja, sie war richtig. Sie klopfte an. Nichts. Sie öffnete die Tür einen Spalt weit und rief ins Haus. Immer noch nichts. Als sie schon wieder gehen wollte, hörte sie aus der Kirche das Tönen einer Orgel. Sie schloss die Tür wieder und folgte den Klängen.

Vorbei an einem schön herausgeputzten Bündnerhaus ging sie zum Friedhofstor und sah die offene Kirchentür. Behutsam trat sie ein und lauschte. Das hölzerne Podest der Mathoner Orgel war irgendwann mit viel Farbe und wenig Kunstfertigkeit bemalt worden. So recht wollten sich die opulenten Verzierungen über der Kirchtür nicht in den schlichten, von Holz und weissen Wänden bestimmten Stil der Dorfkirche einfügen. Als die Harmonien verklangen und sich für einen Moment Stille ausbreitete, klopfte Sabina an die Tür und zeigte mit einem «'tschuldigung» an, dass sie den Menschen zu sprechen wünsche, der da Orgel gespielt hatte. Sie ging unter dem Podest hindurch und drehte sich zur Orgel hin. Ein grauhaariger Mann im schwarzen Anzug sass an den Manualen und blickte sie aus tiefschwarzen Augen an.

«Ja, was isch?», fragte er.

«Sind Sie Herr Camenisch, Pfarrer Camenisch?»

«Ja, noch immer bin ich das. Auch wenn ich nicht mehr predige.»

«Ich bin von der Polizei in Chur und würde Ihnen gerne ein paar Fragen stellen. Geht das?»

Camenisch stieg vorsichtig die leiterartige Treppe vom Orgelpodest hinab und begrüsste Sabina mit einem festen, schwieligen Handschlag.

«Von Chur kommt man jetzt schon her», sagte er.

«Wenn es nötig ist, sind wir im ganzen Kanton», erwiderte Sabina.

«Soso», sagte er und dann nach einer kleinen Pause: «Ja?»

Sabina wusste nicht recht, wie sie den Pfarrer einschätzen sollte. Einerseits wirkte er alt und ein wenig gebrechlich, andererseits schien er alles andere als greis zu sein. Er schloss die Kirchtür hinter ihr und wies ihr mit einer Geste den Weg zum Friedhofstor und von dort zu seinem Haus. Zum Brunnen hindeutend, in dessen äussere Beckenwand die Jahreszahl 1936 eingemeisselt war, sagte er: «Damals war ich fünf Jahre alt.»

Sie nahmen die Stufen zum Haus und betraten einen dunklen Windfang mit steinernem Boden. Durch eine vom Holzwurm zerfressene Tür kamen sie in eine Stube. Es roch ein wenig modrig, das Kanapee hatte sicher fünfzig Jahre auf dem Buckel. Camenisch verschwand kurz und brachte eine Mineralwasserflasche und zwei leidlich gespülte Gläser, die er ohne Kommentar auf dem Tisch abstellte.

«So, was wollen Sie?»

«Sie haben vielleicht mitbekommen, dass drei Frauen aus dem Schams verschwunden sind. Eine am Freitag vor Palmsonntag und zwei an Ostern.»

«Ja», sagte er.

«Die drei sind alle von Ihnen konfirmiert worden. Und sie waren auch in letzter Zeit religiös engagiert.»

«Was man so religiös nennt. Mitternachtsgottesdienste an heidnischen Kultplätzen. Das heilige Abendmahl ausserhalb der Kirche. Als wären wir bei den Wilden.»

«Darf ich fragen, woher Sie von diesen Feiern wissen?»

«Wenn man über vierzig Jahre lang hier Pfarrer ist, kriegt man schon ein bisschen was mit. Die Leute reden halt über diesen Unsinn.»

«Sie halten wohl nichts von solchen Ritualen in der Natur?»

«Gottesdienst ist in der Kirche. Wenn der Pfarrer predigt und die Gemeinde singt. Wer weiss, was die da machen bei ihren Jesusorgien.»

«Ach so ist das. Sie meinen …»

«Ich meine, dass das nichts mit dem Heiland Christus zu tun hat und dass man ein solches Treiben, dass man das … ausmerzen sollte.»

Sabina brauchte daraufhin erst mal einen Schluck Wasser. Fragend sah sie Camenisch an, bevor sie sich einschenkte.

«Ich hab's nicht für die Hühner hingestellt», sagte der Pfarrer.

Sie trank und überlegte, wie sie diesen sturen Bündnerschädel knacken konnte. Sie wählte den Konfrontationskurs.

«Und Sie würden es gut finden, wenn man solche Gottesdienste verbieten würde?»

«Ja, so etwas ist dem Herrn ein Graus.»

So was wie du auch, dachte Sabina und fuhr fort: «Was ist denn an Gottesdiensten unter dem Sternenhimmel so schlimm?»

«Dass es nicht nur um geistliche Inhalte geht. Dass Männlein und Weiblein sich da aneinander reiben. Nackend.»

Sabina lachte.

«Würden Sie wohl auch am liebsten gleich mittun, was?», sagte Camenisch beissend.

«Sie nicht?», erwiderte Sabina.

Zum ersten Mal fiel ihm keine Antwort mehr ein. Die Bemerkung war aus seiner Sicht wohl so bodenlos, dass das Gespräch beendet war.

«Besser, Sie verlassen jetzt das Haus», sagte er und stand auf, «und fragen Sie mich nicht noch mal wegen der Mädchen. Ich habe damit nichts zu tun.»

Sabina liess das Haus hinter sich und erhöhte, wie von einem bösen Geist verfolgt, das Tempo ihrer Schritte. Ein Schauer lief ihr über den Rücken. Die fast schwarzen Augen des Pfarrers, diese Augen voll brodelnden Zorns, bohrten sich in ihr Inneres. Sie war froh, als sie wieder beim Auto war.

«Und, was Neues?», fragte Heini, der gerade aus Reischen von Familie Jakobs kam.

«Eine ganze Menge», sagte Sabina. «Ich hab mit dem Pfarrer gesprochen, der Katharina Jakobs, Iris Grenz und Maria Melchior konfirmiert hat. Ein ganz harter Knochen. Wusstest du, dass die Frauen an nächtlichen Naturgottesdiensten teilgenommen haben?»

«Schau an», sagte Heini, «auf sehr explizite Nachfrage hin hat Frau Jakobs heute auch so etwas erwähnt. Sie wisse nichts Genaues, aber es gibt wohl Gerüchte.»

«Hast du vorher schon mal was davon gehört?»

«Nein, früher gab es auf den Felsen von Carschenna oberhalb der Burg Hohen Rätien hin und wieder Hippie-Feste, aber das ist mindestens dreissig Jahre her.»

«Warst du damals wohl auch dabei?»

«Man war nicht immer zweiundsechzig», sagte Heini und lächelte vieldeutig. Sabina schmunzelte.

«Mal im Ernst», sagte sie, «wir haben doch die Hintergründe der drei überprüft. Das sind halt spirituell orientierte junge Frauen, die sich für naturreligiöse Rituale begeistern und vielleicht ein bisschen Musik miteinander machen. Oder glaubst du wirklich, dass die da Orgien feiern?»

«Nein, ich glaube auch, dass das harmlose Geschichten sind», sagte Heini, «und weil sie vermutlich im kleinen Rahmen ablaufen, dichtet das Volk halt was dazu.»

«Lass uns trotzdem dranbleiben», sagte Sabina.

«Ja, natürlich», sagte Heini. «Ich hab mittlerweile mit allen Facebook-Freunden von Katharina Jakobs und Iris Grenz Kontakt aufgenommen. Bin mir sicher, dass wir da irgendwo einen Hinweis auf diese Feiern finden.»

«Sehr gut», sagte Sabina, «auf dich ist Verlass.»

***

Eine Woche intensiver Ermittlungen ging dem Ende entgegen. Zur abschliessenden Besprechung am Freitagnachmittag konnte Urs Freisler bereits mit ersten Ergebnissen der Befragungen der Bewohner von Isola aufwarten.

Tatsächlich erinnerten sich zwei Männer an ein auffälliges Fahrzeug, das sie in den Wochen vor Ostern in der Nähe des Dorfs gesehen hatten. Es war ein schwarzer Minibus oder ein SUV, da waren sich die Zeugen nicht einig. Einen Fahrer hatten sie nicht beobachtet, beide aber hatten das Auto zweimal aus rund zweihundert Metern Abstand in der Nähe der Cardinello-Schlucht parken sehen.

«Reicht das, um eine Rasterfahndung nach den Besitzern von schwarzen Minibussen und SUVs zu starten?», fragte Sabina.

«Ich würde im Schams damit beginnen und den Kreis dann auf ganz Graubünden und eventuell auch die Nachbarkantone ausweiten», sagte Malfazi. «Wir haben drei vermisste Frauen, wir sind unter Zugzwang.»

«Ausserdem brauchen wir Amtshilfe der Kollegen aus Italien. Der Täter kann auch von dort kommen», sagte Heini.

«Da bin ich mal gespannt, wie eifrig die Hilfe sein wird», sagte Malfazi, «aber du hast recht. – Sonst noch etwas?», fragte er, sich zum Schamser Kollegen Freisler wendend.

«Dass Maria Melchior oft in der Kirche war, scheint zu stimmen. Und auch, dass sie durchaus beliebt war bei den Dorfbewohnern. Viele wirkten ernsthaft berührt. Einen Liebhaber hatte sie wohl eher nicht.»

«Gute Arbeit, danke, Urs», sagte Malfazi. «Was haben wir sonst noch?»

Heini meldete sich zu Wort. «Ich habe die Facebook-Seiten der Frauen überprüft. Maria Melchior ist nicht registriert, aber Katharina Jakobs und Iris Grenz haben dort öffentliche Profile. Das bedeutet: Jeder kann alles lesen, was die Mädchen posten – so kann sich ein Täter natürlich sehr gut über Interessen und Gewohnheiten informieren. Ich hab auch etwas gefunden, was auf eine Ritualfeier hindeutet. Das war allerdings schon am 20. Dezember des letzten Jahres, einen Tag vor der Wintersonnwende. Es ist nur jeweils ein Satz. Katharina Jakobs schreibt: ‹Treffen wir uns dann morgen auf den Felsen?› Und Iris Grenz antwortet: ‹Ja, ich bring auch Maria mit.›»

«Weisst du Genaueres über das Treffen?», fragte Malfazi.

«Eine religiöse Feier. Vermutlich auf den Felsen von Carschenna.»

«Auf Carschenna?», sagte Malfazi. «Das ist doch ein heidnischer Kultplatz. Ich dachte, das sind Christinnen.»

«Kult ist eben Kult bei den jungen Leuten», sagte Heini.

«Ganz im Gegenteil zu den Alten», fuhr Sabina fort und erzählte, was sie bei dem alten Pfarrer in Mathon erlebt hatte.

«Könnte er der Täter sein?», fragte Malfazi.

Sabina wiegte den Kopf. «Er hat aus seinem Zorn über die drei Mädchen keinen Hehl gemacht. Vordergründig weil sie die christlichen Sakramente in einer Art und Weise feiern, die nicht der Liturgie entspricht. Aber vielleicht ist der wahre Grund für seinen Zorn ja ein anderer …»

«Du denkst an Missbrauch oder so etwas?», fragte Heini.

Sabina nickte. «Sie waren alle einmal seine Schäfchen. Und vielleicht haben sie sich jetzt zusammengetan, um es ihm heimzuzahlen.»

«Du meinst, sie haben ihn erpresst oder irgendwie unter Druck gesetzt?», fragte Heini.

«Das ist natürlich reine Spekulation, aber ich denke, wir sollten für alles offen bleiben», sagte Sabina.

«Wie machen wir weiter?», fragte Freisler.

«Kannst du dich ein bisschen im Schams umhören?», fragte Malfazi. «Was man so redet über den Pfarrer, ob es mal irgendwelche Andeutungen gab. Und natürlich, ob er ein Alibi für Ostern hat.»

«Ich bin gut vernetzt», lachte Freisler, «ich kümmer mich drum.»

«Und ihr», Malfazi wandte sich zu Sabina und Heini, «findet bitte heraus, was es mit diesen Feiern auf sich hat. Wer sich da trifft, wie oft und wo. Das Internet kann uns da sicher weiterhelfen.»

9

Am Samstagmorgen wurde Sabina von den ersten Strahlen der Sonne geweckt, die durch ihr halb verdunkeltes Schlafzimmerfenster fielen. Über dem Schams, das verriet die sanftgoldene Färbung des Osthimmels, breitete sich ein prächtiger Frühlingstag aus.

Auf dem Polizeikommando in Chur war die Atmosphäre weniger sonnig. Die Presse machte Druck, und von etlichen besorgten Eltern waren Anrufe und E-Mails eingegangen. Dementsprechend ernst war der Ton, den Oberstleutnant Spescha bei seiner Ansprache an die Ermittler anschlug.

«Meine Damen, meine Herren, ich hoffe, Sie nehmen diese Vermisstenmeldungen ernst. Sie wissen, dass wir hier selten schwere Kriminalfälle haben. Wenn doch, dann müssen wir schnell zur Aufklärung gelangen. Die Bevölkerung ist besorgt, und ich bin es auch. Welche Ergebnisse haben wir?»

Sabina liess zunächst Malfazi ein paar einführende Worte sagen und übernahm dann von ihm. Sie stellte die biografischen Hintergründe der drei Vermissten dar, erläuterte die Indizien und erwähnte auch Heinis Facebook-Recherchen und die naturreligiösen Feiern. Schnell ergab sich eine Diskussion, wie man weiter agieren wollte.

«Wir sollten uns auf die Schriftzeichen konzentrieren und die Worte veröffentlichen», schlug Heini vor.

Spescha lehnte das kategorisch ab. «Ich meine, dass der Täter genau das will: Publicity, seine Botschaften in der Zeitung und im Fernsehen sehen. Nein, die Worte gehören nicht in die Medien.»

«Und was ist mit diesen Gottesdiensten im Freien, wie gehen wir da vor?», fragte Sabina. «Wollen wir das publik machen? Wir müssen herausfinden, wer da noch dabei war.»

«Ich habe vorhin eine Rückmeldung von einem jungen Mann aus dem Facebook-Freundeskreis von Iris Grenz bekommen», sagte Heini. «Er hat diese Feiern mit initiiert. Hab ihn für heute Nachmittag aufs Polizeikommando bestellt. Ich bin mir sicher, dass uns das weiterbringt. In die Presse muss das erst mal nicht.»

«Wir sollten die Mitglieder dieser Gruppe auf jeden Fall warnen», sagte Sabina.

«Ja», stimmte Heini zu, «sobald wir wissen, wer dazugehört. Aber nicht über die Medien. Wie gesagt, ich denke, dass wir heute Nachmittag schon weiter damit sind.»

Spescha sah mit Genugtuung, dass es Ermittlungsfortschritte gab. Er wechselte noch ein paar diskrete Worte mit Malfazi und verabschiedete sich dann ins Wochenende. Wenig später ging auch Malfazi.

Der junge Mann hiess Bruno Buchli und war einundzwanzig Jahre alt. Er wohnte in Rothenbrunnen und arbeitete als Schreiner in einer Behindertenwerkstatt. Sabina empfing ihn freundlich, Heini hielt sich erst einmal bedeckt.

«Herr Buchli, Sie waren im Dezember an einem Gottesdienst auf den Felsen von Carschenna beteiligt?», fragte Sabina.

«Ja, wir haben da schon öfter zusammen Musik gemacht und Abendmahl gefeiert. Die letzte Feier war am 21. März.»

«Und als mein Kollege Sie über Facebook ausfindig gemacht hat, haben Sie sofort geantwortet?»

«Ja, es kam mir ja selber auffällig vor.»

«Was?»

«Dass Katharina, Iris und Maria weg sind, unsere drei … na ja, die Ladys in der Gruppe.»

«Ach, es sind nur drei Frauen dabei?»

«Ja.»

«Und wer noch?»

«Zwei Freunde von mir und ich.»

«Also insgesamt sechs.»

«Ja.»

«Und wie viele solcher Zusammenkünfte gab es?»

«Wir machen das seit der Mittsommernacht im letzten Jahr. Im Herbst, im Winter und jetzt eben im Frühling einmal.»

Sabina machte sich Notizen und fuhr dann fort: «Nennen Sie uns bitte die Namen und Wohnorte der anderen Männer?»

«Ja, ich hab schon mit denen gesprochen. Die wollen auch noch mit Ihnen reden. Hier sind sie.» Buchli zog einen Zettel aus der Hosentasche und gab ihn Sabina.

«Auf meine Anfrage im Netz hat keiner von ihnen reagiert», meldete sich Heini zu Wort.

«Wir haben miteinander telefoniert», sagte Buchli. «Und wir haben vereinbart, gar nichts mehr übers Netz zu machen.»

«Warum?», fragte Heini.

«Es ist eh schon zu viel über unsere kleinen Feiern geredet worden, und ich befürchte, dass wir das nächste Mal nicht mehr allein sind. So was wird ganz schnell ein Hype, und das ist überhaupt nicht das, was wir wollen.»

«Was ist denn mit dem Freund von Iris Grenz? War der nie dabei?», fragte Sabina.

«Der Beat kann mit Spirituellem nix anfangen, sie hat ihm davon, glaub ich, nix erzählt», sagte Buchli.

«Woher kennen Sie sich eigentlich?», fragte Heini.

«Die Jungs kenne ich aus der Schule, Iris hab ich mal bei einem Konzert getroffen, und wir haben uns gut unterhalten. Und so hat sich das dann ergeben. Wir haben uns zum Musikmachen in der Natur getroffen, Iris hat dann Katharina mitgebracht, und irgendwann kam noch Maria dazu.»

«Herr Buchli», ergriff wieder Sabina das Wort, «haben Sie irgendeine Vermutung, warum die drei Frauen verschwunden sind? Wo sie sein könnten?»

«Weder ich noch die anderen», sagte er.

«Könnte es etwas mit der Vergangenheit der Opfer zu tun haben?», fragte Sabina.

«Was meinen Sie?»

«Haben die Mädchen je etwas von Missbrauch erzählt? Im Kontext mit der Kirche, mit einem Pfarrer?»

«Nein», sagte Buchli. «Von so was hat nie eine was gesagt.»

«Und ist bei der letzten Feier irgendwas vorgefallen? Erzählen Sie doch mal, was haben Sie da gemacht?»

Buchli zog seine Strickjacke aus und räusperte sich. «Wir haben uns am Tag der Tagundnachtgleiche im März getroffen. Um zehn Uhr abends, auf dem grössten Felsen von Carschenna. Es war schon stockdunkel. Jeder hat Kerzen mitgebracht, und wir haben den ganzen Felsen ausgeleuchtet. Maurus hatte Wein dabei, ich einen Kelch fürs Abendmahl. Wir haben alle unsere Instrumente mitgebracht, Katharina die Gitarre, Iris ihre Oboe, Maria so eine kleine Harfe, ich mein Hang und die beiden anderen ihre Didgeridoos. Ja, und dann haben wir Musik gemacht und gesungen. Wir singen immer in so einer Kunstsprache. Das ist unser ganz spezielles Ding. Und um Mitternacht haben wir das Abendmahl gefeiert.»

«Darf ich fragen, ob es zu sexuellen Handlungen gekommen ist?», fragte Sabina.

Der junge Mann lachte. «Nein. Wir haben alle nix miteinander. Es geht mehr um die Musik, um die Welle. Es ist ja auch noch saukalt im März, da kann man kaum Sex im Freien haben.»

«Und dann? Wie ging es weiter nach Mitternacht?», fragte Heini.

«Wir haben noch gesungen und getrunken bis zum Morgengrauen. Als die Sonne da war, sind wir aufgebrochen.»

«Und war da irgendetwas Auffälliges? Hat Sie jemand beobachtet?»

«Das ist es ja. Die anderen haben sich jetzt auch daran erinnert», sagte Buchli. «Wir hatten einmal alle das Gefühl, dass jemand um uns rum ist. Wir haben dann mit den Taschenlampen geleuchtet und gerufen. Aber wir haben niemanden gesehen.»

«Wann war die letzte Feier vor dieser am Frühlingsbeginn?», wollte Sabina wissen.

«Das war kurz vor Weihnachten, am Tag der Wintersonnwende.»

«Und da waren auch nur Sie sechs zusammen?»

«Ja, sonst niemand.»

«Herr Buchli, wir werden Sie unter Personenschutz stellen müssen», sagte Heini.

«Von mir aus», sagte der junge Mann. «Was bedeutet das?»

«Es bedeutet, dass sich immer zwei Polizisten in Ihrer Nähe aufhalten werden», sagte Sabina. «Als Mitglieder dieser», sie zögerte, «ja, wie nennen Sie sich eigentlich, Kultgruppe?»

«Wir haben keinen Namen für das, was wir machen. Aber wir orientieren uns an der Leitfigur Jesus und an den alten Naturkulten, nicht an den kirchlichen Normen.»

«Aber Maria geht doch oft in die Kirche», sagte Sabina.

«Ja, schon», sagte Buchli. «Aber jeder hat da eben seinen eigenen Zugang. Das, was wir alle gemeinsam haben, ist die Liebe zur Natur und zu den Klängen. Und zu Jesus.»

«Wer ausser Ihnen weiss von ihren Zusammenkünften?», fragte Heini.

«Es haben ein paar Leute mitgekriegt, Maurus hat an Weihnachten was daheim erzählt, und seine Mutter hat es dann der Nachbarin erzählt und die wieder jemand.»

«Und so hat es die Runde gemacht, dass da jemand auf Carschenna Gottesdienste feiert?»

«Ja, die Leute denken dann ja immer gleich das Schlimmste: Heiden und so.»

«Können Sie sich vorstellen, dass jemand Ihrer Gruppe Böses will?»

«Also», Buchli überlegte, «also ich wüsste gar nicht, wen so was stören soll. Religion ist doch wirklich was Privates, das kann anderen doch egal sein.»

«Ich bin Ihrer Meinung», sagte Sabina, «aber wir müssen davon ausgehen, dass das Verschwinden der Frauen mit Ihren Kulthandlungen zu tun hat. Und wir müssen davon ausgehen, dass alle Mitglieder Ihrer Gruppe gefährdet sind. Können Sie die anderen auch noch herrufen?»

«Jetzt?»

«Ja bitte», sagte Sabina.

Etwa dreissig Minuten später kamen auch die beiden anderen Mitglieder der Gruppe aufs Polizeikommando, Maurus Müller und David Battaglia.

Heini und Sabina unterhielten sich getrennt voneinander mit den jungen Männern. Alles in allem bestätigten die beiden die Aussagen von Bruno Buchli. Auch Müller und Battaglia schienen ernsthaft besorgt und stimmten dem Personenschutz zu. Auf die Wortbotschaften, deren Inhalt Heini und Sabina den Männern mitteilten, konnten sie sich keinen Reim machen. Nach mehr als zwei Stunden verliessen sie das Polizeigebäude wieder. Sabina und Heini gingen in die Kaffeeküche.

«Meinst du, dass einer davon etwas mit dem Verschwinden der Frauen zu tun hat?», fragte Sabina und nippte an ihrem Kaffee.

«Nein, das war sehr authentisch, wie sie sich den Kopf zerbrochen haben. Und ihre Bestürzung wirkte auch überzeugend. Trotzdem müssen wir das natürlich überprüfen.»

«Ja klar.» Sabina nickte.

«Noch was vor am Wochenende?», fragte Heini, nachdem er auch einen Schluck genommen hatte.

«Ich denke, ich mach morgen noch mal 'ne Skitour», sagte Sabina. «Bald ist der letzte Schnee da oben weg, und dann muss ich wieder mindestens sieben Monate warten.»

«Pass auf dich auf», sagte Heini und legte ihr die Hand auf die Schulter. «Ich schau, dass ich jetzt heimkomm. Dort wartet ein herrliches Saiblingsfilet auf seine Zubereitung.»

«Na dann, lass es dir schmecken», sagte Sabina.

«Mach ich», sagte Heini. «Und ruf du mich am Sonntagabend kurz an, wenn du von der Tour zurück bist. Eine verschüttete Kollegin wäre das Letzte, was wir jetzt brauchen können.»

10

Die Färbung des Himmels über dem Muttnerhorn kündigte schon früh morgens einen prachtvollen Sonntag an. Sabina verstaute ihren Tee und zwei Brote im Rucksack, nahm sich ein paar Ersatzkleider mit und fuhr mit dem alten Lada bis weit über die Ortschaften hinauf. Sie parkte direkt am Beginn der Skispuren und legte die Felle an. Der Weg führte auf den Rücken des Piz Beverin. Das Einshorn, ein etwas niedrigerer Nebengipfel des Beverin, schien ihr für eine Tour um diese Jahreszeit am besten geeignet.

Mit ihrem Vater war sie als Kind oft auf den Beverin gestiegen. Von ihm hatte sie den Gipfeltrieb geerbt, dieses unbändige Sehnen, das sie immer wieder zu neuen Bergtouren anfachte. Und er war es auch gewesen, der ihr in einem einzigen Satz die Philosophie des Bergsteigens beigebracht hatte: «Der Weg ist das Ziel.»

Sie kam schnell in ihren Rhythmus und nahm bald nichts mehr wahr ausser ihren Skispitzen, der Spur vor ihr und ihrem Atem. In ihrem Kopf lief die finnische Melodie ab und schob die Ski fast von alleine nach vorne – Sabina folgte ganz einfach den Tönen.

Sie war schnell unterwegs und überholte mehrere Skigruppen.

«Nicht so schnell», hatte ihr Vater früher immer gerufen. Aber sie war noch nie eine der Langsamen gewesen. Wenn der Berg vor ihr lag, dann gab es für sie nur noch eins: hinauf!

In weiten Kehren führte die Spur nach oben. Rechts von ihr lag das Zwölfihorn, daneben der Rappakopf. Die Luft war kalt und klar. Sabina stieg ohne Pause durch und genoss erst auf dem Gipfel den Phantastischen Rundblick. Sie liebte diese Weite. Zur Nordseite hin lagen unter ihr die gewaltigen Eisfelder des Beverins, davor der nur noch teilweise von Schnee bedeckte Heinzenberg und die Gipfel der Surselva. Nach Süden reichte der Blick weit hinein ins Engadin.

Sie blieb lange auf dem Gipfel. Von hier oben wirkte alles so erhaben. Man konnte sich kaum vorstellen, dass unten im Tal irgendwo Sorgen lauerten, dass dort drei Elternpaare in Angst erstarrt waren, weil ihre Töchter nicht mehr nach Hause kamen. Hier, so nah am Himmel, war die Welt frei von aller Schwere. Hier war der Moment ein einziges Sein im Ganzen. Dieser Ruf der Berge war es, den sie im letzten Herbst vernommen hatte. Dieses Tönen der Gipfel hatte sie in die Heimat ihrer Kindheit zurückgeholt.

Sie rollte die Felle zusammen, verstaute die Thermoskanne im Rucksack und zog die Schnallen ihrer Stiefel fester. In kurzen Schwüngen fuhr sie zurück in die Welt der Sorgen, Wünsche und Ängste.

***

Der Knall. Die Splitter. Das Blut. Die Augen des Vaters kalt und leer. Tot. Die Mutter. Schreit. «Herr, verzeih uns, Herr, vergib uns.» Ihr Hals. Ihre Augen. Das Blut unter dem Kruzifix. Sie ist tot.

Er lag in seiner Kammer und wischte sich den Schweiss von der Stirn. Er sah die Bilder immer wieder. Als ob es gestern gewesen wäre, sah er sie. Immer wieder sah er das Blut, hörte die Stimme der Mutter. Sah sie in ihrem Blut liegen. Sah das Kreuz über ihren toten Augen. Sah den Heiland. Hörte die Stimme des Lehrers. Fühlte seine kalte Hand auf seinem Rücken. Spürte den Ekel, wenn er sich an ihn drückte. Wann endlich würde er davon erlöst sein.

Wann endlich?

11

«Die Botschaften tragen eine einheitliche Handschrift, und alle Indizien kommen aus der Gegend.» Reto Beeli war inzwischen mit der Auswertung der Wortgravuren fertig und präsentierte seine Ergebnisse beim Montagmorgenmeeting.

«Kannst du sagen, woher genau?», fragte Malfazi.

«Die Steine, die Sabina in San Bernardino gefunden hat, sind aus Kalkstein, sie könnten von der Beschaffenheit her aus der Gegend um die Rheinschlucht bei Ilanz kommen, aber natürlich auch anderswo.»

«Und die Steintafel aus der Locanda Cardinello?»

«Ist aus Andeerer Granit.»

Malfazi blickte zu Heini. «Überprüft bitte, ob irgendwo so eine Steintafel entwendet wurde.»

Heini nickte.

«Fingerabdrücke?», fragte Malfazi.

«Nur vom Wirt der Locanda», sagte Beeli.

«Also kein Fortschritt.»

«Am interessantesten sind die Botschaften an der Kirche», sagte Beeli.

«Warum?», fragte Malfazi.

«Die sind völlig makellos. Wirkt fast so, als hätte jemand da eine Schablone verwendet, durch die er durchgeritzt hat.»

«Ein anderer Täter?»

«Gut möglich.»

«Wie sieht's aus, wollen wir die Fotos der Botschaften nicht doch an die Presse geben?», fragte Heini. «Die Leute wundern sich doch eh schon, was die Polizei da ewig an der Kirche macht und warum sie nicht mehr hochdürfen.»

«Nein, keine Veröffentlichung in der Presse», sagte Malfazi. «Der Chef hat das ausdrücklich noch einmal bekräftigt. Er möchte keine Trittbrettfahrer auf den Plan rufen. Und er möchte dem Täter keine Publicity geben.»

«Und was passiert mit den Botschaften an der Kirche? Lassen wir die stehen?», fragte Heini.

«Die Kirchturmwand ist bereits wieder verputzt», sagte Beeli, «die Anweisung kam von ganz oben.»

«Und du meinst, da halten alle dicht?», fragte Heini.

«Bislang ist nichts zur Presse durchgedrungen.»

«Also ich weiss nicht …», sagte Heini.

«Da müssen wir gar nicht diskutieren», fiel ihm Malfazi ins Wort. «Wie sieht's mit den Ermittlungen vor Ort aus, Urs? Was hast du im Schams herausgefunden?»

Urs Freisler schnäuzte sich die Nase und legte gemächlich sein Taschentuch zusammen.

«Also», fing er an, «der alte Pfarrer in Mathon ist ein harter Knochen, dem wohl im Laufe seines Pfarrerdaseins auch immer mal wieder die Hand ausgerutscht ist. Aber für sexuellen Missbrauch gibt es keine Hinweise.»

«Hast du die Leute in den Dörfern direkt darauf angesprochen?», fragte Sabina.

«Nein, natürlich nicht. Ich hab das sehr dezent gemacht, mehr so zwischen den Zeilen.»

«Und du bist dir sicher, dass niemand ihn schützt?»

«Ich hab wirklich viele Leute gefragt. Menschen, die ich seit vierzig Jahren kenne. Niemand hat den Pfarrer in dieser Hinsicht belastet. Und ausserdem hat er zumindest für Ostern ein Alibi: Er war bei seiner Nachbarin zum Abendessen. Sie hat es bestätigt.»

«Wie sieht es mit Hinweisen aus Andeer aus?», fragte Malfazi. «Hat jemand am Osterabend rund um die Kirche etwas beobachtet?»

«Wenig», sagte Freisler, «die Anwohner waren alle in ihren Häusern. Immerhin hat sich ein Gast des Hotels Fravi gemeldet. Er hat eine Frau, auf die die Beschreibung von Iris Grenz passt, gegen Viertel nach acht auf dem Friedhof gesehen. Neben ihr stand ein schwarz gekleideter Mann, der eine schwarze Mütze aufhatte. Er war grösser als sie. Das ist alles, was der Hotelgast mitteilen konnte.»

«Hast du Kontakt zu ihm aufgenommen?», fragte Malfazi.

«Ja, ich habe mit ihm telefoniert.»

«Weitere Hinweise oder Beobachtungen aus Andeer?»

«Der Bademeister hat Iris Grenz ebenfalls in Begleitung eines vermutlich schwarz gekleideten Mannes gesehen. Sie sind zusammen zum Schwimmbadparkplatz gegangen.»

«Und, gibt es da eine genauere Beschreibung?»

«Nein, er hat die beiden nur von der Seite und von hinten gesehen. Ein circa eins fünfundsiebzig bis eins fünfundachtzig Meter grosser Mann zwischen fünfunddreissig und fünfundfünfzig, genauer kann er es nicht sagen.»

«Das bringt uns kaum weiter.» Malfazi schüttelte den Kopf. «Was ist mit diesem Busfahrer? Hat sich da noch etwas ergeben?»

«Den können wir wohl endgültig von der Verdächtigenliste streichen», sagte Heini, «der hat ein wasserdichtes Alibi für Ostern.»

«Hat die Überprüfung der Fahrzeuge etwas ergeben?» Sabina blickte zu Malfazi.

«Wir haben inzwischen vierhundert schwarze SUVs und Minibusse im ganzen Kanton überprüfen lassen. An manchen sind wir noch dran, aber bisher hat sich keine Spur ergeben. Mehr kann ich dazu noch nicht sagen. Gibt es bei euch sonst noch was Neues?»

Sabina brachte alle auf den neuesten Stand bezüglich der Feiern auf Carschenna. Heini legte seine Vorgehensweise bei der Facebook-Recherche dar, und alle waren sich darüber einig, dass es richtig war, den drei jungen Männern vorübergehend Personenschutz zu gewähren.

«Ihr überprüft die drei trotzdem?», fragte Malfazi.

«Ja, wir sind dran», sagte Heini, «aber es gibt keinerlei Hinweis darauf, dass sie irgendwas mit dem Verschwinden der Frauen zu tun haben. Haben alle drei Alibis für alle relevanten Tatzeitpunkte.»

Teil 2

«Denn dieser Tag ist ein Tag des Grimmes,
ein Tag der Trübsal und der Angst,
ein Tag der Wolken und des Nebels,
ein Tag der Finsternis und des Dunkels.»
Zefanja, 1,15

1

Sabina stand am Fenster und blickte auf die Berge. Auf den Wiesen kämpften sich erste Blumen durch die feuchte Erde, in den Tälern stieg der Wasserpegel der Flüsse. Jetzt, Mitte Mai, kam der Frühling mit aller Macht. Über den Verbleib der drei Frauen gab es immer noch keine Anzeichen.

In den letzten drei Wochen hatte das ganze Team fieberhaft weiterermittelt, ohne jedoch auf eine heisse Spur zu stossen. Mittlerweile hatte die Medienpräsenz der Vermisstenfälle deutlich abgenommen; andere Schlagzeilen beherrschten die Medien. Manche der Kollegen vom Spezialdienst 1 wandten sich wieder interkantonalen Themen zu: der organisierten Kriminalität, dem Rotlichtmilieu.

Sabina setzte sich an ihren Schreibtisch und blätterte noch einmal durch das Dossier, das sie heute erhalten hatte. Sie hatte sämtliche Stein-Indizien ans Kunsthistorische Institut der Universität Zürich geschickt; heute war endlich ein ausführliches Gutachten gekommen.

Die Buchstaben waren aus wissenschaftlicher Sicht eindeutig vom Bündner Sgraffitostil inspiriert, der sich seit dem 16. Jahrhundert von Italien her nach Norden ausgebreitet hatte. Der von Sabina eher intuitiv empfundene Bezug zu römischen Grabinschriften wurde nicht bestätigt, aber auch nicht ausdrücklich verneint. Alles in allem schloss das Dossier mit dem Hinweis, es handle sich bei den Buchstaben um eine kreative Eigenschöpfung, der keine historischen Vorbilder entsprächen, die aber durchaus von kunsthandwerklichem Geschick zeugten.

Sabina stand auf und ging zu Heini hinüber.

«Das bringt uns leider auch nicht wirklich weiter.» Sie legte ihm das Dossier auf den Schreibtisch.

«Es ist wie so oft bei Vermisstenfällen», sagte er, «erst wird mit riesigem Aufwand ermittelt, und dann versickert es langsam.»

«Aber was können wir noch tun?», fragte Sabina.

«Wir könnten die Worte und die Indizien veröffentlichen. Ich habe das Gefühl, dass auch Spescha langsam darüber nachdenkt.»

«Hast du mit ihm darüber gesprochen?»

«Gestern beim Mittagessen. Ihm war wohl vor allem wichtig, dem Täter nicht unmittelbar nach dem Verschwinden der Frauen einen riesigen Medienauftritt zu gönnen.»

«Na gut, vielleicht kommen wir dann ja doch noch weiter.»

«Bestimmt. Und bei dir, am Wochenende die grosse Feier?», fragte Heini, der von Sabinas Geburtstag wusste.

«Ja, es kommen schon ein paar Leute», sagte sie. «Hab mir Montag und Dienstag auch noch freigenommen. Ich mach dafür am Donnerstag an der Auffahrt Dienst, wenn ihr alle freihabt.»

«Wo ist denn deine Feier?», fragte Heini.

«In Obergmeind. In dem alten Genossenschaftshaus.»

«Oh ja, das ist schön», sagte er. «Und woher kommen die Leut?»

«Zürich, Basel, Bern, Stuttgart, Köln, Wien – eigentlich von überall her.»

«So viele Freunde hast du?»

«Hm.»

«Na dann, feiert schön.»

Sabina fuhr nach Thusis und parkte direkt am Coop. Sie hatte beschlossen, selbst für ihre Gäste zu kochen. Als Entrée einen Salat mit Limonen-Vinaigrette, gebratenem Speck, gedünsteten Honigkarotten und gerösteten Haselnüssen. Dann eine Kartoffelsuppe mit Pilzen, gefolgt von selbst gemachten Ravioli mit Spinat-Knoblauch-Füllung. Als Hauptgang ein Rinderfilet in Apfel-Calvados-Sauce und zum Abschluss eine Panna Cotta. Beschwingt packte sie die Sachen in ihre Transportkiste und bezahlte mit der EC-Karte. Siebenhundert Franken. Das waren ihr ihre Freunde allemal wert.

Obergmeind, eine kleine Skistation mit Bauernhöfen und Gasthäusern, lag auf etwa tausendachthundert Metern Höhe. Lilafarbene Krokusse mit safrangelben Stempeln krochen aus dem Boden. Um diese Jahreszeit, so schien es, erholte sich der Berg und bereitete sich auf den Sommer vor. Sabina fuhr direkt an das alte Genossenschaftshaus heran, in dem sie als Kind oft mit ihren Eltern gewesen war. Unter der Fussmatte lag der Schlüssel. Die Tür knarzte. Im Vorraum hing ein altes Wandtelefon, schwarz und schwer, ein Kommunikationsinstrument aus vergangenen Zeiten. Sabina ging in die Stube, öffnete die Fenster und liess frische Luft herein.

Wände und Decken des Raums waren mit alten Vertäfelungen

verziert. Im Kachelofen lag Holz für ein Feuer. Ein Stockwerk darüber boten niedrige Kammern Raum zum Schlafen. Rot-weiss karierte Vorhänge zierten die winzigen Fenster. Jede Diele knarzte auf eine andere Weise, von den Betten ging eine wohlige Urigkeit aus. Die Geräusche der Dielen, der Geruch nach altem Holz – Sabina fühlte sich im Nu in ihre Kindheit zurückversetzt.

Sie blickte auf den Piz Beverin, der wie ein Stein gewordener Riese über den Heinzenberg wachte. Wie oft hatte sie mit ihrem Vater auf diesen Berg geschaut und Phantasieformen in den Wäldern und Felswänden erkannt. Wie oft war sie als Kind hinaufgerannt zur Lüschalp und zum Pascuminer See. War am Abend vor dem Haus gesessen und hatte die umliegenden Berge im Abendrot genossen: das Muttnerhorn, den Piz Mitgel, das Lenzerhorn und die Engadiner Riesen um den Piz Kesch.

Zurück in der Stube rückte sie die Tische zu einer langen Tafel zusammen, stellte Kerzen und Weingläser darauf, richtete die Getränke her, bereitete Teller und Besteck vor. In der Küche reihte sie alles um den Herd herum auf, was sie zum Kochen brauchte. Dazu liess sie Sufimusik aus Usbekistan laufen.

Am Abend setzte sie sich vor die Hütte und betrachtete den Sternenhimmel. Ihr Vater hatte ihr als Kind die Sternbilder gezeigt. Sie suchte das Bild, in dessen Zeichen sie geboren war. Doch sie musste sich eingestehen, dass sie nicht einmal mehr wusste, wie der Stier genau aussah. Frühere Generationen hatten sich so intensiv mit dem Himmel beschäftigt. Hatten ganze Systeme und Religionen daraus entwickelt. Den heutigen Menschen entgingen diese Zeichen fast völlig.

Als am Sonntagmorgen die Sonne über dem Piz Beverin aufging, bewegte sich die komplette Geburtstagsgesellschaft zum Pascuminer See, um den Tag mit einem Bad zu begrüssen. Am Sonntagabend brachte Sabina achtunddreissig leere Weinflaschen zum Altglascontainer und fiel danach in einen Schlaf, der bis zum Montagmittag dauerte.

2

«Und, für morgen schon was geplant?», fragte Heini, als er am Mittwochnachmittag vor Christi Himmelfahrt in die Kaffeeküche kam.

«Ich hab doch Dienst», sagte Sabina.

«Ach ja, stimmt.»

«Und du?»

«Fleisch!», sagte Heini.

«Hä?»

«In meinem Horoskop steht: ‹Sie dürfen sich ruhig mal wieder etwas gönnen.› Das kann nur Fleisch sein.»

«Glaubst du an Horoskope?»

«Nur wenn es mir passt. Du?»

«Ich hab mir mal von einer Tibeterin eins erstellen lassen. Da hat viel gestimmt. Die Trennung meiner Eltern. Der frühe Tod meines Vaters. Alles Dinge, die niemand ausser mir wusste.»

Heini hob flatternd die Hände. «Steht am Ende alles in den Sternen?»

Sabina klopfte ihm auf den Bauch. «Das mit deinem Fleisch bestimmt. Hau rein, hast ja schon einen richtigen Hungerbauch.»

Er schmunzelte, denn noch immer gehörte er zu den beleibteren Geschöpfen im Kanton Graubünden.

Malfazi kam mit ein paar Kollegen in die Teeküche.

«Schön, dass ihr da seid», begrüsste Sabina die Runde.

Sie hatte Sekt und Orangensaft mitgebracht und verteilte die Gläser.

«Auf dich, Sabina.» Malfazi erhob das Glas.

«Viva Sabina!», riefen die Kollegen.

Über den Small Talk, der bei solchen Anlässen üblich war, kamen sie nicht hinaus.

«Und, was machst du morgen?», fragte Sabina Malfazi.

«Hab mir den Freitag auch noch freigenommen, bin bis Sonntag Abend unterwegs», sagte er. Dann verabschiedete er sich unter dem Vorwand, noch rasch telefonieren zu müssen. Einmal mehr hatte er es geschickt umgangen, etwas über sein Privatleben zu erzählen.

Als sich die Runde langsam auflöste, spülte Sabina mit einer jungen Kollegin die Sektgläser und verliess anschliessend das Polizeikommando. Ihr Auto liess sie im Polizeihof stehen und ging zu Fuss in die Stadt.

Auf dem Weg ins Zentrum kam sie an den Nachtclubs vorbei. Sie sah sich die Fotos der Frauen an: Mona, Lisa, Daira. Ihr war auch einmal ein solches Engagement als Tänzerin angeboten worden. Von einem besoffenen Nachtclubbesitzer auf einer Skihütte in Davos. Sie hatte dankend abgelehnt.

In der Fussgängerzone schlenderte sie durch die Boutiquen, sah sich in einem Designladen ein paar Lampen an und spazierte durchs Bärenloch. Sie mochte diese schiefen Häuser, die alten Holztüren. In einer kleinen Gasse kam sie an einem Juwelier vorbei, der «Heimatkunst» anbot, wie auf dem Ladenschild stand. Sie ging zum Schaufenster des Ladens, das die ganze Breite des schmalen Hauses einnahm. Die Schmuckstücke in der Auslage liessen sie stutzen. Es waren Silberringe und Armreife, in die archaisch anmutende Sgraffitomuster eingeritzt waren.

Sabina drückte die Klinke und betrat den Laden. Aus einer kleinen Werkstatt hinter der Kasse kam ein etwa vierzigjähriger Mann mit runder Nickelbrille und masslos ausufernder Mähne, eine Art Alpen-John-Lennon der späteren Tage.

«Salü, wie kann ich helfen?», fragte er.

«Hoi. Ich habe die Armreife im Schaufenster gesehen und würde so was gerne mit einem Namen versehen lassen, geht das?», fragte Sabina.

«Natürlich», sagte der Mann, «schau, so würde das aussehen.» Er deutete auf einige Schmuckstücke, die an einer Schauwand hingen. Es waren schlichte Armbänder und Ketten aus matten Steinperlen, in die Buchstaben eingraviert waren. Sabina nahm eine Kette, in die der Name Anna eingearbeitet war, und untersuchte sie. Diese Schrift, diese Buchstaben. Es war genau der Stil der Wortbotschaften.

«Fertigen Sie den Schmuck selbst an?», fragte Sabina.

«Ja.»

«Und machen Sie oft Auftragsarbeiten?»

«Das mit den Namen sind fast alles Auftragsarbeiten.»

Sabina zückte ihren Polizeiausweis und legte mit einer beiläufigen Handbewegung ihre Waffe unter der Jacke frei. Der Mann zuckte leicht zurück.

«Ja was …», stammelte er.

«Nur ruhig. Können Sie mit den Namen Katharina Jakobs, Iris Grenz und Maria Melchior etwas anfangen?»

«Nein, nie gehört.»

Auf dem Tresen lag eine Ausgabe des Bündner Tagblatts.

«Lesen Sie nie die Zeitung da?», fragte Sabina.

«Doch. Schon.»

«Dann haben Sie sicher auch mal etwas über die drei Frauen gelesen, die seit Ostern vermisst werden.»

«Ach so, ja, hab ich. Aber schon länger nicht mehr.»

«Ja, das stimmt. Die Frauen sind wie vom Erdboden verschwunden. Herr …»

«Bühler», ergänzte er.

«Herr Bühler. Da in diesen Vermisstenfällen Botschaften mit genau dieser Schrift eine Rolle spielen» – sie zeigte auf die Armbänder – «muss ich Sie bitten mitzukommen.»

«Aber warum denn?», fragte Bühler.

«Weil ich wissen muss, mit wem Sie Kontakt hatten und wo Sie sich in den letzten Wochen aufgehalten haben. Und das machen wir nicht hier zwischen Tür und Angel. Das wird protokolliert und von Ihnen unterschrieben.»

«Und wenn Kunden kommen? Kann das nicht wann anders sein?»

«Nein. Vielleicht haben Sie ja nichts mit der Sache zu tun. Aber dann sollten Sie jetzt erst recht mitkommen.»

«Ich muss hinten abschliessen.»

«Ich komme mit», sagte Sabina und folgte ihm vorsichtshalber in die Werkstatt.

Bühler war sichtlich nervös. Als die Protokollantin da war, begann Sabina mit der Einvernahme.

«Hatten Sie vor einigen Wochen einen Auftrag, bei dem es um die Gravierung einer Steinplatte und mehrerer kleiner Steine ging?»

Der Schmuckmacher schluckte und presste ein verkrampftes «Nein, wieso?» heraus.

«Kein auffälliger Auftrag? Keine Ansammlung scheinbar zusammenhangloser Worte, die Sie einarbeiten sollten?»

Sabina fixierte ihn mitleidlos. Bühler wand sich geradezu auf seinem Stuhl, schwieg jedoch hartnäckig.

«Wollen Sie mir sagen, dass Sie mir nichts mitzuteilen haben?», rief sie schliesslich und schlug mit der Hand auf den Tisch. «Dann unterschreiben Sie das Protokoll und entschuldigen Sie die Störung. Aber eins sage ich Ihnen: Sollten wir herausfinden, dass das nicht stimmt, dann hat das Konsequenzen.»

Sie packte ihn hart an und spürte, dass er langsam weich wurde.

Er wusste etwas, irgendetwas.

«Herr Bühler.» Sie rückte näher an ihn heran und bedrängte ihn regelrecht mit ihrer physischen Präsenz und einer Stimme, die wie ein Fels im Raum stand. «Sie wissen etwas, ich kann es riechen. Raus damit!»

«Ja», murmelte Bühler, «ja, ich habe einen Auftrag gehabt. Ist schon fast zwei Monate her. Ich sollte Wörter in Steine gravieren. Und Schablonen machen für verschiedene Buchstaben.»

«Blut, Stier, Himmelsleiter? Waren das die Begriffe?»

«Ja, genau.» Er schaute sie verblüfft an. «Solche Wörter, völlig zusammenhanglos.»

Sabina schlug noch heftiger mit der Hand auf den Tisch. «Und das fällt Ihnen jetzt ein? Wer hat Sie damit beauftragt?»

«Das weiss ich nicht», sagte Bühler.

«Was ist denn das für ein Blödsinn?»

«Bitte, Sie müssen mir glauben!» Bühler sah sie flehentlich an. «Der Auftrag wurde mir telefonisch erteilt. Das Geld sollte mir vorab überwiesen werden.»

«Viel Geld?»

«Ja. Schon viel.»

«Und weiter?», hakte Sabina nach.

«Es kam eine Auftragsbeschreibung per Fax, und am nächsten Tag war schon das Geld überwiesen. Ich hatte bloss zwei Tage Zeit. Hab nachts durchgearbeitet.»

«Wo ist dieses Fax?»

«Weiss ich nicht. Ich glaube, das ist weg.»

«Weggeschmissen?»

«Ja, wahrscheinlich.»

«Wie viele Stücke haben sie graviert?»

«Die kleinen Steine, eine Steinplatte und die grossen Schablonen. Und dann noch vier Schmuckstücke aus Silber.»

«Was für Schmuck?»

«Einen Armreif, eine Fusskette, einen Ring. Und ein Amulett.»

«Was stand auf den Schmuckstücken drauf?»

«Das weiss ich nicht mehr. Bitte, das waren so viele Wörter, die konnte ich mir nicht alle merken.»

«Was stand drauf?», wiederholte Sabina.

«Ich weiss es nicht mehr. Ehrlich. Blut und Stier immer, Himmelsleiter, Bräutigam, solche Sachen, aber genau weiss ich es nicht mehr.»

«Wer hat die Sachen abgeholt? Und wann?»

«Niemand. Ich sollte sie an ein Postfach nach Zürich senden.»

«Haben Sie die Adresse noch?»

«Ich weiss nicht, das muss ich nachschauen.»

«Und das Fax? Woher kam das Fax?»

«Das Fax kam auch aus Zürich. Aus einem Hotel», sagte er, «das Park Hyatt Hotel. Ja, das fiel mir auf. Es stand als Absender unten drauf, bei der Nummer.»

«Sie sagten, der Mann habe Sie einmal angerufen?»

«Ja.»

«Wie hat er geklungen?»

«Eine sonore Stimme, eher ein Westschweizer, würde ich tippen, vom Akzent her. Aber genauer kann ich das auch nicht sagen.»

«Gibt es sonst noch irgendetwas, das Sie uns mitteilen wollen?»

«Nein, ich wüsste nichts mehr.»

«Gut, dann warten Sie bitte, bis meine Kollegin das Protokoll fertig hat, und unterschreiben Sie es. Danach fahren wir zu Ihnen zurück und suchen dieses Fax.»

Bühler durchstöberte seinen Schreibtisch und fand unter Bergen von Papieren einen Faxbogen aus dem Park Hyatt. Allerdings nur das erste von zwei Blättern.

«Wo ist der Rest?», fragte Sabina.

Er suchte weiter, durchforstete das ganze Atelier, drehte jedes Werkzeug um. Ergebnislos.

«Ich muss es weggeschmissen haben.»

«Und die Adresse von dem Postfach?»

«Nicht mehr da, tut mir leid.»

«Verdammt», sagte Sabina. «Auf diesem zweiten Fax stehen womöglich Hinweise auf weitere Frauen. Dieses Fax kann vielleicht Leben retten. Bitte erinnern Sie sich: Was haben Sie auf diese Schmuckstücke geschrieben?»

Bühler wirkte erschöpft. «Worte, immer sieben Worte. Aber das waren so viele, ich weiss es nicht mehr. Es tut mir leid.»

«Wenn Sie sich an etwas erinnern, rufen Sie an. Und wenn Sie das zweite Fax finden, schicken Sie es. Ja? Bitte geben Sie sich Mühe.»

«Ich bringe es, wenn ich es finde. Und ich rufe Sie an, wenn mir noch etwas einfällt.»

Bühler schien kurz vor dem physischen Zusammenbruch zu sein.

«Eins noch, Herr Bühler», sagte Sabina kühl. «Warum haben Sie mir das alles nicht gleich gesagt?»

«Das viele Geld», antwortete er schuldbewusst. «Und das Postfach. Das kam mir schon sonderbar vor. Aber ich wusste ja nicht, dass es was mit den Frauen zu tun hat.»

«Okay», sagte Sabina. «Wir sehen uns wieder.»

Bühler schien froh zu sein, erst mal heil aus der Sache herauszukommen. Er begleitete Sabina zur Tür und schloss ab. Als sie sich noch einmal umdrehte, sah sie ihn auf einem Stuhl niedersinken.

Sie beschloss, sofort nach Zürich zu fahren und in dem Hotel zu recherchieren, in dem die Bestellung aufgegeben worden war. Zum ersten Mal hatten sie etwas Handfestes, mit dem sie weiterkommen konnten. Bühler hatte von den Steinen, der Steinplatte und den Schablonen erzählt, die sie schon kannten. Was aber war mit den vier Schmuckstücken? Sollte bald noch eine weitere Frau entführt werden? Oder hatten die Schmuckstücke eine andere Bedeutung?

Zürich. Hier wartete ein ganzer See von Erinnerungen auf Sabina. Bis zum letzten Sommer hatte sie in dieser Stadt mit Dominik zusammengelebt. Sieben Jahre lang. Am Ende hatte es nicht mehr gepasst. Während sein Horizont immer enger geworden war, wurde ihr Freiheitsdrang irgendwann grenzenlos. Sie hatte die Beziehung beendet und sich im Herbst um den Job in Graubünden beworben, der für Anfang Januar ausgeschrieben worden war. Nach dem Tod ihrer Tante war das Haus in Donat leer gestanden. Sie hatte das als Wink des Schicksals interpretiert und die Grossstadt hinter sich gelassen. Das Leben in Graubünden war langsamer, beschaulicher, irgendwie zeitloser. Das entsprach ihr mehr als das geckenhafte Treiben im reichen Zürich.

Die Stadt zeigte sich wie immer schön herausgeputzt. In den Schaufenstern blitzten teure Designerwaren. Gut gekleidete Menschen flanierten in der untergehenden Sonne am Seeufer entlang. Das Park Hyatt war von aussen ein kühler Komplex aus Glas und Stahl. Innen strahlte ihr seelenloser Luxus entgegen. Ein viel zu teures Hotel für viel zu reiche Leute.

Am Empfang zeigte sie ihren Dienstausweis. «Ich habe hier ein Fax, das eine Rolle in einem Kriminalfall spielt.» Sie hielt der jungen Frau hinter dem Rezeptionstresen das Fax hin. «In der Absenderzeile steht, dass es am 30. März um zehn Uhr siebenundzwanzig von diesem Hotel aus versandt wurde. Können Sie rekonstruieren, wer damals hier übernachtet hat und wer an diesem Tag Dienst hatte?»

«Einen Moment bitte», sagte die Frau, «ich hole den Chef.»

Keine Minute später stand ein überzogen lächelnder Mann Mitte dreissig vor Sabina und bat sie zu sich ins Büro. Er stellte sich als Hoteldirektor Daniel Haldimann vor.

«Wissen Sie, Frau Lindemann, wir sind hier ein Hotel mit hundertfünfzig Betten, da wird jede Menge gefaxt. Ich kann Ihnen zwar, wenn es ausdrücklich nötig ist, eine Gästeliste ausdrucken. Und ich kann Ihnen auch sagen, welche Mitarbeiter an dem betreffenden Tag Dienst an der Rezeption hatten, aber ich halte es für sehr unwahrscheinlich, dass Sie das weiterbringt. Viele unserer Kunden bezahlen schon bei der Ankunft oder im Vorhinein. Die hinterlassen nicht alle ihre Personalien. Unsere Mitarbeiter schauen sich solche Faxe oder andere Nachrichten ja auch nicht an, wir sind diskret.»

«Nach bester Schweizer Art, hm», kommentierte Sabina etwas abfällig, was die Fassade des Hoteldirektors leicht ins Wanken brachte. Ihr war klar, dass der Mann vermutlich recht hatte. Dennoch bestand sie darauf, eine Gästeliste zu bekommen und eine Liste der Mitarbeiter, die an jenem Tag an der Rezeption Dienst gehabt hatten.

Haldimann klickte an seinem Rechner hin und her und druckte schliesslich zwei Listen aus. Auf der einen standen über hundert Namen von Gästen, dazu die Nationalität. Auf der anderen Liste standen fünf Namen von Rezeptionsmitarbeitern, dazu die Telefonnummern.

«Bitte sehr», sagte Haldimann unverändert zuvorkommend. «Ich würde Sie allerdings ersuchen, etwaige Befragungen diskret und nicht am Empfang durchzuführen.»

«Selbstverständlich», sagte Sabina, diesmal ihrerseits besonders freundlich, gab ihm die Faxnummer des Polizeikommandos und bat ihn, beide Listen an die Kollegen zu faxen. Dann ging sie in die Lobby und rief bei der ersten Angestellten an, die am 30. März Dienst gehabt hatte.

Die Frau konnte sich an nichts erinnern. So ein Fax sei nichts Ungewöhnliches. Ja, sie sei auch bereit zu einer persönlichen Befragung. Unter den anderen Nummern erreichte Sabina niemand.

«Mann», fluchte sie und setzte sich auf ein Sofa in der Lobby. Der Ausflug nach Zürich war ein Reinfall. Vielleicht sollte sie wenigstens noch eine Freundin treffen und über Nacht bleiben? Aber sicher nicht in diesem Hotel.

Sie rief ihre Freundin Eva an, erreichte aber nur den Anrufbeantworter. Sabina hinterliess eine Nachricht und liess sich an der Rezeption ein Telefonbuch geben. Sie wählte die Nummer eines kleinen Hotels, das sie von früher kannte. Ein Zimmer sei noch zu haben, hiess es.

Das Hotel lag in der Villengegend auf dem Zürichberg. Sie hatte sich dort manchmal mit Dominik getroffen, als sie in den Anfängen ihrer Beziehung nach Zürich gekommen war. Gemeinsam hatten sie in dem Zimmer mit dem Himmelbett wunderbare Liebesnächte verbracht.

Am Empfang wurde sie freundlich begrüsst und bekam einen Schlüssel – Zimmer 13, *ihr* Zimmer. Sie ging hoch und liess sich erst einmal ein Bad ein. Noch immer hatte das Zimmer denselben Geruch nach Zedernholz wie damals. Während das Wasser plätscherte, legte sie sich auf den Fussboden und erinnerte sich an frühere Momente auf dem roten Teppich. Dann wischte sie die Gedanken weg und streckte sich in die Schulterbrücke. Mit unter dem Rücken verschränkten Händen hielt sie die Spannung etwa eine Minute lang. Dann löste sie die Übung auf.

Nachdem sie gebadet und sich frisch gemacht hatte, drehte sie eine nächtliche Runde um die Villen. Gelegentlich spitzte sie durch einen Zaun, spähte über eine Mauer oder lugte durch ein Gitter. Was sie sah, waren traumhafte Herrenhäuser mit stattlichen Gärten. Am eisernen Tor eines besonders imposanten Anwesens blieb sie stehen. Aus dem riesigen Haus drang kaum Licht, die Gardinen an den Fenstern waren zugezogen. Dennoch schien hier eine grössere Gesellschaft versammelt zu sein. Immer wieder kamen Menschen auf den Innenhof, ein schwarz gekleideter Türsteher liess sie ein und aus. Auch hörte sie ein dumpfes Dröhnen von lauter, intensiver Musik. Sie liess ihren Blick über die dunklen Karossen im Innenhof schweifen, bis er an einem anthrazitfarbenen BMW hängen blieb.

Malfazi hat so ein Auto, dachte sie. Sie wäre sicher weitergegangen, wären nicht in diesem Moment zwei Frauen aus dem Haus gekommen. Beide schwarz gekleidet, in langen schwarzen Röcken mit schwarzen Umhängen über dem engen Korsett. Ihnen folgte ein Mann in einem schwarzen Mantel. Er trug eine Kapuze, die sein Gesicht verdeckte; seinen Mantel zierte eine doppelte Reihe Silberknöpfe.

Wurde hier ein Kostümfest gefeiert, eine Art Maskenball im Gothic-Stil? Seit Sabina einmal den Karneval in Venedig erlebt hatte, liebte sie solche Feste, wenn auch dies hier von aussen betrachtet weniger euphorisch als vielmehr düster wirkte.

Sabina sah den Mann im Mantel nur von der Seite, doch sein Gang war eindeutig. Dieses dynamische Federn, die beachtliche Grösse. Er ging direkt zu dem BMW und holte etwas aus dem Wagen. Keine Frage, es war Malfazi.

Ihr Herz pochte gewaltig. In solchen Kreisen trieb er sich also herum. Im Villenviertel von Zürich. Nicht schlecht, dachte sie, da überrasch ich ihn doch mal. Mehr als einen Platzverweis konnte sie nicht bekommen, wenn sie sich hier einschlich. Sie hatte einen schwarzen Rock und eine schwarze Jacke an. Störend war nur die türkisfarbene Bluse. Mit der würde sie in dieser schwarzen Gesellschaft sofort auffallen.

Sie wartete, bis es im Innenhof wieder ruhig war. Dann kletterte sie, etwas vom Eingang entfernt, über den Eisenzaun und verbarg sich im Schutz der Dunkelheit an einer Seitenwand des Hauses. Sie schlich vorbei an riesigen, mit dunklen Vorhängen zugezogenen Fenstern und gelangte zur Rückseite der Villa. Auf einem ausladenden Erker schien es im ersten Stockwerk eine Art Balkon zu geben. Immer wieder traten Leute heraus, standen eine Weile auf dem Balkon und verschwanden dann wieder. Die Tür schien offen zu sein.

Sabina sah darin ihre beste Chance, unauffällig ins Haus zu gelangen. Sie zog ihre Jacke und anschliessend ihre Bluse aus. «Du nicht», sagte sie und legte die Bluse zusammengerollt an der Hauswand ab; dann zog sie die Jacke über den BH. So würde sie zwar nicht unbedingt einen Preis für das phantasievollste Kostüm gewinnen, grundsätzlich aber schien ihr die aufreizende Aufmachung passend.

Sie prüfte die Festigkeit des Efeugitters. Durchaus zufrieden mit der Stabilität des Gerüsts, setzte sie ihren linken Fuss darauf und kletterte nach oben. Als sie unterhalb des steinernen Balkongeländers angekommen war, hielt sie inne und lauschte. Der Balkon war leer, ausser dem Dröhnen der Musik war nichts zu hören. Sie zog sich über das Geländer und stellte sich wie selbstverständlich an die Balustrade. Nachdem ein paar Gäste hinausgetreten waren und sich leise unterhielten, ging sie zur Tür und betrat einen langen, breiten Flur. Der Fussboden war mit dunkelrotem Teppich ausgelegt, die Wände waren weiss, an der Decke hingen üppige Kronleuchter. Zu beiden Seiten des Flurs gingen hohe, weiss getünchte Türen ab. An den Wänden hingen barocke Ölgemälde herrschaftlicher Damen und Herren.

Sabina schritt durch den Gang, nur hin und wieder kam ihr jemand entgegen. Sie öffnete eine der hohen Türen zur Linken, erhaschte einen kurzen Blick auf spärlich bekleidete Menschen, schwarze Latexkorsagen und diverses Werkzeug zur Lustbereitung, schloss die Tür schnell wieder und folgte dem Flur.

Bald erreichte sie eine breite geschwungene Treppe, die in den eigentlichen Partybereich hinunterführte. Dunkel gekleidete Menschen schritten durch die Treppenhalle. Die Palette der Verkleidungen reichte von mittelalterlichen Gewändern bis zu tiefschwarzen Gothic-Kostümen, auch der fetischhafte Lack- und Lederstil mit Nieten, Ösen und Ketten war vertreten. Wer hier zu Gast war, tauchte offenbar in eine düster-sinnliche Parallelwelt ein. Und Malfazi mittendrin.

Aus einem nur dezent mit Kerzenlicht illuminierten Saal drang dunkle, hallende Musik. In der Mitte tanzten schwarze Schatten, am Rand spielten sich heftige erotische Szenen ab. Sabina hielt die Augen offen und blieb stets in Bewegung, sodass niemand sie ansprach. Malfazi war auch hier nicht zu sehen. Sie verliess den Saal wieder und ging zurück zur Treppenhalle. Im Eck führte eine kleinere Wendeltreppe hinab in den Keller.

Sie schritt die Stufen hinunter und fand sich in einem mittelalterlich wirkenden Gewölbe wieder. Von einem Gang, durch den Harfenklänge waberten, zweigten mehrere grosse Räume ab. Fackeln und Kaminfeuer erhellten sie flackernd; die Wände bestanden aus Naturstein. In massiven Holzregalen standen alte Bücher. Schwere Ledersessel schufen eine Atmosphäre wie in einer Burg. Die Gäste sassen schweigend beisammen, berührten sich dezent oder unterhielten sich leise. Im hintersten Raum sass Malfazi an einem Kamin. Er trug ein enges schwarzes Hemd mit Nieten und silbernen Ketten an den Ärmeln. Seinen Mantel hatte er über einen dunklen Holzsessel mit schwarzem Lederbezug gelegt. Er las in einem Buch und trank ein Glas Rotwein. Sein Blick war fest auf das Buch gerichtet, er sah Sabina nicht.

Sie ging zurück in den Gang und überlegte. Was wollte sie eigentlich hier? War es die reine Neugier, etwas über Malfazis Privatleben zu erfahren? Oder folgte sie einem Instinkt, der ihr sagte, dass mit dieser dunklen Gesellschaft etwas nicht stimmte?

Sie schritt weiter den Gang entlang, der noch tiefer in den Untergrund führte. Nachdem sie um einige Ecken gebogen war, kam sie an eine schwere Eisentür, auf der ein grosses Symbol prangte: ein silberfarbenes, kreisförmiges Labyrinth, geritzt in das russgeschwärzte Metall. Auf keltischen Friedhöfen in Irland hatte Sabina einmal ähnliche Symbole gesehen. Die aufgeregten Kerzen über ihr flackerten im Gleichschritt mit ihrem Herzen. An der Wand huschten Schattenbilder entlang. Sie stellte sich in eine Nische nahe der Tür, die vom Gang aus schwer einsehbar war.

Nach einer Weile kam ein Mann und klopfte; die Tür wurde geöffnet, und er trat in den Raum dahinter. Wenig später kamen zwei weitere Männer, gaben ein Klopfzeichen und wurden eingelassen. Sabina wartete noch einen Augenblick, dann fasste sie sich ein Herz und klopfte ebenfalls gegen die Tür, die umgehend von innen geöffnet wurde. Der Wächter trug eine schwarze Latexmaske. Sie blickte in zwei tiefschwarze Augen und hörte nur einen Satz: «Keine Frauen hinter dieser Tür.» Die Augen fixierten sie ernst, der Kopf neigte sich ganz langsam in verneinender Weise. Dann fiel die Tür ins Schloss.

Sabina war die Sache jetzt nicht mehr geheuer. Sie beeilte sich, ins Erdgeschoss zu kommen, und schloss sich zwei Paaren an, die das Haus verliessen. Der Türsteher nickte ihr schweigend zu – er schöpfte offensichtlich keinen Verdacht. Draussen wartete sie, bis ein Auto durch das eiserne Tor fuhr, und rannte wie eine Katze auf der Flucht auf die Strasse. Ohne sich umzudrehen, lief sie die ersten hundert Meter. Dann verschnaufte sie erst einmal und schüttelte sich. Sie hatte das Gefühl, gerade noch aus einer ernsteren Sache herausgekommen zu sein.

3

Das Heiligtum war festlich illuminiert. An den Wänden loderten Fackeln. Auf dem Felsvorsprung an der Rückwand stand ein Bild. Es zeigte einen jungen Mann mit spitzer Mütze, der auf einem Stier kniete. Mit der linken Hand riss er den Kopf des Stiers nach hinten, mit der rechten tötete er ihn durch einen Dolchstoss. Der Blick des Jünglings war vom Stier abgewandt, und sein Umhang war aufgebauscht, sodass die Innenseite zu sehen war. Sie zeigte einen Sternenhimmel. Vor dem Bild stand ein silberner Kelch, davor lag ein Dolch. In der Mitte des Heiligtums ruhte still und schwer der Opferaltar aus Stein. Daneben sassen zwei Messdiener, die unablässig dieselben lateinischen Worte wiederholten: «Victima praeparata est. Taurum sacrificabimus in septem gradibus. In septem locis. In septem annis.»

Die Kultgemeinde stimmte ein. Sieben Männer nahmen an dem Ritual teil. Drei sassen zur Linken, vier zur Rechten des Mittelgangs. Alle trugen schwarze Umhänge und rezitierten in gleichförmiger Wiederholung die lateinischen Worte. Als sich die Gemeinde eingependelt hatte, ertönte ein Gong. Über den Mittelgang verliessen die Messdiener den Raum. Der Singsang ebbte auf und ab. Schliesslich ertönten zwei weitere Gongschläge. Mit dem dritten Schlag betrat der Hohepriester das Heiligtum. Er trug eine rote Mütze in der Art, wie Bischöfe sie tragen. Auch sein langes Gewand war rot. In der Hand hielt er einen zeremoniellen Hirtenstab. Hinter ihm trug ein Mann mit schwarzer Maske das narkotisierte Opfer auf den Armen. Eine junge Christin, geboren im Zeichen des Stiers. Nackt und rein. Er legte sie auf den Altar und verliess das Heiligtum wieder. Der Gesang schwoll an.

Die Messdiener kehrten zurück und nahmen ihren Platz rechts und links des Opferaltars ein. «Ich weihe dich im Zeichen des Raben», sprach der Hohepriester und liess mit dem Rücken zur Gemeinde in weiten Kreisen Weihrauch über der Stirn der Frau kreisen. Schliesslich hob er die Hände. Das Singen wurde leiser, bis es zu einem monotonen Summen verebbte. Der Hohepriester durchbrach es mit den Worten: «Wir weihen dieses Opfer dem Untergang des

Christentums und einer Neuordnung der universellen Macht. Aus dem Felsen geboren, den Kosmos beherrschend, soll ER unser Meister sein. Sieben Stufen lass uns erklimmen, sieben Schleier durchschreiten, bis wir eins sind mit IHM. So tretet nun zusammen im Zeichen des Raben, die ihr die erste Weihe empfangt.»

Die sieben Männer formierten sich in einem Halbkreis um die aufgebahrte Frau. Einer der Messdiener schritt mit dem Kelch zum Fussende des Altars. Der andere beugte sich über die Frau und schob ihren willenlosen Körper so weit nach vorne, dass ihr Unterleib an der vorderen Kante lag. Der Hohepriester kniete vor dem Altar nieder und beschrieb mit dem silbernen Dolch ein Zeichen in der Luft. Dann vollführte er mehrere tiefe Schnitte. Blut ergoss sich schwallartig in den Kelch. Als er bis zum Rand gefüllt war, schoben die Messdiener das Opfer zurück und liessen es ausbluten. Vom Altar floss das Blut auf den Boden und bahnte sich in roten Rinnsalen einen Weg über den kalten Stein.

Die sieben Männer legten ihre Umhänge ab und knieten sich mit nacktem Oberkörper nieder. Der Hohepriester griff in den Kelch und beträufelte einen nach dem anderen mit dem Blut der Frau. «Nimm hin die Weihe im Zeichen des Raben und erklimme die erste Stufe.»

Einer der Messdiener trat zu der Gruppe und brandmarkte jeden der Männer mit einem heissen Eisensiegel in die Brust. Sie stöhnten vor Schmerz, einer schrie laut auf. Und doch liessen sie es bereitwillig, ja geradezu gierig über sich ergehen. Dann nahmen sie wieder ihre Plätze zur Rechten und Linken des Mittelgangs ein. Sie trugen jetzt das Zeichen des Raben auf der Brust – die erste Stufe der Initiation.

Der Mann mit der schwarzen Maske erschien und trug das Opfer aus dem Raum. Singsang erfüllte wieder den Raum. Wurde lauter, wurde leiser, schwoll an, ebbte wieder ab. Nach einer Weile ertönten von aussen drei weitere Gongschläge.

Mit dem zweiten Opfer auf dem Arm schritt der Maskierte zum Steinaltar. Der Hohepriester sprach wieder seine Formel und weihte die Frau, diesmal im Zeichen des Bräutigams. Wieder öffnete er mit dem Dolch ihren Schoss und liess das Blut in den Kelch rinnen. Die sieben Männer liessen sich mit dem Blut besprenkeln und erhielten eine Brandmarkung mit einem anderen Siegel.

Noch ein drittes Mal wiederholte sich das Ritual. Über die Gläubigen ergoss sich das Blut der dritten Frau. Sie empfingen die Weihe und wurden erneut gebrandmarkt – diesmal im Zeichen des Soldaten. Nachdem der Hohepriester den Raum verlassen und die Messdiener den Gesang mit drei Gongschlägen beendet hatten, war die Zeremonie beendet. In drei Stufen eingeweiht in die Riten des blutigen Kults verliessen die sieben Männer den Raum. Keiner sprach ein Wort. Das Heiligtum war ein blutroter See, in dem sich die Fackeln spiegelten. Es roch nach warmem, frischem Blut.

4

Kurt Gentner und seine Frau kamen jedes Jahr aus Deutschland ins Schams, um in dieser malerischen Region Urlaub zu machen. In diesem Jahr hatten sie sich den Mai ausgesucht. Wenn auf den Berghängen Tausende von Krokussen blühten und die Gipfel noch teilweise mit Schnee bedeckt waren, hatte die Gegend einen ganz besonderen Reiz. Zwar war die Natur noch gezeichnet von den Strapazen des Winters, die aufblühenden Blumen aber liessen keinen Zweifel daran, dass der Sommer bevorstand.

Es war der Tag von Christi Himmelfahrt, Auffahrt, wie die Bündner dazu sagten, und die Eheleute hatten sich vorgenommen, in aller Frühe zu den Felszeichnungen von Carschenna zu wandern. Dort, auf einem Hochplateau, das der Viamala-Schlucht vorgelagert war, hatte ein Forstingenieur vor über vierzig Jahren eine sensationelle Entdeckung gemacht: Auf zehn Felsplatten, die teilweise unter Humus verborgen gewesen waren, fand er Felszeichnungen, die auf einen frühzeitlichen Kultplatz hindeuteten. Die Felsen waren mit labyrinthartigen Kreisen, Sonnendarstellungen und Tiermotiven verziert, die in den Stein gehauen worden waren.

Jahrelang hatten die Gentners die Wanderung zu den Felsbildern verschoben. Heute aber sollte es so weit sein, auch wenn der Nebel und die nassfeuchte Luft keinen schönen Tag versprachen. Von ihrem Ferienort Mathon aus fuhren sie durch die Viamala und stellten ihr Auto an der Kirche von Sils im Domleschg ab. Gegen halb acht erreichten sie das Hochplateau mit der Ruine der ehemaligen Burg Hohen Rätien. Hohen Rätien mit seiner Kapelle, seit Jahrhunderten in Familienbesitz, war schon vor den Tagen des Christentums ein Kultplatz gewesen. Hoch über dem Eingang zur Viamala-Schlucht gelegen, war es ein geradezu magischer Ort. In der Schlucht hingen Nebelschwaden, zerzauste Bäume bogen sich im Wind. Gentner und seine Frau zogen ihre Regenjacken an.

«Bis Crap Carschenna ist es noch etwa eine Stunde», sagte Gentner.

«Ich hoffe nur, dass es nicht regnet», sagte seine Frau und stapfte missmutig weiter, «so eine Schnapsidee, bei diesem Wetter.»

Nach etwa einer Stunde erreichten sie das Crap. Etwas unterhalb im Wald, so versprach es sein Buch, mussten die mythischen Felsen liegen. Er stieg in den Wald hinab und rutschte auf einer glitschigen Felsplatte aus, seine Frau schimpfte. Hinter den letzten Bäumen, zur Wiese hin, nahm er endlich etwas wahr. Er dachte zunächst, andere Wanderer hätten sich womöglich auf die Steinplatten gelegt. Doch es waren keine Wanderer.

Auf einer grossen Felsplatte lagen nebeneinander in einem Halbkreis drei nackte Frauen. Ihre gespenstisch weissen Körper auf dem dunklen Felsen wirkten wie ein Kunstwerk. Wie ein düsteres Gemälde aus einem Kabinett des Grauens. Makellos. Von einzigartiger Schönheit. Und doch zutiefst abstossend. Denn die Frauen waren tot.

«Weg, Kurt, weg!», schrie Gentners Frau und zerrte an seiner Jacke. Doch er war unfähig, sich zu bewegen, und konnte den Blick nicht von den Körpern lassen.

«Kurt!», hörte er die schrille Stimme seiner Frau, die immer panischer wurde. Dann erst riss er sich von dem Anblick fort und rannte ihr hinterher. Als er sie eingeholt hatte, rief er mit seinem Handy die Polizei an. Ja, er sei sich sicher. Drei unbekleidete Frauenleichen auf einem Felsen von Carschenna.

***

Sabina war gerade aufgestanden, als ihr Handy klingelte. Dass man auch nie seine Ruhe hat, dachte sie und nahm ab. Es war ein Kollege von der Regionalpolizei in Thusis. Sie nahm die Nachricht schweigend zur Kenntnis.

Hastig zog sie sich an. Sie flog fast die Treppe hinunter, legte vierhundert Franken auf die Rezeptionstheke und verliess das Hotel.

«Kein Frühstück?», rief ihr der Portier nach, doch Sabina war schon bei ihrem Wagen. Sie raste zur Autobahn und kümmerte sich nicht im Geringsten um ihre Geschwindigkeit. Fast hätte sie in ihrer Aufregung die Autobahnauffahrt verpasst; erst in letzter Sekunde quetschte sie sich unter dem Hupen des aufgebrachten Fahrers vor einen Lkw. Den Walensee beachtete sie kaum. Sie bereitete sich innerlich auf den Anblick der Leichen vor. Und darauf, was sie den Eltern und Partnern der Frauen sagen sollte.

Ihr Handy zeigte eine Nachricht auf der Mobilbox an. Sie wählte mit einer Hand die Nummer und hörte eine Nachricht von Bühler ab, von gestern Abend, neunzehn Uhr dreiundzwanzig. Er habe versucht, sich noch einmal in die Situation zu versetzen, als er die Schmuckstücke angefertigt hatte. Und er könne sich zumindest an etwa zwanzig Worte erinnern, die er eingraviert oder für die er Schablonen hergestellt hatte: *Stier, Blut, Himmelsleiter, Gottesmutter, Bank, Russland, Rabe, Soldat, Insel, Bräutigam, Limes, Wasserkirche, Spital, Sonnenläufer, Perser, Löwe, Zauberberg, Vater.* Die letzten davon habe er ganz sicher in Schmuckstücke eingraviert.

Zauberberg konnte ein Hinweis auf Davos sein. Spital möglicherweise der Arbeitsort eines Opfers. Aber das waren nur Hypothesen. Bühler musste sofort noch einmal einbestellt werden. Sie versuchte, ihn zu erreichen. Nichts. Sie versuchte, Heini zu erreichen. Nichts. Sie versuchte, Malfazi zu erreichen. Nichts.

Nach knapp einer Stunde bog Sabina auf Höhe Thusis-Nord von der Autobahn ab, liess Sils hinter sich und schoss die Schotterstrasse nach Carschenna hoch.

Oben angekommen nahm sie die letzten Meter im Eilschritt. Und dann sah sie es.

Ein Bild von bizarrer Anziehungskraft. Drei Frauen. Geopfert auf einem Felsen. Katharina Jakobs, Iris Grenz und Maria Melchior. Das erkannte sie auf den ersten Blick. Sie blieb oberhalb der Felsplatte stehen und hielt inne. Konzentrier dich jetzt, sagte sie sich. Alles, alles, was du hier siehst und fühlst, ist wichtig. Jedes Detail kann dich zur Lösung führen.

Von oben betrachtet, wirkten die Frauen wie drei Kruzifixe. Die Körper lang gestreckt, die Arme zu beiden Seiten geöffnet. Um die Leichen herum standen mehrere Polizisten. Die Spurensicherung hatte bereits aus allen erdenklichen Perspektiven Fotos der Szenerie gemacht.

Sabina schloss ihre Jacke, unter der sie noch immer nur ihren BH trug, bis oben, trat zu den Kollegen und wünschte einen guten Morgen. In dem Moment, als sie es sagte, bereute sie es bereits. An diesem Morgen war überhaupt nichts gut. Nicht ihr dröhnender Schädel, nicht dieses Bild des Grauens. Es würde eine Menge auf sie zukommen in den nächsten Tagen. Vorwürfe und Fragen von Eltern, von der Presse. Diese Leichen, das war Sabina sofort klar, würde der Kanton so leicht nicht verkraften. Es gab im Schnitt zwei Morde pro Jahr in Graubünden. Noch nie hatte es ein Verbrechen gegeben, das solche Züge trug.

Sie zog einen Schutzanzug an und ging langsam um die Leichen herum. Mit wachem Auge prägte sie sich jede Einzelheit ein. Sie kniete nieder, besah sich die Köpfe, den Rumpf, die Arme und Beine. Zwischen den Beinen entdeckte sie furchtbare Wunden.

«Habt ihr hier schon was angefasst?», fragte sie den Leiter der Spurensicherung.

«Nein», sagte Beeli, der ein erfahrener Polizist war und wusste, wie wichtig der erste, unverfälschte Eindruck eines Tatorts war. «Aber mit dem blossen Auge kann ich erkennen, dass die Frauen im Genitalbereich, wie soll ich sagen, zerschnitten wurden.»

Sabina hielt sich die Hände vors Gesicht und musste würgen. Was für entsetzliche Schmerzen mussten diese Frauen gehabt haben.

«Wo ist das Blut?», fragte sie.

Beeli hob die Schultern, um seine Ratlosigkeit auszudrücken.

«Also wurden sie vermutlich nicht hier getötet.»

«Wir müssen das alles untersuchen und auch von den Pfaden hierher Spuren sichern», sagte Beeli.

«Was haben sie mit euch gemacht?», fragte Sabina die Frauen und beugte sich über sie. «Wie haben sie dich gequält, Katharina? Wer hat dir das angetan, Iris?» Sie sah einen Einstich in der Beuge des rechten Arms. Auch die anderen Frauen hatten Einstichstellen an den Armen. «Was haben sie euch gespritzt?»

Sie blieb lang bei ihnen. Ihre Emotionen konnte sie sonst meistens aus dem Spiel halten. Angesichts dieses Anblicks aber kamen ihr die Tränen. Erst jetzt fielen ihr die Felszeichnungen neben den Leichen ins Auge. Labyrinthartige Kreise, Tierdarstellungen, Sonnen – uralte Symbole.

Ihr Herz trommelte. Das Symbol gestern auf der Tür im Keller hatte ganz ähnlich ausgesehen wie eines der Kreismuster. Und überhaupt, wo war Malfazi? Und wann kam endlich Heini? Sabina fragte Beeli, ob er etwas von den beiden gehört habe. Er verneinte. Sie rief noch einmal an. Nichts.

«Weisst du was Genaueres über die Felsen?», fragte sie Beeli.

«Die Felsbilder sind ein paar tausend Jahre alt. Wurden wahrscheinlich in der Bronzezeit eingemeisselt. Wenn du mehr wissen magst, frag den Deutschen in Schloss Mondfels.»

«Ist das diese Stiftung?», fragte Sabina.

«Ja, unten am Heinzenberg. Der Besitzer ist, glaub ich, ein ganz umgänglicher Mann. Die Leute reden halt nur immer.»

«Was reden die Leute?»

«Na ja, in diesem Schloss leben oft Fremde. Künstler, Esoteriker, was weiss ich. Leute, die sich mit Dingen beschäftigen, die man nicht so versteht.»

«Ich werde mir das anschauen», sagte Sabina. «Aber erst mal fahr ich nach Hause. Muss mich ein bisschen ordnen, bevor ich ins Polizeikommando komme.»

«Mach das», sagte Beeli und schenkte ihr einen mitfühlenden Blick.

Sie fuhr sich durchs Haar und lächelte. «Ruf mich bitte an, wenn ihr hier fertig seid. Ich informiere die Eltern von Katharina Jakobs. Die anderen soll bitte Freisler unterrichten.»

«Das kannst du ihm selber sagen.» Beeli deutete auf den Pfad, der zum Felsen führte. Freisler und Heini kamen zusammen und blieben beide zunächst stumm angesichts des Anblicks, der sich ihnen bot.

Als Katharina Jakobs' Mutter die Tür öffnete, ahnte sie offenbar sofort, was geschehen war. Sie hatte schwarze Ringe unter den Augen und sah um Jahre gealtert aus. Vermutlich hatte sie in den letzten Wochen kaum geschlafen. Nachdem sie zunächst nur weinte und kein Wort herausbrachte, schlug die Trauer plötzlich in Zorn um.

«Sie haben mir versprochen, meine Tochter zu finden! Sie haben gesagt, dass Sie alles tun, was Sie können!»

Sabina sah betreten zu Boden.

«Frau Jakobs», sagte sie, «es tut mir sehr, sehr leid, was passiert ist. Und glauben Sie mir, wir werden alles tun, um dieses furchtbare Verbrechen aufzuklären.»

«Aber Sie haben es gesagt», schluchzte die Frau, «Sie haben gesagt, dass meine Kathi zurückkommt!»

Sabina kämpfte selbst mit den Tränen. Diese direkte Konfrontation mit dem Leid eines Anverwandten machte es ihr fast unmöglich, professionelle Distanz zu wahren. Hier brachen sich sämtliche Gefühle einer Frau Bahn, die gerade ihr Kind verloren hatte. Sabina erinnerte sich an ihre Reaktion, als ihr Vater bei einem Autounfall gestorben war. Es war dieselbe Trauer, dieselbe Wut gewesen. Als Frau Jakobs ihre Stimme wiedergefunden hatte, hämmerte sie ihre Fassungslosigkeit in einen einzigen Satz:

«Wie kann Gott so etwas zulassen?»

Und dann, nach einer langen, tränenreichen Pause:

«Warum meine Kathi? Warum?»

Sabina musste an das Gespräch denken, das sie vor einigen Wochen mit Heini geführt hatte. Ob alles, was man im Leben erlebt, die Ernte von etwas ist, was man vorher gesät hat. Karma. Gott. Gerechtigkeit. Es erschien ihr absurd. Was konnten die drei Frauen getan haben, um derart grauenvoll zu Tode zu kommen?

Sabina verabschiedete sich von Frau Jakobs und von Katharinas Vater, der zwischenzeitlich hinzugekommen war und kein Wort sagte.

Aufgewühlt fuhr sie auf die andere Talseite hinauf nach Donat. Sie versuchte noch einmal, Malfazi zu erreichen, wieder sprang nur seine Mailbox an. Zu Hause angekommen machte sie sich einen Kaffee und dachte nach.

Wo waren die Frauen all die Zeit versteckt gewesen? Wie und wo waren sie getötet worden, wie waren die Leichen auf die Felsen gekommen? Und was hatten die Wortbotschaften mit all dem zu tun?

Sie hörte noch einmal Bühlers Nachricht ab: *Spital, Sonnenläufer, Perser, Löwe, Zauberberg, Vater* – das waren die sechs für sie neuen Worte, an die er sich erinnert hatte. Sechs neue Ansatzpunkte, vor allem aber sechs weitere Hinweise darauf, dass das Morden vermutlich erst angefangen hatte. An den Leichen und in der Umgebung waren keine Schmuckstücke gefunden worden. Sollten die vier Schmuckstücke, die Bühler angefertigt hatte, womöglich auf vier weitere Opfer hindeuten? Dann wären insgesamt sieben Opfer zu erwarten.

Sabina ging zu der Pinnwand, an die sie die bisherigen Begriffe gehängt hatte, und schrieb die sechs neuen dazu. Aus den ersten drei Vermisstenfällen und den neuen Hinweisen von Bühler ergab sich eine Liste von neun noch unklaren Worten. Für die Begriffe *Spital* und *Zauberberg* hatte Sabina eine plausible Hypothese: Bei dem beschriebenen Opfer könnte es sich um eine Krankenschwester oder eine Ärztin aus Davos handeln. Blieben also sieben unklare Begriffe: *Rabe, Bräutigam, Soldat, Löwe, Perser, Vater, Sonnenläufer.*

Sabina durchdachte die Worte: *Löwe* konnte natürlich das Sternzeichen sein, aber waren nicht alle Opfer Stier gewesen? Mit dem *Perser* könnte ein Teppich bezeichnet sein. Vielleicht deutete das auf eine Angestellte in einem Teppichladen hin? *Vater*? Der himmlische oder ein irdischer Vater? Und dann dieser sonderbare Begriff *Sonnenläufer*. Was sollte das sein?

Sie hämmerte das Wort in die Google-Suchmaske und drückte die Returntaste. Der Begriff schien im Zusammenhang mit einem Computerspiel zu stehen, sie konnte sich keinen Reim darauf machen. Rasch schrieb sie noch die Begriffe *Rabe, Perser, Vater, Bräutigam, Löwe* und *Soldat* dazu und drückte ohne grosse Hoffnung auf Return.

Es dauerte keine Sekunde, und sie hatte eine Liste von mehreren hundert Internetseiten, auf denen die Begriffe eine Rolle spielten. Alle angezeigten Links hatten etwas mit dem antiken Gott Mithras zu tun.

«Ach du Scheisse», sagte Sabina. Ihr Puls raste.

War nicht bei Zillis vor Jahren eine Höhle entdeckt worden, die man mit dem Mithraskult in Verbindung brachte? Sie klickte eine der Seiten an. Es handelte sich beim Mithraskult offenbar um eine geheime Mysterienreligion, in der es sieben Initiationsstufen gab. Die Weihegrade waren Rabe, Bräutigam, Soldat, Löwe, Perser, Sonnenläufer und Vater. Die sieben Worte an ihrer Pinnwand bezogen sich eindeutig auf die sieben Weihegrade des Kults. Und jedem Opfer war offensichtlich ein Weihegrad zugeordnet. Die Tempel des Mithraskults wurden Mithräen genannt. Zumeist waren es Höhlen oder Kellergewölbe. Allein in Rom hatte es um 200 nach Christus rund tausend dieser Ritualstätten gegeben. Im ganzen römischen Reich war dieser Lichtkult verbreitet gewesen; er galt als eine der grössten Religionen seinerzeit. Sabina klickte die Abbildungen an und sog die Luft ein. Mithras wurde stets dargestellt, wie er einen Stier tötete.

Handelte es sich bei den Morden um die Wiederkehr eines alten Kults? Die Mithraisten feierten zur Aufnahme in die Kultgemeinschaft eine Art Bluttaufe, bei der die Neumitglieder mit Stierblut besprenkelt wurden. War es jetzt das Blut der Frauen, die im Sternzeichen des Stiers geboren waren?

Sie sah aus dem Fenster. Ein alter Lichtkult, der wieder auflebte.

In sein Gegenteil verkehrt. Dunkel. Gewalttätig. Hier im Schams. Nach über tausendfünfhundert Jahren. Warum?

Der antike Kult war mit dem Aufkommen des Christentums als römische Staatsreligion im 4. Jahrhundert gewalttätig beendet worden. Mithräen in ganz Europa waren zerstört und zugeschüttet worden. Nur in entlegenen Regionen wie den Alpen und speziell in Zillis hatte sich der Kult bis ins 5., 6. nachchristliche Jahrhundert gehalten. Dann waren auch hier Mithrasanhänger getötet worden. Sabina klappte den Laptop zu und ging vors Haus. Keine drei Kilometer von hier befand sich die Höhle, in der man die Gräber und Kultgegenstände der Mithraisten von Zillis gefunden hatte. Sie kannte sie von früher. Sie musste sich dort umschauen.

Die Höhle lag etwas oberhalb des Hinterrheins am Ortsrand von Zillis. Nur ein paar hundert Meter entfernt stand die berühmte romanische Kirche St. Martin, eines der wichtigsten Baudenkmäler des frühmittelalterlichen Christentums. Sabina parkte am Strassenrand und stapfte über die steile, feuchte Wiese. Vor der Höhle machte ein Schild auf die antiken Funde aufmerksam.

Das Innere des ehemaligen Kultplatzes gab nicht mehr viel her. Sämtliche Gräber waren ausgeräumt und wieder zugeschüttet worden. Weder am Boden noch an den Wänden fand Sabina irgendwelche Botschaften. Sie rief dennoch Beeli an und bat ihn darum, die Höhle auf Spuren untersuchen zu lassen. Dann telefonierte sie mit Heini und erläuterte ihm ihre Erkenntnisse. Sie verabredeten sich für den Abend auf dem Polizeikommando.

Sabina ging zur Strasse zurück und fuhr zur alten Kirche von Zillis. Sie stellte ihren Wagen auf dem grossen Parkplatz ab und zückte am Kassenhäuschen ihren Ausweis.

«Ist jemand drin?», fragte sie die Ticketverkäuferin.

«Gerade nicht.»

«Bitte lassen Sie mich eine Weile allein in der Kirche. Ich muss etwas untersuchen.»

«Und was soll ich den Leuten sagen, wenn sie reinwollen?»

«Sagen Sie, die Kirche wird gerade begutachtet, sie sollen sich gedulden.»

«Ja, ist recht.»

«Danke.»

Sabina betrat den romanischen Steinbau, der wie alle reformierten Kirchen der Schweiz äusserst karg ausgestattet war. Sie setzte sich auf eine Bank und legte den Kopf in den Nacken. Ihr Blick wanderte über die Bibelszenen an der Decke. Die Bilderdecke von Zillis war berühmt, sie bestand aus über hundertfünfzig biblischen Einzeldarstellungen aus dem 12. Jahrhundert. Nirgendwo sonst auf der Welt war eine alte Deckenbemalung so gut erhalten wie hier. Sabina betrachtete die einfachen, kraftvollen Darstellungen mit teilweise furchteinflössenden Phantasiewesen und Teufeln. Zeugnisse einer Religion, die auf Angst gebaut war. Ihr wurde plötzlich klar, dass das Christentum sich hier in den Bergen durchaus gewaltsam ausgebreitet und heidnischen Kulten den Garaus gemacht hatte. Es war offenbar ein Hauen und Stechen gewesen in jenen ersten nachchristlichen Jahrhunderten. Hätten die Dinge sich etwas anders entwickelt, vielleicht wäre der Mithraskult zur prägenden Religion des Abendlandes geworden. So aber war er ein Inbegriff des Heidentums geworden.

Welche war eigentlich die friedliche Religion, fragte sie sich. Dieser Kult, so wie ihn die Internetseiten beschrieben, war kein blutiger Gewaltkult gewesen. Mithras war ein aus dem Felsen geborener Lichtgott, der zur Errettung der Welt gekommen war, um das Böse und Dunkle zu überwinden. Die antiken Mithraisten hatten eine Art Abendmahl gefeiert, einen Ritus mit Brot, Fleisch und Wein. Das höchste Fest im Mithraismus war der 25. Dezember gewesen. An diesem Tag feierte man die Geburt des Gottes, der aus dem Felsen kam. Das Christentum hatte viele dieser Bräuche und Riten übernommen, den alten Kult aber ausgerottet. Sabina stand auf. Sie hatte eine Idee.

Von Zillis führte die Strasse direkt nach Donat und dann weiter den Berg hinauf. Hier oben am Schamserberg, noch oberhalb von Wergenstein, lebte Sabinas vielleicht bester, sicher aber ihr verschrobenster Freund: Fridolin Thaller. Sie kannte ihn, seit sie ein Kind gewesen war. Fridolin war ein Lebenskünstler. Er machte nichts so, wie es andere taten, aber er machte das, was er tat, gut. Und er wusste viel. Über Religionen. Über die Geschichte der Region und sicher auch über den Mithraskult.

Schon von Weitem konnte sie sein Haus sehen, das von aussen wie ein alter Stall aussah. Im Garten stand ein Sammelsurium von Gegenständen, die alle über Mechanismen miteinander verbunden waren. Ein weisser Marmorengel pinkelte auf ein Wasserrad, das einen Zahnkranz antrieb, der eine Kugelbahn in Bewegung setzte. Geriet eine Kugel ins Rollen, fiel sie auf einen Impulsschalter, der eine Glocke zum Läuten brachte und für kurze Zeit einen Ventilator antrieb. Durch den Wind wurden vier Klangstäbe in Schwingung versetzt. Der vierte Klangstab wiederum stiess an eine Wasserschale, die dadurch kurz umkippte. Sie setzte einen Wasserkreislauf in Gang, ehe sie von einem Gummi wieder hochgezogen wurde und sich erneut füllte. Das aus der umgekippten Schale laufende Wasser speiste einen Trichter, der durch einen Schlauch mit dem Engel verbunden war. So pinkelte dieser wieder und führte die Kettenreaktion fort.

Solche völlig zweckfreien Riesenmaschinen baute Fridolin Thaller aus altem Unrat und Trödel. Fridolins Garten war ein Ort der Phantasie und Kreativität. Als Sabina sein Grundstück betrat, setzte sich eine Klanginstallation in Gang, die aus mehreren Flaschen bestand. Fridolin, der im Garten gedöst hatte, wachte auf.

«Ja, da schau her, meine Lieblingspolizistin», sagte er.

Sabina umarmte ihn und schenkte ihm ein strahlendes Lächeln.

«Netter Klang, wie kommt's dazu?»

«Das ist ein Geheimnis», antwortete Fridolin mit grosser Geste. Er war barfuss, seine Fussnägel waren lila lackiert, sein struppiges, langes Haar ungekämmt. «Was führt dich zu mir, Sabina?»

«Etwas Ernstes.»

«Ernst? Und da kommst du bei mir vorbei? Am heiligen Feiertag?»

«Heilig ist gut. Ich habe drei Mordfälle, bei denen ich Unterstützung brauche.»

«Hier bei uns?»

«Ja, leider. Die drei Frauen, die seit Wochen vermisst werden.»

«Hab ich nicht mitbekommen. Und wie kann ich dir helfen?»

«Du weisst viel über die Geschichte der Gegend, ich hab ein paar Fragen.»

«Nur zu. Meinen von der Dorfbevölkerung gerne als wirr bezeichneten Geist gibt es bei Morden gratis. Schiess los. Der Herr lauscht voller Spannung und ist ganz Ohr. Hier sieh.»

Er zeigte ihr sein grosses rechtes Ohr. Tatsächlich verstand er es, aus allem eine Komödie zu machen.

«Ich fange mal mit zwei Dingen an», sagte Sabina. «Erstens, was weisst du über den Mithraskult? Ist dir jemand bekannt, der sich damit auskennt? Zweitens, was weisst du über die Felszeichnungen von Carschenna?»

«Ha, das sind drei Fragen, nicht zwei, meine Liebe», sagte Fridolin. «Aber da die geschätzte Polizistin den weiten Weg bergan gemacht hat, will ich mich nicht zieren. Also: Über den Mithraskult weiss ich schon ein bisschen was. Da müsstest du bitte genauer werden.»

«Ich werde darauf zurückkommen.»

«Über Carschenna weiss ich auch einiges, bin schliesslich selber als kleiner Bub mit meinem Vater da rumgerutscht, als die Felsen freigelegt wurden. Sie haben damals Abgüsse davon gemacht. War eine Scheissplackerei. Tausenddreihundert Arbeitsstunden haben sie in diese Felsen gesteckt. Und am Ende haben die Steine ihr Geheimnis doch nicht preisgegeben.»

«Was meinst du damit?»

«Es gibt keine gesicherte Theorie, wofür die Felszeichnungen gedient haben. Ein prähistorischer Kultplatz. Wahrscheinlich aus der Bronzezeit. Aber was die Symbole bedeuten, welche Götter hier verehrt wurden – das alles liegt im Dunkeln.»

«Und du, was meinst du?», fragte Sabina.

«Ich meine, dass die ganze Gegend hier ein riesiges Kraftfeld ist. Deswegen gibt es auf diesem Streifen zwischen Thusis und Splügen so viele Kultplätze. Aber wie sind die Frauen eigentlich ermordet worden? Und wo?»

«Sie lagen nackt auf einem Felsen von Carschenna. Ausgeblutet, ziemlich übel zugerichtet. Wir haben sie seit Wochen gesucht. Du liest keine Zeitung, oder?»

«Nein», sagte Fridolin und verlor seine gottgegebene Fröhlichkeit. «Also die Leute hier mögen ja manchmal sture Böcke sein, aber umbringen tun sie sich eigentlich nicht. Und schon gar nicht ihre Frauen. Wurden sie vergewaltigt?»

«Das weiss man noch nicht. Sie waren im Genitalbereich verletzt. Aber eher durch Schnitte.»

«Durch Schnitte?»

«Ja, meine Theorie ist, dass es sich um Ritualmorde handelt. Alles weist auf den Mithraskult hin.»

«Wie kommst du denn darauf?»

«Wir haben beim Verschwinden der Opfer Wortbotschaften gefunden. In Stein graviert. Ich konnte entschlüsseln, dass es sich bei sieben der Wörter um die sieben Initiationsstufen des Mithraskults handelt.»

«Rabe, Perser, Sonnenläufer?»

«Ja, genau die.»

«Und du fragst mich, was ich über Mithras weiss, bist ja selber eine Expertin.»

«Das Internet weiss viel.»

«Ach, sieh an, die Dame hat Kommissar Google ermitteln lassen?»

«Man muss Google nur richtig nutzen, dann ist es nicht schlecht.»

«Um Gottes willen», sagte Fridolin, «Google ist gut und schlecht zugleich, gschlecht sozusagen. Apropos Geschlecht: Der Mithraskult war nur für Männer offen, nie für Frauen. Das war der Grund, warum er sich nie ernsthaft gegen das Christentum durchsetzen konnte.»

Keine Frauen hinter dieser Tür, dachte Sabina unwillkürlich.

«Ist dir irgendetwas über einen heutigen Mithraskult bekannt?»

«Du meinst, ob es den noch gibt?»

Sie nickte.

«Früher haben sich manchmal ein paar Leute auf den Felsen von Carschenna getroffen, um ein Feuer zu machen und ein bisschen esoterischen Unfug zu treiben. Aber meines Wissens hatte das nie etwas mit Mithras zu tun. Und die hätten auch niemals jemanden umgebracht. Das waren mehr so Hippies.»

«Wie du?»

«Ich war da tatsächlich auch mal dabei und habe ein fulminantes amouröses Abenteuer unter dem Sternenhimmel erlebt, ja. *By the way*: Was macht die Liebe?»

«Ach, mal hier was, mal da was. Nichts Festes. Ich liebe die Freiheit», sagte Sabina.

«Mit Libertas macht Lieben Spass.» Fridolin lachte. «Aber noch mal ernsthaft. Der Mithraskult war friedlich. Das war ein Lichtgott. Da waren die Christen brutaler, die ihn niedergemacht haben. Da unten in der Höhle haben sie einen gepfählt, der sich nicht zu ihrer Religion bekehren lassen wollte. Und dann haben sie die ganze Höhle zugeschüttet. Im Namen des Vaters und des Sohnes und des Heiligen Geistes, amen. Kennst du die Mithrashöhle?»

«Ja, ich war vorhin da.»

«Nicht mehr viel zu sehen, hm?»

«Nein.»

«Komm doch mal rein. Ich muss dir was zeigen.»

Sie gingen ins Haus, und Sabina kam, wie jedes Mal, aus dem Staunen nicht mehr heraus.

An den Wänden hingen gut dreissig Ölbilder aller Epochen, mindestens zehn mehr als beim letzten Mal. Fridolin hatte sie alle nachgemalt und mit gewaltigen Rahmen versehen. Zwischen stattlichen Herrenmöbeln stand ein geschwungenes rotes Samtsofa. Auf einem alten Tisch lagen Bleistiftskizzen. Jeder der Stühle um den Tisch hatte eine andere Form. Ein stufenförmiges Aquarium, das genau unter die Holztreppe eingepasst war, bot Fischen und Pflanzen Raum, farbige Lampen beleuchteten die Unterwasserwelt. Im Obergeschoss stand ein riesiges Himmelbett im chinesischen Stil, daneben Fridolins Staffelei. Was von aussen wie eine einfache Holzhütte aussah, war in Wirklichkeit ein Märchenschloss.

Sein neuestes Schmuckstück zeigte er ihr, als sie oben angekommen waren. Durch ein Fenster gelangte man auf eine Dachterrasse. Auf einer überglasten Fläche hatte er hier eine kleine Welt aus Pflanzen und Hölzern arrangiert. Dazu piepte und zwitscherte es aus Vogelkäfigen, ein Springbrunnen plätscherte vor sich hin. Mitten in dieser urwaldartigen Oase stand eine runde hölzerne Badewanne.

«Also wenn es dich mal gelüstet, im heissen Wasser den Sternenhimmel anzuschauen», sagte er, «mein Jacuzzi ist dein Jacuzzi. Den Himmel hier kann man öffnen.» Er schob die Verglasung über dem Whirlpool zur Seite.

Sabina war überwältigt. Was Fridolin sich hier mit improvisierender Hand erschaffen hatte, war nicht weniger als ein Paradies. Warum nur spulen wir normalen Leute tagein, tagaus unser Pflichtprogramm ab, während Menschen wie er einfach ihre Träume verwirklichen?, dachte sie. Er hatte keinen festen Job, er tat mal dies, mal jenes. Aber er lebte – und wie er lebte!

«Gefällt's der Dame wohl?», fragte er im Ton des herrschaftlichen Gebieters.

«Die Dame ist verzückt», antwortete Sabina mit dem Gestus des scheuen Fräuleins, «der Dame fehlen die Worte gar.»

«Da oben ist es auch wunderbar.» Fridolin blickte zur gegenüberliegenden Seite des Schamserbergs. Dort lag weit oben die Alp Taspegn mit den alten Silberminen. «Da ist das ganze Jahr über niemand, ausser zwei Monate im Sommer. Früher haben sie da Erz abgebaut und kilometerweite Schächte in den Stein gehauen. In zweitausend Metern Höhe. Völlig verrückt.»

«Ich war noch nie da», sagte Sabina. «Aber hier gibt es verdammt schöne und interessante Flecken. Deswegen bin ich ja zurückgekommen. Mich erinnert das alles an meine Kindheit. So viel hat sich nicht verändert.»

Fridolin gönnte ihr das kurze Abschweifen in Melancholie.

«Einen Kaffee, Verehrteste?»

«Oh ja, bitte. Ich kann heute nicht genug Kaffee bekommen.»

Fridolin Thaller hatte eine Gabe, die nur wenige besassen. Er verstand es, Menschen alles vergessen zu lassen, was sie an Sorgen mitbrachten. Sabina steckte mitten in den Ermittlungen zu einem bestialischen Dreifachmord. Und er spann ein Gewebe aus Humor und Schönheit um sie, das sie ihre Situation fast vergessen liess. Erst nach dem Kaffee kam sie wieder auf die Morde zurück. Sie versuchte, auf einem Papier das Symbol nachzuzeichnen, das sie auf der Tür in Zürich gesehen hatte.

«Kennst du ein Symbol, das so ähnlich aussieht?»

Fridolin sah sich das kreisförmige Labyrinth an, drehte es einmal, dann noch einmal.

«Sieht keltisch aus, würde ich sagen. Aber konkret, nein, ich kenne das Symbol nicht.»

«Und Carschenna?»

«Also, auf Carschenna, das sind konzentrische Kreise. Das hier ist ja eher ein kreisförmiges Labyrinth. Aber es ist schon ein bisschen ähnlich. Ja, stimmt. Warum?»

«Das, mein Lieber, sag ich nicht mal dir.»

Sie blieben noch ein wenig sitzen und schauten auf die Berge. Was war das für eine wunderbare Landschaft, dachte Sabina, den Blick auf den Gipfel des Piz Curvér gerichtet. Sie atmete noch einmal tief durch, dann stand sie auf.

«Willst du schon gehen?», sagte Thaller. «Ich dachte, wir würden noch gemeinsam ins Jacuzzi steigen.»

Er versuchte es immer wieder. Aber er wusste, dass sie nur das pflegten, was man eine platonische Freundschaft nannte. Er war ein Schatz. Ein Juwel von Mensch. Auch wenn sie ihn nur selten besuchte, musste sie sich eingestehen, dass sie ihn auf eine gewisse Art und Weise liebte.

Auf der Fahrt zurück nach Donat telefonierte sie mit Beeli und instruierte die Presseabteilung, was in der Meldung für den nächsten Tag stehen sollte. Ausserdem rief sie Heini noch einmal an und bat ihn, sie auf dem Polizeikommando zu vertreten. Sie wollte sich mit den drei Männern treffen, zu deren ritueller Gruppe die Opfer gehört hatten.

Sie verabredeten sich am Hotel Roflaschlucht. Sabina kannte den Wirt und liess ein kleines Hinterzimmer reservieren. Bruno Buchli, David Battaglia und Maurus Müller waren entsetzt, als sie ihnen erzählte, was passiert war. Die jungen Männer hatten mehrere Wochen unter Polizeischutz gestanden, Anfang Mai war er aufgehoben worden. Dass sie als weitere Opfer auserkoren waren, schien unwahrscheinlich, vor allem unter Berücksichtigung der neuen Erkenntnisse. Die Nacktheit der Frauen, der aufgeschnittene Unterleib. Das alles deutete auf einen Sexualmord ritueller Prägung hin. Dennoch bat Sabina die Männer, ihre Augen und Ohren offen zu halten und auf sich aufzupassen. Die Frage, ob jemals der Gott Mithras bei ihren Feiern eine Rolle gespielt habe, verneinten die drei. Nach wie vor hatten auch sie keine Idee, warum man Katharina Jakobs, Iris Grenz und Maria Melchior aus dem Leben gerissen und so grausam ermordet hatte.

Zum Abschied wünschte ihnen Sabina alles Gute und bat sie darum, sich jederzeit zu melden, wenn ihnen etwas einfiele. Als sie zum Auto ging, bildeten die Männer auf dem Parkplatz einen Kreis, umarmten sich und weinten.

Am Abend fuhr Sabina nach Chur und tauschte sich mit Heini und Beeli über sämtliche Ermittlungsdetails aus. Sie ging auf die sieben Weihegrade des Mithraskults ein und stellte die These auf, dass noch vier weitere Morde geplant waren. Aufgrund der Worthinweise *Spital* und *Zauberberg* nahmen sie mit dem Regionalposten in Davos Kontakt auf. Zwischenzeitlich war auch der Fundort der Leichen erkennungsdienstlich erfasst worden, Beeli erwartete Ergebnisse schon am nächsten Tag. Hinweise aus der Bevölkerung dagegen gab es noch keine. Die Täter schienen im Schutz der Dunkelheit agiert zu haben.

5

Sabina schlief nicht gut. Im Schatten der Nacht holten die Gedanken an die Morde sie ein. Sie stand vor der Eisentür im Keller und konnte sie nicht öffnen. Das labyrinthische Symbol zog sie an, sog sie ein. Sie lief durch einen langen dunklen Tunnel. Lief jemandem hinterher. Einem schwarz gekleideten Mann. Malfazi? Sie hatte ihn fast eingeholt. Dann verschwand er hinter der Tür. Wieder das Symbol. Wieder der Mann. Die Bilder wiederholten sich wie eine Endlosschleife.

Schweissgebadet wachte sie auf. Sie zog sich an und machte Kaffee. Noch vor sieben war sie auf dem Polizeikommando in Chur. Sie polterte in Heinis Büro, ohne vorher anzuklopfen.

«Huarazfotz», fluchte der Kollege und wischte sich den Kaffee von der Hand. «Hast du mich erschreckt, Mann. Frau. Klopf halt bitte an.»

«'tschuldigung», sagte sie. «Aber mir brennt der Arsch.»

«Drei Tote. Klar. Das geht uns allen so.»

«Nein, das meine ich nicht.»

«Wie, das meinst du nicht?»

«Es geht noch um was anderes. Hast du Zeit?»

«Ja, wenn man mich in Ruhe meinen Kaffee trinken lässt und mir nicht die Tür ins Kreuz haut, dann hab ich Zeit. Gewiss.»

Sabina schloss die Tür, nahm sich einen Stuhl und setzte sich ihm gegenüber.

«Du weisst ja, dass ich am Mittwochabend in Zürich war.»

«Ja, in dem Hotel, wegen der Faxe. Und?»

«Bitte beruhig dich und hör einfach zu. Ich muss dir das alles erzählen, bevor Malfazi kommt.»

«Der kommt heute nicht.»

«Wie, der kommt heute nicht?»

«Der hat sich doch freigenommen. Also falls er seine Mobilbox abhört, kommt er bestimmt. Aber eigentlich hat er das ganze lange Wochenende frei. Wieso, was ist denn?»

«Ich war, wie gesagt, in Zürich. Und weil es spät war, hab ich mir ein Hotel genommen. Auf dem Zürichberg. Und da hab ich eine interessante Entdeckung gemacht.»

Heini liess sich in seinen Stuhl zurückfallen. Sabina erzählte ihm von der schwarzen Feier in der Villa, von dem Keller und der Eisentür mit dem Symbol darauf. Von Malfazi, der einer der Gäste gewesen war. Vom möglichen Zusammenhang des Symbols mit den Felszeichnungen von Carschenna. Sie erwähnte auch die Tatsache, dass sowohl der Mithraskult als auch die Gesellschaft hinter jener Tür für Frauen verboten waren.

«Du meinst doch nicht ernsthaft, Malfazi könnte hinter diesen Morden stecken?»

«Klar ist, dass in diesem Keller etwas vorgefallen sein muss, was geheim war. Und: nicht für Frauen!»

«Hast du irgendwelche Beweise für diese These?»

«Nur das, was meine Augen gesehen haben. Und das, was ich mir dazu denke.»

«Das wird nicht reichen, um auf die Schnelle einen Durchsuchungsbefehl für dieses Anwesen in Zürich zu bekommen.»

Heini überlegte.

«Man hört immer wieder mal von solchen dunkel-erotischen Ritualveranstaltungen. Elitär, Mitglieder aus den besten Kreisen. Aber Morde? Und dazu Malfazi? Also ich trau ihm das nicht zu. Aber wem traut man so was schon zu?»

Sabina dachte nach. War es wirklich denkbar, dass ihr Chef Teil einer rituellen Geheimgesellschaft war? Dass er im Zentrum eines Ritualmords stand? Dass er selbst mordete?

Sabina rief bei der Spurensicherung an, um den neuesten Ermittlungsstand zu erfahren. Es gab mehrere Fussabdrücke und Autospuren. Mindestens drei Menschen waren am Fundort gewesen und hatten Fussspuren hinterlassen. Der Tiefe der Eindrücke nach zu urteilen, hatten sie auf dem Weg zum Felsen ein Gewicht von hundertfünfundzwanzig bis hundertfünfzig Kilo gehabt. Die Fussspuren, die vom Felsen wegführten, deuteten auf ein Gewicht von achtzig bis neunzig Kilo hin. Vermutlich hatten also drei Personen die Frauen zu den Felsen getragen. Spuren der Sohlen waren zwar zu erkennen, liessen sich aber nicht zweifelsfrei bestimmten Schuhmarken zuordnen. Es waren Allerweltsprofile, wie es sie tausendfach gab, die Schuhgrössen waren vermutlich zweiundvierzig oder dreiundvierzig.

Neben den drei tiefen Eindrücken fanden sich weitere Spuren.

Möglicherweise von Wanderern, möglicherweise von Mittätern, die keine Frauen getragen hatten. Hier liessen sich teilweise speziellere Profile erkennen. Zwei davon stimmten, wie die Überprüfung ergeben hatte, mit den Schuhen von Kurt Gentner und seiner Frau überein. Ein weiteres Profil deutete auf einen Männerschuh Grösse dreiundvierzig hin. Aber was nutzte das? Hunderttausende Männer hatten Schuhgrösse dreiundvierzig.

Bei den gefundenen Reifenspuren handelte es sich um Abdrücke von Michelinreifen des Modells Latitude Cross. Diese Reifen wurden vor allem für geländegängige Kleinbusse, Pick-ups und SUV-Fahrzeuge verwendet. Das immerhin konnte ein Anhaltspunkt sein. Sie hatten bereits über vierhundert solcher Fahrzeuge überprüfen lassen. Jetzt konnte man noch einmal die konkreten Reifenspuren mit den Zielfahrzeugen vergleichen.

«Das Perfideste», sagte Beeli, «sind die Leichen. Komm am besten im gerichtsmedizinischen Institut vorbei und sieh dir das selber an. Ich bin gleich da.»

Sabina machte sich auf den Weg zum Kantonsspital, Beeli kam fünf Minuten nach ihr an.

«Die Gerichtsmedizin hat kein Sperma gefunden. Keinen Hinweis auf sexuellen Missbrauch. Nur eine verwertbare DNA-Spur, die aber in keiner Datei auftaucht.»

Sabina hatte damit gerechnet, dass die Frauen missbraucht worden waren. Alles hatte auf einen kollektiven Ritualmord sexueller Prägung hingewiesen.

«Und dann haben wir diese Verletzungen, die ich so noch nie gesehen habe», fuhr Beeli fort und legte zunächst den Schambereich des Opfers Iris Grenz frei, dann den der beiden anderen.

«Die Frauen sind vermutlich alle am Blutverlust gestorben. Sie wurden buchstäblich ausgeblutet. Und nun sieh dir das genau an: Jede hat eine andere Wunde. Da wurde jeweils ein tiefes Zeichen ins Fleisch geschnitten. Schwer nachzuvollziehen, was es sein soll. Aber da hat jemand absolut planvoll gehandelt. Kein wildes Zustechen, keine Vergewaltigung.»

Sabina spürte ein Zucken im Unterleib. «Warum macht jemand so was?»

«Vielleicht ist es symbolisch zu verstehen», sagte Beeli. «Wenn eine Frau im Genitalbereich ausgeblutet wird, ist das vielleicht ein Sinnbild dafür, dass es mit der Fruchtbarkeit zu Ende geht. Ist aber nur so ein Gedanke, du bist die Ermittlerin.»

«Kann schon sein», sagte Sabina. «Da will jemand klarmachen, dass etwas ausgelöscht werden soll.»

«Das ist übrigens noch lange nicht alles, was uns diese Körper verraten», sagte Beeli. «Im Restblut und Urin hat man bei allen drei Opfern Morphium in hoher Dosis gefunden. Es wurde ihnen offenbar unmittelbar vor dem Tod intravenös in den Arm gespritzt. Die Dosis war so hoch, dass sie zu einer Art Koma geführt hat, vermutlich aber nicht tödlich war.»

Sabina nickte. «Sind sie durch das Morphium vor den Schmerzen bewahrt worden, die die Schnitte verursacht haben?»

«Vermutlich. Die Art der Schnitte deutet darauf hin, dass die Frauen sich nicht gewehrt haben, als ihnen das angetan wurde.»

«Gibt es sonst noch etwas?»

«Ja. Die Opfer wurden alle mit einer honighaltigen Creme einbalsamiert. Ihre Haut weist am ganzen Körper eine hohe Konzentration einer solchen Substanz auf. Fast als hätte man sie konservieren wollen.»

«Honig?», sagte Sabina. «Warum Honig?»

«Die Interpretation ist deine Sache, wir legen nur die Fakten auf den Tisch. Ich lasse die Substanz auf der Haut gerade näher analysieren. Im Magen der Frauen war übrigens so gut wie keine feste Nahrung. Sie haben Flüssignahrung bekommen, vermutlich Kartoffelsuppe. Zwei von ihnen hatten ein Gewicht von deutlich unter fünfzig Kilo. Ich gehe davon aus, dass sie stark abgenommen haben. Bei Katharina Jakobs waren die Muskeln sehr geschwächt. Sie lag offenbar für sehr lange Zeit oder konnte sich zumindest kaum bewegen.»

«Mein Gott», sagte Sabina und wandte sich ab.

«Und ihr habt nur eine Fremd-DNA gefunden?», fragte sie, als sie ihre Fassung wiedererlangt hatte.

«Ja, aber die bringt uns erst mal auch nicht weiter. Diese Morde waren perfekt geplant und organisiert.»

«Danke, Reto», sagte Sabina. «Sehr gute Arbeit. Ach ja, eines noch: Wann sind die Frauen gestorben?»

«Sie sind vermutlich ziemlich genau um null Uhr gestorben, also genau mit dem Beginn des Feiertags.»

«Um Mitternacht», murmelte Sabina.

«Wie bitte?», fragte Beeli.

«Nichts», sagte Sabina. «Und was ist mit der Mithrashöhle, hat sich da was ergeben?»

«Jede Menge Fussspuren», sagte Beeli, «aber keine Überschneidungen mit den Spuren von Carschenna. Und auch keine neueren Feuerspuren oder Blutspuren. Ich kann sicher sagen, dass die Höhle nicht der Tatort war. Sie wäre auch zu nah am Ort, das hätte jemand gemerkt.»

«Okay», sagte Sabina, «danke erst mal.»

Vom Gang her hörte sie das Dröhnen der Kaffeemaschine. Sabina schaute kurz in die Kaffeeküche in der Annahme, dass vielleicht Malfazi seinen Kurzurlaub unterbrochen hätte. Doch es war nur der Mitarbeiter aus der Presseabteilung, Mario Hemmi.

«Wann bereiten wir denn den ausführlichen Bericht vor?», fragte er.

Sabina wartete, bis die Kaffeemaschine fertig war. «Können wir jetzt machen. Im Moment sollten wir allerdings nicht viel mehr rausgeben als das, was heute schon in der Zeitung stand. Ich will mich bei den neuen Erkenntnissen vor allem auf die Spuren des Autos konzentrieren. Vielleicht hat jemand etwas beobachtet in der Nacht.»

«Gut», sagte Hemmi, «dann komm ich in fünf Minuten zu dir.»

Als der Kollege ihr Büro betrat, hatte sie mit Heini bereits Fotos der Reifenspuren ausgedruckt und eine Liste mit Automodellen zusammengestellt, zu denen solche Reifen passten. Die Überprüfung der Halter solcher Wagen musste also wiederholt und gegebenenfalls über die Kantonsgrenzen hinaus erweitert werden.

«Bilde einige dieser Modelle ab und bitte die Bevölkerung um Hinweise, ob jemand zwischen Mittwoch, zwanzig Uhr und Donnerstag, sechs Uhr einen solchen oder einen ähnlichen Wagen in der Nähe des Fundorts bemerkt hat», gab Sabina den Inhalt der Pressemeldung vor.

«Der Wagen war vermutlich ohne Licht unterwegs, oder?»

«Ja, eventuell. Das wäre dann als Beobachtung noch auffälliger gewesen, aber eben auch schlechter zu sehen.»

«Sonst noch etwas, was wir mitteilen oder wissen wollen?»

«Nur das Übliche. Besondere Vorkommnisse, auffälliges Verhalten, eigenartige Transporte. Und dann nimm bitte mit den Pressekollegen in Zürich Stadt Kontakt auf. Ich will wissen, ob jemand in der Nacht auf Donnerstag etwas beobachtet hat rund um eine Villa am Zürichberg.»

«Zürich? Was hat das Ganze denn mit Zürich zu tun?»

«Das weiss ich noch nicht», sagte Sabina. «Ich habe in Zürich in der Mordnacht Beobachtungen gemacht und kann nicht ausschliessen, dass sie im Zusammenhang mit den Morden stehen.»

Sabina instruierte Hemmi, was genau sie in der Züricher Presse stehen haben wollte.

«Du kannst natürlich keine Hausnummer angeben», wiegelte Heini dessen Bedenken ab, «aber in der Villengegend am Zürichberg zu schreiben ist schon okay.»

«Und stell bitte auch hier das Fahrzeug in den Vordergrund», sagte Sabina.

Als beide Pressemeldungen inhaltlich abgestimmt waren, gingen sie per Fax an die wichtigsten Zeitungen und Radiosender. Zudem telefonierte Hemmi mit den Redaktionen, um die Dringlichkeit der Veröffentlichung zu unterstreichen. Über die grauenhaften Details der Morde liessen sie nichts verlauten.

Sabina hatte sich eine Liste gemacht, die sie abarbeiten wollte. Als Nächstes stand ein Besuch bei Alfred Rosenacker an, jenem Mann, der auf Schloss Mondfels oberhalb von Thusis lebte und den Beeli als Experten für die Felsen von Carschenna benannt hatte.

«Pass auf dich auf», sagte Heini, der noch bis zum Abend die Stellung auf dem Polizeikommando in Chur hielt, während die Regionalposten in Thusis und im Schams mit allen Kräften im Einsatz waren.

«Ach, Heini», fragte Sabina im Gehen. «Welche Schuhgrösse hast du eigentlich?»

«Dreiundvierzig», sagte er, «aber ich war's nicht.»

Als Sabina den kleinen Feldweg entlangfuhr, der zum Tor von Schloss Mondfels führte, fiel ihr ein schwarzer Land Rover Defender auf dem Parkplatz auf. Sie stellte ihren Wagen daneben, machte mit dem Handy drei Fotos vom Reifenprofil des Defenders und schickte sie an Reto Beeli. «Bitte mit Reifenspuren bei Carschenna vergleichen, Gruss Sabina», schrieb sie dazu und setzte ein Smiley dahinter. Dann löschte sie es wieder. Es wurden zu viele Grinsbacken versandt.

Sie stand vor dem grossen Eingangstor und betrachtete das Gebäude. Schloss Mondfels blickte auf eine fast tausendjährige Geschichte zurück. Über die Jahrhunderte war es mehrmals ausgebrannt und wieder aufgebaut worden. Häufig hatte es die Besitzer gewechselt. Grafen, Privatleute und Unternehmen hatten es besessen, ehe Alfred Rosenacker es vor rund zwanzig Jahren gekauft und restauriert hatte. Von den Einheimischen wurde das Anwesen am Fusse des Heinzenbergs eher gemieden. Zu undurchsichtig war ihnen der Zweck der Stiftung Alfred Rosenacker, die der Besitzer 1990 ins Leben gerufen hatte. Mochte auch Rosenacker ein aufrechter Mann sein, die wechselnde Schar an internationalen Gästen, die er auf seinem Schloss beherbergte, bot Anlass zu Spekulationen.

Sabina hatte das Schloss auf dem Weg nach Obergmeind schon öfter gesehen. Einmal hatte sie es sogar so lange im Rückspiegel betrachtet, dass sie fast von der Strasse abgekommen wäre. Näher beschäftigt hatte sie sich vor dem Fall allerdings nie damit.

Sie öffnete das Tor. Das Anwesen war gepflegt. Auf dem dazugehörigen Gutshof weideten Schafe und Kühe, im Garten blühten Blumen. Mehrere Bänke und ein hübscher Pavillon zierten den Garten. Sabina nahm die Treppe zum Eingang und zog an der eisernen Glockenstange. Sie spürte die knirschende Mechanik. Als auch nach dem zweiten Glockenschlag niemand kam, drückte sie die schwere Klinke. Die Tür war offen.

«Hallo?», rief sie und blickte in einen grosszügigen Eingangsbereich. Auf grossen Steinplatten standen barocke Schränke. An den Wänden hingen Ölporträts ehemaliger Besitzer. Zur Rechten und Linken gingen Türen ab. Eine Steintreppe führte nach oben.

Als sie noch einmal ein beherztes «Haaaalloooo» ausstiess, das in dem gewölbten Raum widerhallte, hörte sie Schritte. Aus der ersten Etage kam ein älterer Mann die Treppe herunter. Er hatte einen federnden, für sein Alter geradezu beschwingten Gang, längere weisse Haare und äusserst freundliche blaugraue Augen.

«Grüezi», begrüsste er sie. «Wie kann ich Ihnen helfen?»

«Grüezi, Sabina Lindemann von der Polizei in Chur. Sind Sie Herr Rosenacker?»

«Jawohl. Was führt Sie her?»

«Man hat mir gesagt, Sie seien ein Experte für die Felszeichnungen von Carschenna und die historischen Besonderheiten der Region.»

«Ein Experte? Ich hab viel darüber gelesen und mir so meine Gedanken gemacht. Aber ein Experte, ich weiss nicht. Was wollen Sie denn wissen?»

«Ich mache es kurz: Gestern wurden drei Leichen auf einem Felsen bei Crap Carschenna gefunden.»

«Die vermissten Frauen aus der Gegend?», fragte Rosenacker.

«Ja.»

«Bitte kommen Sie mit.»

Die Bibliothek sah so aus, wie man sich eine Schlossbibliothek vorstellt. Ein über die Jahrhunderte von der Sonne beschienener Parkettboden leuchtete honigbraun. Kunstvoll gedrechselte Holzregale trugen alte, schwere Bücher. Vor den Fenstern standen filigrane Schreibtische mit antiken Stühlen. Rosenacker bat Sabina an den grossen Tisch in der Mitte des Raums.

«Möchten Sie etwas trinken? Tee? Kaffee? Oder etwas Kaltes?»

«Einen Tee, gerne. Grün, wenn Sie haben.»

«Natürlich.»

Rosenacker gab mit einer silbernen Klingel ein Signal. Ein Mann mit kugelrundem Bauch betrat die Bibliothek.

«Sei so gut und bring uns bitte eine Kanne grünen Tee und ein bisschen Gebäck.»

Der Mann nickte und verschwand.

«Oskar, mein Koch», erläuterte Rosenacker. «Bei bis zu zwanzig Gästen mach ich das nicht selber.»

«Ich habe schon von Ihrer Gastfreundschaft gehört», nahm Sabina den Ball auf. «Aber so ganz verstanden habe ich nicht, was Ihre Stiftung macht.»

Rosenacker lachte. Laut und herzlich.

«Wissen Sie, wie oft ich das schon erklärt habe? Und doch bleibt es den Leuten suspekt. Ich bin ein Mann des Geistes, Frau Lindemann. Und eine üppige Erbschaft hat es mir vor zwanzig Jahren ermöglicht, dieser Neigung nachzugehen. Also habe ich das Schloss gekauft und eine Stiftung gegründet, in der andere Geistmenschen ihrer Passion nachgehen können. Ich unterstütze sie mit freier Kost und Logis. Alles, was ich dafür verlange: Ich möchte in ihre Tätigkeiten und Forschungen miteinbezogen sein. Ich möchte wissen, womit sie sich beschäftigen, und mit ihnen darüber diskutieren. Und ich möchte, dass sie ihre Aufzeichnungen der Bibliothek zur Verfügung stellen oder ein Ergebnis ihrer Schaffenskraft hierlassen. Sehen Sie», er deutete auf eine Wand mit Bildern, «das sind alles Werke von ehemaligen Schlossgästen.»

Sabina betrachtete die Bilder. «Und womit beschäftigen sich Ihre Gäste im Moment? Welche Erkenntnisse gewinnen Sie?»

Wieder lachte Rosenacker. «Im Moment ist wenig los», sagte er. «Ich habe eine Steinbildhauerin aus Island zu Gast. Sie muss irgendwo im Garten sein, haut Labyrinthe in den Stein.»

«Labyrinthe?», fragte Sabina.

«Ja, Sie können es sich nachher gern einmal anschauen. Die Künstlerin, Frau Hauksdóttir, ist eine sehr stille Person. Dann ist noch Mister Sanderson aus Australien hier, er beschäftigt sich mit Felszeichnungen, auch mit denen auf Carschenna natürlich. Forscht auf der ganzen Welt über archaische Symbole. Keine Ahnung, wo er sich rumtreibt. Wir sehen uns nur abends zum Essen. Ein sehr unterhaltsamer Bursche. Und der Dritte ist Monsieur Redolfi aus Frankreich, der die Heilwirkung von Musik wissenschaftlich zu beweisen versucht. Auch er spricht nicht viel, aber das Thema ist höchst interessant, wie ich finde.»

«Das heisst, hier kann jeder umsonst wohnen, der einer Passion folgt, die in die Tiefe geht?», fragte Sabina.

«Sie sagen es, Frau Lindemann. Es kann ja nicht überall nur um Effizienz gehen. In meinem Schloss kann jeder das vertiefen, was ihn bewegt, und zwar so lange er will. Eine gewisse Ernsthaftigkeit vorausgesetzt. Ich behalte mir schon auch vor, ein Gastgesuch abzulehnen.»

«Ich bin begeistert», sagte Sabina und meinte es ernst. «Aber warum sind die Einheimischen dann so misstrauisch gegenüber Ihrer Stiftung?»

«Weil meine Gäste hier oft nichts sichtbar Produktives tun. Und dem dichtet man gern was Sektiererisches an. Aber ich kann damit leben. Einmal im Jahr mache ich ein Sommerfest, demnächst, zur Mondfinsternis, veranstalte ich wieder eins. Da können sich alle über die Stiftung informieren. Ein kleiner Zirkel an Interessenten aus der Umgebung hat sich schon gebildet. Kommen Sie doch auch vorbei.»

«Gerne. Aber lassen Sie uns über das reden, weswegen ich eigentlich gekommen bin.»

Der Koch betrat den Raum und stellte ein Silbertablett mit einer englischen Teekanne, zwei feinen Tassen und einer Gebäckschale auf den Tisch. Rosenacker schenkte den Tee ein, während Sabina weitersprach.

«Wie gesagt wurden gestern drei Leichen auf Crap Carschenna gefunden.»

«Kaum vorstellbar. Ich wohne seit gut zwanzig Jahren hier. Es gab im Domleschg und im Schams noch keinen einzigen Mord seither.»

«Ja, es ist tatsächlich alles sehr sonderbar», sagte Sabina, «aber ich kann im Moment noch nicht über Details sprechen. Wir stecken mitten in den Ermittlungen.»

«Und wie kann ich Ihnen helfen?»

«Sie sagten, Ihr australischer Gast forscht über Felszeichnungen?»

«Ja, er reist durch die ganze Welt. Seit einiger Zeit begutachtet er die Felsen hier in der Gegend.»

«Ich möchte mich gern mit ihm unterhalten.»

«Nur zu, das ist ein sehr mitteilsamer Mensch. Ich weiss nur nicht, wo er gerade ist.»

Sabina probierte einen der Kekse. Köstlich. Ein leichter Hauch von Orange neben einem Anflug von Mandel, weich und doch kross.

«Hm, wer hat denn die gebacken?»

«Oskar. Er ist ein Meister.»

«Sie schmecken himmlisch, wirklich.»

Rosenacker strahlte über das ganze Gesicht. Sicher war er, wie jeder ältere Herr es gewesen wäre, erfreut über den Besuch einer jungen Frau. Darüber hinaus aber ging von ihm eine Herzlichkeit und Freundlichkeit aus, die aussergewöhnlich waren. Sabina fasste Vertrauen.

«Die drei Frauen lagen nackt auf den Felsen. Sehr kunstvoll arrangiert wie drei Gekreuzigte. Unsere Ermittlungen weisen in Richtung des Mithraskults. Können Sie damit irgendetwas anfangen?»

«Mithras und Carschenna?», murmelte Rosenacker. «Nein. Ich habe mich im Laufe der Jahre natürlich auch mit Mithras beschäftigt, wie mit allen anderen heidnischen Gottheiten, die es in unsere Breiten geschafft haben. Und Zillis ist ja ganz sicher ein Ort des Mithraskults gewesen. Aber Carschenna hat man eigentlich kaum damit in Verbindung gebracht. Der Kultplatz ist vermutlich älter. Carschen ist im Rätoromanischen das Wort für aufgehender Mond. Ich denke, es war von alters her ein Heiligtum zu Ehren der Gestirne.»

Nach weiteren drei Keksen und zwei Tassen Tee erhob sich Sabina und bat darum, den Garten besichtigen zu dürfen.

«Sie sagten, die isländische Künstlerin sei im Garten?»

«Ja, ich führe Sie gern zu Frau Hauksdóttir.»

«Spricht sie Deutsch?», fragte Sabina.

«Englisch», sagte Rosenacker.

Rúna Hauksdóttir war eine zierliche, geradezu ätherisch wirkende Frau mit langen braunen Haaren und gespenstisch weisser Haut. Ihre Augen waren von einem blassen, grauen Blau. Sie hielt einen Hammer und einen Meissel in der Hand und war gerade im Begriff, eine Spirale in einen abgeflachten Stein von mindestens einem Meter Höhe zu hauen.

«Miss Hauksdóttir?», sagte Alfred Rosenacker. *«May I introduce you to Miss Lindemann.»*

Sabina gab der Künstlerin die Hand und besah sich den Stein, den sie gerade bearbeitete. Das Labyrinth hatte ohne Zweifel eine entfernte Ähnlichkeit mit dem Symbol, das sie auf der Tür in Zürich gesehen hatte. Doch Rúna Hauksdóttir wirkte nicht so, als habe sie etwas anderes als ihre Steinkunst im Sinne. Sabina fragte die Isländerin, wie lang sie schon mit dieser Art von Formen arbeite.

Ihr ganzes Leben lang, gab sie zur Antwort, *«the spiralinth is my life.»* Sabina verlieh ihrer Bewunderung Ausdruck und fragte, seit wann sie da sei. Irgendwann im Winter sei sie gekommen, sagte die Künstlerin, sie gebe nicht so viel auf Datum und Zeit. Ein Bekannter habe ihr von Schloss Mondfels erzählt. Wo sie vorher gewohnt habe? In Island. Auf einem Bauernhof. Wann sie zurückzugehen gedenke? Sie wisse es nicht, sie habe ein One-Way-Ticket gebucht, das mache sie immer so.

«I will leave when it is time», sagte sie. Ich auch, dachte Sabina und verabschiedete sich von der Künstlerin.

Unter einer alten Linde im Garten sass lesend Matthew Sanderson, der australische Symbolforscher. Er war das, was man ein Original nennt. Der Mann trug einen rauschenden rötlichen Vollbart, lange wallende Haare und eine grosse runde Hornbrille. Er war von beträchtlicher Körperfülle. Schnell erwies er sich als exzellenter Kenner der Graubündner Megalithkultur. Er wollte genau wissen, auf welcher Platte von Carschenna die Leichen gefunden worden waren, und schien ernsthaft schockiert wegen der Morde. Er sei schon an vielen Kultplätzen gewesen, berichtete er. Nie aber hätte dort ein Mord stattgefunden.

«Waren Sie in letzter Zeit auf Carschenna? Ist Ihnen etwas aufgefallen bei den Felsen?»

«Was genau meinen Sie?», fragte der Australier, der erstaunlich gut Deutsch sprach.

«Haben sich Leute die Felsen angeschaut? Wirkte es so, als bereite jemand dort oben etwas vor?»

«Nein. Da kommen immer mal wieder Wanderer vorbei. Aber aufgefallen ist mir nichts.»

«Wie oft waren Sie denn oben?»

«Zwanzigmal vielleicht seit letztem Herbst, ich habe das alles sehr genau angeschaut und fotografiert. Mir ist nichts Besonderes aufgefallen.»

«Und wann waren Sie das letzte Mal oben?»

«Ist schon eine Weile her, im März, denke ich. Es lag Schnee.»

«Wie sind Sie denn immer hochgekommen nach Carschenna?»

«Bis Hohen Rätien bin ich mit Herrn Rosenackers Auto gefahren und dann gelaufen. Ja, ich habe geschwitzt.» Er lachte.

«Danke», sagte Sabina und ging mit Rosenacker zum Tor.

«Ach», fragte sie ihn auf dem Parkplatz, «dieser Defender da, ist das der Wagen, von dem Herr Sanderson gesprochen hat?»

«Ja», sagte Rosenacker, «er gehört der Stiftung. Ich selber fahre wenig damit, aber Oskar macht die Besorgungen, und die Gäste sind auch froh, wenn sie mal ein Auto haben. Es war neulich schon mal einer von der Polizei in Thusis da und hat mich deswegen gefragt. Stimmt was nicht mit dem Auto?»

«Nein, nein, nur so. Ich mag die alten Defender, sie wirken wie schwere Büffel.»

Rosenacker stimmte zu und lachte. Von seinem Händedruck ging etwas Beruhigendes aus.

Sabina beschloss, noch ein wenig bergauf zu fahren. Sie liess Masein hinter sich und fuhr durch Flerden, Urmein und Oberurmein. Nach dem Wald öffnete sich die Weite der Bergwelt vor ihr. In grosszügigen Serpentinen kroch ihr Auto den Berg hoch. Sie liess alle Fenster herunter und genoss die reine Bergluft.

Etwas oberhalb des Pascuminer Sees stellte sie den Wagen ab. Sie rannte die steilen Wiesen hinunter und sprang über die Heidelbeerbüsche. Am Ufer riss sie sich die Kleider vom Leib und sprang mit einem Kopfsprung in das um diese Jahreszeit eiskalte Wasser. Sie drehte ein paar Runden, ehe sie sich am Ufer mit ihrem T-Shirt abtrocknete. Dieses erste Bad im noch kalten See war immer einer der Höhepunkte ihrer Kindheit gewesen. Schnell zog sie sich wieder an und ging zurück zum Auto.

6

Am nächsten Morgen wachte Sabina schon vor Sonnenaufgang auf. Sie hatte Halsschmerzen; den Sprung ins kalte Wasser hatte ihr das Immunsystem nicht verziehen. Ihre Yogaübungen liess sie ausfallen und schlich schlaftrunken in die Küche. Tee wäre jetzt vermutlich das Richtige für meine Gesundheit, dachte sie. Sie entschied sich für Kaffee.

Ihr neues Milchschäumgerät schickte die Milch drei Minuten lang im Kreis herum. Sabina schöpfte den Schaum mit dem Löffel ab und malte mit der Espressokanne eine braune Spirale auf die Schaumkrone.

Die Isländerin kam ihr in den Sinn. Den ganzen Tag lang Labyrinthe in den Stein zu hauen war eine schöne, kontemplative Tätigkeit. Aber irgendwie auch sehr eintönig.

Sie nahm ihren Kaffee mit und setzte sich an den Tisch in der Stube. In der Zeitung stand ein Artikel über Holz, das bei bestimmten Mondständen geschlagen wurde und dadurch von besserer Qualität sei. Der Mond, dachte Sabina und suchte in ihrem Bücherregal nach dem Mondkalender, den sie zu Weihnachten bekommen hatte.

Der Mond stand heute im Sternzeichen Krebs, es war ein Wassertag, der besonders gut zum Giessen von Pflanzen geeignet war. Sabina blätterte ein wenig im Kalender zurück und stellte fest, dass der Mond an dem Tag, an dem Katharina Jakobs verschwunden war, im Sternzeichen Stier gestanden hatte. Iris Grenz und Maria Melchior waren an Ostern verschwunden, dem höchsten christlichen Fest. Die Morde fielen auf Christi Himmelfahrt, einen weiteren christlichen Feiertag. Waren die Frauen an ganz bestimmten Tagen entführt worden? An christlichen Festen oder wenn der Mond im Zeichen des Stiers stand?

Sabina blätterte zu weiteren Feiertagen und überprüfte, wann der Mond wieder im Stier stehen würde. Sie kam auf vier weitere passende Zeitpunkte: Pfingsten und Fronleichnam als christliche Feste. Die nächste Mondfinsternis im Juni. Und den Tag der Mittsommernacht.

Sie rief Heini an. Er hielt den Ansatz für brauchbar.

«Das würde bedeuten, dass wir dem Täter zuvorkommen können.

Wir müssen ahnen, wo er das nächste Mal zuschlägt, und vor ihm am Ort des Geschehens sein.»

«Wenn das so einfach wäre», stöhnte Sabina. «Treffen wir uns um vierzehn Uhr im Polizeikommando? Ich muss vorher noch was erledigen.»

Sabina mochte Agi, die den kleinen Laden in Donat führte, sehr. Immer freundlich, interessiert und doch nicht geschwätzig, war sie der Mittelpunkt der dörflichen Gemeinschaft – und Sabinas Zeitungsbotin. Im Lädali traf man sich, unterhielt sich, trank einen Kaffee. Auf der Theke lag eine Ausgabe der Südostschweiz, die Schlagzeile bestand aus drei riesigen Worten: «SEXUALMORD AUF CARSCHENNA».

«Ja», sagte Sabina gespielt neutral, als Agi ihr die Zeitung hinhielt.

«Ist das nicht schrecklich? Hier bei uns. Ich kann das nicht glauben.»

«Ich auch nicht, Agi. Aber mehr kann ich dazu nicht sagen, wir sind mitten in der Ermittlung.»

«Ja, und haben Sie die Täter schon?», mischte sich eine Frau aus dem Dorf ein. «Das sind doch Ausländer, so was macht bei uns doch niemand.»

«Und woher wissen Sie das so genau?», fragte Sabina.

«Ich wohne seit sechzig Jahren hier», sagte die Frau. «Früher gab es so was nicht. Aber seit die Muslime da sind und die Schweiz immer mehr verrostet, seither gibt es so was.»

Eine andere Frau, die ihr Gemüse auf den Kassentisch legte, stimmte nickend zu. «Wir haben Angst um unsere Tochter», sagte sie. «Sie ist so alt wie das Mädchen aus Reischen. Bitte tun Sie was, Frau Lindemann. Man kann doch solche Mörder nicht frei rumlaufen lassen.»

«Wir tun, was wir können», sagte Sabina, «aber hören Sie bitte auf, alle Straftaten den Ausländern in die Schuhe zu schieben. Auch unter uns Schweizern gibt es schlimme, furchtbare Verbrecher.»

Die Frauen erwiderten nichts. Als Zustimmung wertete Sabina das Schweigen allerdings nicht. Wie eine Welle raste an diesem Samstag der Schock über die Morde durch den Kanton. Nicht nur im Lebensmittelladen von Donat, überall in der Schweiz sorgten die Medienberichte für Aufsehen und hinterliessen die Menschen in einer seltsamen Katastrophenstimmung zwischen Betroffenheit, Sensationslust und der beruhigenden Erkenntnis, dass das Unheil an ihnen selbst und ihren Liebsten vorbeigegangen war.

Sabina setzte sich ins Auto und fuhr zu Fridolin Thaller. Er empfing sie mit einem Grinsen, das vom Bruschghorn bis zum Gelbhorn reichte. Ohne viele Umschweife kamen sie auf die Morde zu sprechen. Sosehr sich Fridolin manchmal über die Engstirnigkeit seiner Landsleute ärgerte, so sehr schätzte er das Bündnerland für seine friedfertige Unaufgeregtheit. Ein solcher Mord passe einfach nicht hierher, sagte er. Sabina legte ihm ihre Theorie mit den christlichen Feiertagen, dem Mondkalender und den astronomisch bedeutenden Tagen dar. Er bestätigte, dass der Stier im Kontext des Mithraskults durchaus im astrologischen Sinne zu verstehen sei. Es erschien ihm daher gut möglich, dass die Mithrasmörder dem Stand des Mondes besondere Bedeutung zumassen. Für ihn war aber auch etwas anderes klar.

«Wer auch immer diese Morde begangen hat – mit dem eigentlichen Kult, wie er damals war, hat das nichts zu tun. Mithras dient hier als Kulisse für etwas anderes, Dunkleres.»

«Gibt es im Mithraskult eine Verbindung zu Honig?», wollte Sabina wissen.

«Honig?»

«Die Opfer waren alle mit einer Honigcreme einbalsamiert.»

«Honig galt in der Antike allgemein als ein Zeichen der Reinheit», sagte Fridolin, «die Einbalsamierung als Vorbereitung für die Opferung, das ist durchaus denkbar.» Er sah Sabina ernst an. «Und die Frauen wurden wirklich ausgeblutet?»

«Ja.»

«Unglaublich, sollte eine derartige Perversität im Namen des Mithras vollführt worden sein. Das ist, wie wenn du im Namen Jesu …», er besann sich, «… na ja, offenbar laden Religionen dazu ein, sie zu pervertieren. Jeder Gott hat wohl seinen Schatten.»

Sabina stimmte schweigend zu. Ihr Handy piepte. Sie las eine Nachricht, die sie kaum glauben konnte: *Reifenprofil ist identisch mit den Spuren vom Fundort. Gruss, Reto.*

«Ich muss dich leider verlassen, Frido. Danke für deine Hilfe.» Sabina steckte das Handy wieder ein. «Ach ja, eins noch: Was hast du denn für eine Schuhgrösse?»

«Ich laufe meistens barfuss. Aber dreiundvierzig. Warum?»

«Nur so. Danke. Ciao.»

Sabina nahm die Kurven von Mathon hinab eindeutig zu schnell. Die neue Nachricht hatte sie geradezu elektrisiert. Konnte das sein? Das Reifenprofil von Rosenackers Defender sollte identisch mit den Reifenspuren am Fundort sein? Sie musste unverzüglich die Spurensicherung auf den Wagen ansetzen. Noch im Fahren rief sie Beeli an.

«Und du bist sicher, dass das identische Reifenprofile sind?»

«Absolut. Deswegen muss es nicht derselbe Wagen sein, aber das Profil passt, also sind es zumindest die gleichen Reifen.»

«Dann müssen wir den Wagen noch heute beschlagnahmen und untersuchen lassen. Ich besorge die Genehmigung.»

7

Am Samstagmorgen spürte Sabina immer noch ein Kratzen im Hals. Sie gurgelte mit Salzwasser, um die Entzündung gleich im Keim zu ersticken. Dann zog sie ihre Sporthose an und machte etwas lustlos den Sonnengruss. Ohne etwas zu frühstücken, schaltete sie den Laptop ein. Sie wollte den Vormittag nutzen, um die pharmakologischen Indizien näher zu beleuchten. Telefonisch nahm sie mit dem Spital in Chur Kontakt auf, um in Erfahrung zu bringen, wie schwer es war, an Morphium zu gelangen. Das Ergebnis war einigermassen ernüchternd. Jeder Arzt, ja auch jeder Pfleger und jede Krankenschwester konnte mit der entsprechenden kriminellen Energie Morphium abzweigen. Sogar im Internet gab es Wege, das Schmerzmittel zu bestellen. Es schien unwahrscheinlich, dass sich aus diesem Indiz eine heisse Spur entwickeln würde.

Sie ging in die Küche, machte sich einen Tee und rührte einen Löffel Honig ein. Die Honigcreme, dachte sie und rief im Labor an. Laut der ersten Analyse enthielt die Creme, mit der die Opfer einbalsamiert worden waren, eine Mischung aus verschiedenen Inhaltsstoffen, die es unwahrscheinlich machte, dass es sie fertig zu kaufen gab. Der Labormitarbeiter bat aber darum, die zweite Untersuchung abzuwarten, und versicherte Sabina, er werde sich dann unverzüglich mit Reto Beeli austauschen.

Sabina schaltete den Laptop aus, zog sich an und ging zum Auto. Sie wollte sich noch einmal an den Ort begeben, an dem die Leichen gefunden worden waren.

Sie nahm die Landstrasse durch die Viamala, bog in Thusis nach Sils im Domleschg ab und gelangte über die alte Forststrasse auf die Höhe von Carschenna. Die letzten Meter ging sie zu Fuss. Etwas oberhalb des Felsens, auf dem die Leichen gefunden worden waren, setzte sie sich ins Gras und liess ihren Blick schweifen. Sie versuchte sich vorzustellen, wie der oder die Täter die toten Frauenkörper hierhergebracht hatten. Die Leichen mussten in einem oder mehreren Wagen transportiert und dann getragen worden sein. Man hatte sie akkurat auf dem Felsen angeordnet, vielleicht noch einmal eingecremt, rituelle Worte über ihnen gesprochen, sie möglicherweise dem

Gott Mithras geweiht. Und das Einzige, was die Täter hinterlassen hatten, waren Reifenspuren und Schuhabdrücke. Aber würde das reichen? Würde man so Licht ins Dunkel bringen? Sabina spürte wieder ihren Hals und erhob sich aus dem Gras. Sie fuhr zurück nach Donat, checkte noch einmal ihre Mails und wickelte sich dann in eine warme Decke. Schon bald schlief sie ein und wachte erst wieder auf, als es schon dunkel war.

***

Der Knall. Die Splitter. Das Blut. Die Scheibe. Das Auto. Vater. Vater. Reglos. Über dem Lenkrad. Die Scheibe. Zerborsten. Voller Blut. Sein Blick. Kalt und leer. Die Augen. Tot. Sein Kopf. Halb am Hals. Wie ein geschlachtetes Tier. Die Mutter. Schreit. Die Tür. Das andere Auto. Tot. Sie schreit. Alle tot. Alle tot. Sie kommt. Fasst in sein Blut. Tränkt ihr Gesicht darin. Das Kreuz. Auf ihrer Stirn. Aus seinem Blut. Sie schmiert sich das Kreuz ins Gesicht. Aus Vaters Blut. «Herr, verzeih uns, Herr, vergib uns.» Immer wieder. Ihr Flehen. «Herr, verzeih uns, Herr, vergib uns.» Sie hämmert mit den Fäusten gegen Vaters Schädel. Die Hirnmasse tritt aus dem Kopf heraus. Sie schaut kalt und leer. Das Kreuz auf ihrer Stirn. «Herr, verzeih uns, Herr, vergib uns.» Sie ist so weit weg. Sie ist nicht mehr meine Mama.

Er lag in seinem Schweiss. Durch das kleine Dachfenster schien der Mond in seine Kammer. Diese Bilder. Hörten sie niemals auf? Der Knall. Das Blut. Vaters Augen. Sein Kopf. Das Schreien der Mutter. «Herr, verzeih uns, Herr, vergib uns.» Jeden Tag. Und immer wieder das blutige Kreuz in ihrem Gesicht. Immer wieder zeichnete sie es nach. Dann ihr toter Körper. Unter dem Kreuz. In der kleinen Kirche. Ihr Hals. Voller Blut. Ihre Augen. Kalt. Das Messer in ihren Händen. Voller Blut. Der Heiland darüber. Die Dornen auf seinem Kopf. Blut. Wie das von Vater. Blut. Wie das von Mutter. Dieser Mann am Kreuz hatte sie beide getötet. Es war sein Blut.

Er stand aus dem Bett auf und setzte sich an den Schreibtisch. So lange schon sehnte er sich nach Erlösung. Und jetzt war sie endlich nah. Sieben Stiere. Siebenmal Blut. Sieben Stufen. Bis er die höchste erreichen würde. Die Erlösung. In Mithras. Dem Erlöser. Den das Christentum verraten hat. Der die Toten rächen wird. Hier. In der

Heimat seiner Mutter. Wo sie unter dem Kreuz geboren wurde. Die unter dem Kreuz starb. Die ihn allein gelassen hatte im Internat. Bei ihm. «Komm auf mein Zimmer. Dem Herrn gefällt dein Antlitz. Zieh dich aus und stell dich hin. Komm zu mir. So gefällst du dem Herrn.»

Wann hörte das endlich auf? Mithras würde ihn erlösen. Ihn und die sechs anderen, die vor den Hohepriester getreten waren. Jeder brachte einen Stier zur Opferung. Jeder trug seinen Teil bei. So sollte es sein. Sieben Stiere, die dem Kreuz dienten. Aus dem Schams. Wo die Christen den Felsengott getötet hatten und seine Priester.

Den ganzen langen Winter über hatte er das Ritual vorbereitet. Die Kammern eingerichtet. Die Spuren verwischt. Im Schutz der Nacht hatte er alles vorbereitet. Niemand hatte ihn bemerkt. Bald war es so weit. Bald würde er die siebte Stufe erreichen.

Er nahm die kleine Harfe und spielte die Melodie. Das alte Lied. «Träum süss. Mein Kind, träum süss.» Sein Herzschlag beruhigte sich. Sein Schweiss trocknete. Der Mond verschwand hinter den Wolken über der Schlucht.

8

«Könnt ihr mich bitte auf den neuesten Stand der Ermittlungen bringen», sagte Malfazi, der für einen Montag sehr früh zur Arbeit erschien. «Entschuldigt, dass ich die ganze Zeit nicht erreichbar war. War ganz oben in den Bergen, da kommen keine Funkwellen an. Hab von der Sache erst gestern Nacht erfahren.»

Sabina sagte nichts. Es wurde höchste Zeit, Malfazi zur Rede zu stellen. Allerdings war ihr klar, dass sie erst in grösserer Runde den aktuellen Stand der Ermittlungen durchgehen mussten.

Also legte sie die Fakten dar, reichte Fotos des Leichenfundorts herum, erwähnte die sieben Initiationsstufen des Mithraskults, wies auf die nächsten plausiblen Zeitpunkte für weitere Verbrechen hin. Sie zeigte das Fax des Schmuckmachers, erwähnte ihren Besuch im Hotel Park Hyatt in Zürich und die noch laufende Überprüfung der Gästeliste, kam auf die Reifenspuren des Defenders zu sprechen, der noch untersucht wurde, nannte anhand der Fussabdrücke drei Personen von achtzig bis neunzig Kilogramm Gewicht als mögliche Leichenträger. Sie erwähnte auch die Tatsache, dass alle Opfer mit Honigbalsam eingerieben und mit Morphium betäubt worden waren. Hierzu meldete sich sogleich Beeli zu Wort. Er gab genaue Erläuterungen zur Zusammensetzung des Honigbalsams und machte deutlich, dass es die Inhaltsstoffe nicht in jeder Drogerie zu kaufen gab.

«Die Substanzen werden von Apothekern oder in der pharmazeutischen Industrie verwendet. Aber sie sind natürlich relativ einfach zu besorgen.»

Malfazi hörte bei den Ausführungen konzentriert zu und machte sich Notizen. Abschliessend dankte er den Kollegen für die gute Arbeit und entschuldigte sich vor versammelter Mannschaft für seine urlaubsbedingte Abwesenheit. Sein Verhalten war, verglichen mit bisherigen Erfahrungswerten, aussergewöhnlich. Malfazi war nicht der Mann, der sich entschuldigte. *«He who excuses himself, accuses himself»*, zitierte er normalerweise gerne: Wer sich entschuldigt, beschuldigt sich. Warum auch immer, heute wählte er den diplomatischen Kurs. Als das Meeting beendet war, bat Sabina Malfazi um eine persönliche Unterredung.

«Heini sollte auch dabei sein», sagte sie. «In fünf Minuten in unserem Büro?»

«Claudio», wählte sie einen bewusst persönlichen Einstieg in das Gespräch. «Es gibt in diesem Mordfall ein paar Dinge, die mich beunruhigen und die ich nur mit dir besprechen kann. Diese Dinge betreffen dich und das, was du am Mittwochabend in Zürich gemacht hast.»

Malfazi sah sie mit einem Gesichtsausdruck an, der sich nicht zwischen Überraschung, Empörung und Misstrauen entscheiden konnte.

«Woher weisst du, dass ich in Zürich war?», fragte er sie.

«Ich habe dich gesehen.»

«Wo?»

«In der Villa auf dem Zürichberg. Du warst einer der Gäste.»

«Du spionierst mir hinterher? Sag mal, tickst du noch ganz richtig?»

«Ich habe dir nicht hinterherspioniert. Das war Zufall.»

«Zufall? Ich lach mich kaputt.»

«Es war Zufall, verdammt. Ich hab da oben in einem Hotel übernachtet und bin spazieren gegangen, und da hab ich dich vor dem Haus gesehen.»

«Was machst du in einem Hotel in Zürich?»

«Claudio, verzeih, aber gerade will ich dir die Fragen stellen, nicht umgekehrt. Ich war wegen der Spur im Park Hyatt da.»

Malfazi kochte. Seine Halsschlagader presste sich nach aussen wie ein pulsierendes Geschwulst. Er musste offenbar an sich halten, um nicht aus der Haut zu fahren. Nur allmählich beruhigte er sich und schien zu überlegen, wie er das Ganze darstellen sollte.

«Und?», sagte er herablassend, nachdem er seinen Puls wieder unter Kontrolle hatte.

«Es ist mir egal, wo du dich in deiner Freizeit rumtreibst und wie du dich amüsierst, Claudio. Aber es gibt eine Sache, die ich wissen muss. Was ist hinter der Tür im Keller passiert?»

Heini sass neben den beiden und beobachtete das Gespräch. Malfazi nahm eine gespannte Haltung an. Man sah, dass er sich jedes Wort genau überlegte. Sabina dauerte es zu lange. Sie präzisierte ihre Ausführung.

«Auf dieser Tür war ein Zeichen, das für meine Augen ziemliche Ähnlichkeit mit den Symbolen auf Carschenna hat. Um es konkret zu machen: Hat das, was hinter dieser Tür geschehen ist, etwas mit diesen Morden zu tun?»

Malfazi sah sie einen Augenblick ungläubig an, dann begann er zu lachen. Es schien kein gespieltes Lachen zu sein, er lachte wirklich.

«Okay», sagte er, «okay, da du ja offenbar auch da warst, muss ich dir nicht erzählen, dass die Feierlichkeit eine Zusammenkunft einer gewissen Szene war.»

«Gothic? Sadomaso? Ich konnte das nicht so zuordnen.»

«Eine schwarze Szene, ja.»

«Und da gehörst du auch dazu, in deinem Nietendress und mit diesem Kuttenmantel?»

Malfazi errötete. Rang vergeblich um eine schlagfertige Antwort. Er war in der Defensive.

«Was ist hinter dieser Tür passiert? Einfach nur Sex oder mehr? Und was bedeutet dieses Zeichen?», wiederholte Sabina.

«Im Keller sind die härteren Dinge passiert. Peitschennummern. S/M-Geschichten mit alten Folterinstrumenten. Solche Sachen.»

«Was heisst solche Sachen? Kann es passieren, dass da aus Spass Ernst wird und dass es am Ende drei tote Frauen gibt?»

«So ein Schwachsinn», sagte Malfazi.

«War es ein Darkroom voller Schwuler?», fragte Sabina.

«Nein, verdammt.»

«Warum durften dann keine Frauen hinter die Tür?»

«Weil das immer so ist. Bis auf die Frauen, die eingekauft sind, haben zu dem Bereich nur Männer Zutritt.»

«Und das Symbol?»

«Was für ein Symbol?»

«Das auf der Tür.»

«Das ist das Symbol der Community. Hat mich nie näher interessiert. Sieht das wirklich aus wie das Zeug auf Carschenna?»

«Es geht in die Richtung.»

«Dann ist es Zufall. Da geht es nicht um Mord. Und auch nicht um Gewalt im eigentlichen Sinn. Als ob du so was nicht kennst.»

«Woher weisst du denn, was ich kenne?», sagte Sabina.

«Ach, vergiss es.»

«Bist du öfter auf solchen Veranstaltungen?», fragte Sabina.

«Ja, aber das ist verdammt noch mal meine Privatsache.»

«Nur aus Interesse: Kostet das Geld?»

«Ja.»

«Viel?»

«Das lass mal meine Sorge sein.»

Sabina beliess es dabei. Was Malfazi gesagt hatte, wie er sich verhalten hatte, hatte sie intuitiv überzeugt.

«Ich hoffe, du verstehst, dass wir diese Unterredung zu dritt geführt haben», sagte sie.

Malfazi presste die Lippen zusammen. Sein Nicken war kaum wahrzunehmen. Dann schoss wieder das Blut in seine Halsschlagader.

«Eine Frage hab ich schon noch», sagte er. «Wie bist du eigentlich in diese Gesellschaft gekommen? Das geht normalerweise nur über Einladungen nach Überweisung auf ein Nummernkonto.»

«Ich bin zu einer Tür rein, die offen war», sagte Sabina und präsentierte ein breites Lächeln.

Malfazis Blut floss nur langsam zurück.

«Es wäre mir lieb, wenn ihr euer Wissen für euch behaltet», sagte er nach einer Weile und sah beide eindringlich an. Er war der Verlierer in diesem Moment. Die Kollegen wussten etwas über ihn, was zwar nicht strafrechtlich relevant war, in den Augen der biederen Bündner Gesellschaft aber moralisch mehr als zweifelhaft. Er konnte nur auf die Loyalität seiner Kollegen vertrauen. Sabina und Heini gaben ihr Einverständnis. Als Malfazi sich erhob, fasste er sich unter Schmerzen an die Brust.

«Was ist?», fragte Sabina.

«Ach, eine Verspannung im Brustbereich», sagte er und stöhnte.

Sabina schaute auf seine Füsse. Mindestens Grösse fünfundvierzig, dachte sie.

«Ich fasse zusammen: Wir haben ein Auto, mit dem die Leichen transportiert worden sein könnten, aber wir haben keine Spuren darin gefunden», wiederholte Malfazi, nachdem Beeli ihm die Fakten zu dem schwarzen Defender referiert hatte.

«Ja. Das Reifenprofil entspricht den Eindrücken, die wir bei Carschenna gefunden haben», bestätigte der Leiter der Spurensicherung, «aber im Auto ist keine Spur von einer Opfer-DNA zu entdecken.»

«Möglicherweise eine Plane zum Schutz?», sagte Sabina.

«Oder es war ein anderer Wagen, der die gleichen Reifen hat», sagte Beeli.

«Reicht das für eine Hausdurchsuchung?», fragte Sabina.

«Nein», sagte Beeli, «an den Reifen waren keine Erdspuren, die denen vom Tatort entsprechen. Es ist eben nur das passende Profil. Deswegen eine Durchsuchung? Das bekommen wir nicht durch.»

«Schick bitte trotzdem ein Foto des Wagens an Freisler», sagte Sabina. «Der soll die Zeugen aus Isola fragen, ob das der Wagen in der Nähe der Cardinello-Schlucht gewesen sein könnte.»

Die Tür war auch diesmal offen. Rosenacker begrüsste die Polizisten freundlich und hörte sich an, was sie vorzutragen hatten. Sabina hoffte insgeheim, dass er wieder eine Schale mit Keksen bereitstellen würde. Und tatsächlich wies er den Koch nach kurzer Nachfrage an, Kaffee und Kekse zu bringen.

«Ganz ehrlich», kommentierte Rosenacker den Verdacht, dass es sich beim möglichen Transportfahrzeug der Leichen um sein Auto handeln könne, «wer wäre denn so blöd, mit einem derart auffälligen Auto ein solches Verbrechen zu begehen und es dann öffentlich vor seinem Haus zu parkieren? Sie glauben doch nicht ernsthaft, dass ich etwas mit diesen Morden zu tun habe.»

«Haben Sie ein Alibi für die Nacht von Mittwoch auf Donnerstag letzte Woche?», fragte Malfazi.

Rosenacker überlegte.

«Ich war hier, gegen dreiundzwanzig Uhr bin ich ins Bett. Wie jeden Tag.»

«Kann das jemand bezeugen?»

«Schwierig», sagte Rosenacker. «Bis etwa einundzwanzig Uhr sitzen wir meistens beim Essen zusammen, danach gehe ich in meinen Privatbereich.»

«Also haben Sie kein wasserdichtes Alibi.»

«Junger Mann», erwiderte Rosenacker, der Malfazi gegenüber nicht halb so freundlich war wie gegenüber Sabina, «ich beschäftige mich mit anderen Dingen als damit, junge Frauen umzubringen. Bitte untersuchen Sie das ganze Schloss.»

«Wie sieht es mit Ihren Gästen aus?», fragte Malfazi, wobei er das Wort «Gäste» etwas verächtlich aussprach.

«Unterhalten Sie sich mit ihnen. Machen Sie sich Ihr eigenes Bild. Ich bitte sie her und lasse Sie derweil allein.»

«Gerne», sagte Malfazi und probierte einen Keks. Er kaute. Dann lächelte er. Erstmals, seit er am Morgen den Dienst angetreten hatte.

«Herr Rosenacker, nur zur Vervollständigung meiner Statistik: Welche Schuhgrösse haben Sie?», fragte Sabina.

«Einundvierzig, warum?»

«Wir haben Spuren gefunden bei den Felsen.»

Matthew Sanderson war der Erste, der kam. Malfazi stellte sich knapp vor und begann dann mit der Befragung.

«Herr Sanderson, wir haben Grund zu der Annahme, dass jemand mit Herrn Rosenackers Fahrzeug in der Nähe des Fundorts der Leichen war. Waren Sie mit dem Wagen in letzter Zeit bei den Felsen?»

«Das habe ich Frau Lindemann schon gesagt. Ich habe immer auf Hohen Rätien geparkt und bin dann gewandert», sagte der Australier.

«Wo waren Sie in der Nacht von Mittwoch auf Donnerstag?»

«Hier, ich gehe abends eigentlich nie weg.»

«Gibt es dafür Zeugen?»

«Herrn Rosenacker, Rúna und Jean.»

«Rúna? Jean?»

«Rúna Hauksdóttir und Jean Redolfi, zwei Gäste», erklärte Sabina.

«Und diese Personen können bezeugen, dass Sie den ganzen Abend und die Nacht über hier waren?»

«Nein, natürlich nicht. Nur bis etwa einundzwanzig Uhr», sagte Sanderson.

Das deckte sich mit der Aussage von Rosenacker.

«Gut, Herr Sanderson, dann sagen Sie bitte Herrn Redolfi, dass wir auf ihn warten.»

«Yes, Sir», sagte Sanderson, dem es offensichtlich missfiel, wie ein Krimineller behandelt zu werden.

«Danke», sagte Sabina. «Ach, eins noch …»

«Ja?»

«Welche Schuhgrösse haben Sie?»

«Neun Komma fünf», sagte er, «Sie sagen hier dreiundvierzig, glaube ich.» Er nahm sich ein paar Kekse mit und wünschte den Polizisten viel Erfolg bei der Ermittlung.

«Und?», meinte Sabina mit fragendem Blick, als Sanderson den Raum verlassen hatte. Malfazi schüttelte den Kopf. «Der ist vermutlich wegen den Felsen hier und nicht, um jemanden darauf zu opfern. Schauen wir mal, was die anderen Herrschaften sagen.»

Jean Redolfi war ein sehniger Mann von etwa fünfundvierzig Jahren. Dunkle, fast schwarze Augen; zerfurchtes, hageres Gesicht, die wenigen Haare kurz rasiert. Er wirkte vergeistigt, fast weltabgewandt. Sein Deutsch, das er langsam sprach, hatte einen leichten Akzent. Er beachtete die Kekse nicht, die auf dem Tisch standen.

«Herr Redolfi, waren Sie in letzter Zeit bei den Felsen von Carschenna?», fragte Malfazi.

«Ich bin einmal oben gewesen. Es ist sehr inspirierend dort.»

«Wie sind Sie denn hochgekommen?»

«Ich habe das Auto vom Schloss genommen und bin bis nach Hohen Rätien gefahren. Herr Rosenacker hat eine Sondergenehmigung für die Schotterstrasse.»

«Kann denn jeder Gast einfach den Wagen nehmen?»

«Ja, der Schlüssel hängt in der Teeküche, man trägt sich in eine Liste ein. Das ist sehr vorteilhaft.»

Redolfi wählte jedes seiner Worte bewusst. Die Ernsthaftigkeit, die von ihm ausging, zog alle Aufmerksamkeit auf sich.

«Ich geh runter und hol die Liste aus der Teeküche», sagte Sabina. Mit einer Handbewegung bedeutete sie Malfazi, die Befragung ohne sie fortzuführen.

Im Erdgeschoss kam sie erst ins Esszimmer, dann ins Musikzimmer. In beiden atmete sie den Duft von Geschichte, ein Aroma, das von vielen Jahrhunderten erzählte. Von heissen, lichten Sommertagen und von dunklen, kalten Wintern. Das alte Klavier mit den Kerzenleuchtern stand vor ihr wie eine romantische Vision. Die Gambe, die an der Wand lehnte, schien dem Hier und Jetzt vor langer Zeit entschlafen zu sein. Als sie die dritte Türklinke drückte, lag sie endlich richtig. Der Koch schälte gerade Karotten und schaute überrascht zu ihr.

«Ich suche die Teeküche», sagte Sabina.

«Gleich hier.» Er deutete auf eine kleine Kammer neben der Küche, die auch vom Korridor aus zu erreichen war. «Was brauchen Sie denn?»

«Ich suche die Liste fürs Auto», sagte Sabina.

«Neben dem Samowar.» Er vollführte mit dem Messer eine unbestimmte Geste. «Da hängt auch der Schlüssel.»

Sabina überflog die Liste und las die Namen etlicher Schlossgäste, die seit dem vergangenen Sommer das Auto benutzt hatten.

Sanderson war mehrmals darin eingetragen, auch der Franzose und die Isländerin hatten das Auto benutzt, allerdings nicht in den letzten Wochen. An einem Namen, der in den Wintermonaten sehr häufig und fast als Einziger auf der Liste auftauchte, blieb Sabina hängen: Christian Schlorf.

«Wer ist denn dieser Schlorf?», fragte sie, als sie zurück in der Bibliothek war und die Liste auf den Tisch legte.

«Schlorf?», wiederholte Redolfi. «Ein eigenwilliger junger Mann. Er ist vor etwa zwei Monaten abgereist.»

Malfazi hob den Blick und suchte Sabinas Augen. Sie nickte und notierte sich etwas auf ihrem Block.

«Vielen Dank, Herr Redolfi», sagte Malfazi. «Wenn wir noch Fragen haben, melden wir uns.»

«Eine habe ich noch», sagte Sabina. «Welche Schuhgrösse haben Sie?»

«Dreiundvierzig», sagte der Franzose und ging grusslos.

«Was hast du ihn noch gefragt?», fragte Sabina.

«Was er hier tut und wo er am Mittwochabend war», sagte Malfazi.

«Und?»

«Er versucht, die Heilwirkung von Musik nachzuweisen. Dafür braucht er Ruhe, die hat er hier. Am Mittwoch war er ab einundzwanzig Uhr auf seinem Zimmer.»

«Meinst du, er hat was mit den Morden zu tun?»

«Eher nicht», sagte Malfazi, «der lebt für seine Harmonien. Und das mit den Schuhspuren können wir auch vergessen. Fast jeder hat Schuhgrösse zweiundvierzig oder dreiundvierzig.»

«Ja, das bringt uns nicht wirklich weiter.»

«Dann schauen wir uns die Isländerin an?», fragte Malfazi.

«Ich glaube zwar nicht, dass die Morde auf das Konto einer Frau gehen», sagte Sabina, «aber vielleicht kann sie uns etwas über die Männer hier sagen.»

Rúna Hauksdóttir wich der Frage nach den männlichen Schlossgästen aus. Offenbar wollte sie niemanden belasten. Ob sie Christian Schlorf kenne, fragte Sabina. Ja, sie habe ihn im Februar bei ihrer Ankunft kennengelernt. Er sei ein Dichter. Aber dann sei er plötzlich weg gewesen. Im März.

Ob ihr etwas aufgefallen sei im Schloss? Ob sie von den vermissten Frauen und jetzt von den Morden gehört habe? Ja, die anderen hätten sich erst gestern beim Essen über die Morde unterhalten. Nein, ihr sei nichts aufgefallen. Sie beschäftige sich aber auch nur mit den Steinen. Ihr Weg sei das Labyrinth. Am Tatabend sei sie die ganze Zeit zu Hause gewesen.

«Wer ist Christian Schlorf?», fragte Sabina, als sie wieder mit Rosenacker zusammensassen.

«Schlorf? Ein hochinteressanter Mann», antwortete Rosenacker und schenkte Kaffee nach. «Er hat die Gabe, aus Wörterbüchern die Zukunft zu lesen.»

«Aus Wörterbüchern die Zukunft lesen?», wiederholte Malfazi so abschätzig, dass man seine Meinung dazu nicht weiter zu erfragen brauchte.

«In der Tat», gab Rosenacker unbeirrt zurück. «Aber er ist vor etwa zwei Monaten abgereist. Hier würden bald schreckliche Dinge geschehen, behauptete er.»

Er stockte.

«Ich habe gar nicht mehr daran gedacht. Ja. Schlorf kam Mitte März zu mir und sagte, er müsse aufbrechen. Hier würden bald grausame Dinge passieren. Die Orakelworte seien eindeutig gewesen.»

«Und Sie glauben so was?», fragte Malfazi.

«Seine Methode schien zu funktionieren.»

«Die Zukunft vorhersehen aus einem Wörterbuch.» Malfazi blies scharf die Luft durch die Nase aus. «Bitte verschonen Sie mich.»

«Wie funktioniert denn die Methode?», hakte Sabina nach.

Rosenacker nahm einen Schluck Kaffee.

«Schlorfs Vorgehensweise orientiert sich am I Ging. Kennen Sie das I Ging?»

Sabina schüttelte halbwissend, aber interessiert den Kopf.

«Ein chinesisches Orakelbuch», sagte Rosenacker. Malfazi sah demonstrativ aus dem Fenster.

«Man stellt eine Frage und zählt nach einem komplexen System mit neunundvierzig Stäben ein Antwortsymbol aus, dem wiederum ein Text zugeordnet ist. Bei Schlorf funktioniert es ein bisschen anders. Er zählt ebenfalls die Stäbe aus, dann öffnet er mit geschlossenen Augen ein Wörterbuch und erspürt intuitiv eine Seite. Auf dieser Seite zählt er ab dem ersten Wort die Zahl nach vorne, die er zuvor bestimmt hat. Das Wort, das er so ermittelt, ist eines von sieben Orakelworten. Diesen Vorgang wiederholt er so oft, bis er diese sieben Orakelworte als Antwort auf seine Frage bekommt. Aus diesen Worten schliesst er, was in der Zukunft geschehen wird beziehungsweise was die Antwort auf seine Frage ist.»

«Und was hat das mit dem I Ging zu tun?», fragte Sabina.

«Wie gesagt, die Methode des Auszählens ist ähnlich», sagte Rosenacker. «Nur erhält man beim I Ging eben ein Symbol als Antwort. Und diesem Symbol ist ein fertiger Orakeltext zugeordnet. Schlorf erschuf seine Antworten dagegen jedes Mal neu aus dem Wörterbuch.»

«Und sie bestanden immer aus sieben Worten?», wiederholte Sabina.

«Ja.»

Sie rutschte unruhig auf dem Stuhl hin und her. Zu jedem Opfer waren sieben Worte geschrieben und am Ort der Entführung hinterlassen worden. Sieben Worte. Genau wie bei diesem Schlorf.

«Ich weiss, es klingt wenig glaubhaft», sagte Rosenacker, der Sabinas Schweigen als Zweifel deutete, «aber der junge Mann hatte tatsächlich die Gabe, aus diesen Worten Zukunftsprognosen zu entwickeln, die später eintrafen.»

«Haben Sie das anhand eines Ereignisses überprüft?», fragte Malfazi.

«Ich habe ihn zum Beispiel an Weihnachten gefragt, wer als nächster Gast in die Stiftung kommt. Ich bin ja selbst oft überrascht, woher die Leute kommen und wie sie vom Schloss erfahren haben.»

«Und?»

«Er hat vorhergesagt, dass eine Frau aus dem hohen Norden kommt, die mit Steinen zu tun hat und dem Weg eines Labyrinths folgt.»

«Er hat die Frau gekannt und so getan, als würde er es vorhersehen», bot Malfazi sofort die rationale Erklärung.

«Die beiden hatten sich vorher nie gesehen, das war offensichtlich», erwiderte Rosenacker. «Aber bitte, es geht hier nicht darum, Sie von irgendetwas zu überzeugen. Ich habe lediglich dargelegt, wie Schlorfs Methode funktioniert.»

Rosenacker ging zu einem Regal und inspizierte sorgfältig die Reihen mit Ordnern und Büchern.

«Sonderbar», sagte er nach einer Weile, «Schlorfs Aufschriebe sind nicht da. Er hat viele seiner Ergebnisse dokumentiert und der Bibliothek überlassen. Aber der Ordner fehlt.»

Sabina ging zum Regal und sah sich die Ordner an. Auf den Rücken stand jeweils der Name des Stiftungsgasts und sein Forschungs- oder Kunstgebiet; im Inneren befanden sich Aufzeichnungen zu diesen Themen.

Der Ordner von Matthew Sanderson enthielt jede Menge Kopien von Bildern mit Felszeichnungen und Symbolen, dazu Texte. Im Ordner von Redolfi fanden sich die Kopien von Auswertungen neurologischer Tests, die alle mit der Wirkung von Musik zu tun hatten. Zu gerne hätte Sabina den Ordner dieses Wörterbuchpropheten gesehen.

«Wo könnte der Ordner von Schlorf noch sein ausser in der Bibliothek?», fragte sie und wandte sich zu Rosenacker um.

«Ich weiss es nicht. Ich hab ihn nicht weggenommen.»

«Einer der Gäste vielleicht?», fragte Malfazi.

Rosenacker klingelte, der Koch kam in die Bibliothek.

«Oskar, bitte hol noch mal die Gäste her.»

«Wissen Sie, welche Worte Schlorf genau vorhergesehen hatte? Warum er so fluchtartig das Schloss verlassen hat?», fragte Sabina.

«Nein, er hat nur gesagt, es würden schreckliche Dinge passieren. Aus welchen Orakelworten er das schloss, weiss ich nicht.»

Sanderson kam in gemütlichen Sandalen aus seinem Zimmer, Redolfi war anscheinend gerade dabei gewesen, zu einem Spaziergang aufzubrechen, die Isländerin eilte aus dem Garten herbei. Alle drei gaben an, nicht zu wissen, wo der Ordner von Schlorf sei. Auch der Koch hatte keine Idee.

«Ich kann nur noch die Putzfrau fragen», sagte Rosenacker. «Aber die räumt normalerweise nichts weg.»

Sabina und Malfazi verabschiedeten sich, kündigten aber an, gegebenenfalls wiederzukommen.

Für Sabina erschien es mehr als plausibel, dass Schlorf etwas mit den Morden zu tun hatte. Zu auffällig waren die Parallelen zu den Mordfällen: sieben Orakelworte, die Vision grausamer Geschehnisse im Umkreis der Schlucht, sein plötzliches Verschwinden. Sie wusste nicht, ob sie an die Möglichkeit einer Prophezeiung glauben sollte. Zumal der Mann sich durch deren Erwähnung bei der Abreise ja selbst verdächtig gemacht hätte. Aber irgendetwas hatten Schlorf und diese sonderbaren Wörterbuchprophezeiungen mit den Verbrechen zu tun. Schlorf war abgereist, unmittelbar bevor Katharina Jakobs verschwunden war. War er der Entführer? Stand er hinter den Morden? Hatte er Dinge vorhergesehen, die er dann in einem Wahn selbst ausführen musste?

Malfazi war das Ganze zu viel. Er hatte Mühe, sich auch nur vorzustellen, wie eine Orakelbefragung vonstattengehen sollte. Und er machte keinen Hehl daraus, dass er «den alten Rosenkavalier», wie er Rosenacker nannte, «für einen Wahnsinnigen» hielt. Der Wörterbuchgeschichte ernsthaft Relevanz beizumessen hielt er für absurd.

«Kannst du dir so was vorstellen?», fragte Sabina, nachdem sie Heini von dem Besuch bei Rosenacker berichtet hatte.

«Ich hab nicht den Sinn für so übersinnliches Zeugs», sagte er. «Aber ich habe auch nicht das absolute Gehör, und andere haben es.»

Vielleicht hatte er ja recht. Vielleicht verfügten tatsächlich manche Menschen über einen Sinn für Paranormales, der anderen abging. Ob diese Leute dann in Glaskugeln schauten, Karten legten oder ein Wörterbuch befragten, war ja letztlich egal. Immerhin gab es diese Zukunftsseher in allen Kulturen. Zu allen Zeiten. Warum nicht auch hier und heute?

«Ich war mal auf einer Esoterikmesse in Zürich», schloss Sabina ihre Gedanken ab, «und mein Gefühl hat mir damals gesagt: Manche sind Magier, die meisten sind Betrüger.»

«Scharlatane gibt es auf jeden Fall», sagte Heini.

Sabina machte sich sofort daran, die Recherche nach Schlorf voranzutreiben. Sie überprüfte, ob er eine Facebook-Seite hatte, und fand ein öffentliches Profil mit wenigen Einträgen. Schlorf hatte seit Dezember keine Nachrichten hinterlassen. Gemeldet war er in Deutschland, im tiefsten Schwarzwald, wie sich herausstellte.

Im Laufe des Nachmittags gelang es ihr, Schlorfs Tante ans Telefon zu bekommen, auf deren Bauernhof er offenbar wohnte. Sie sagte, dass Christian seit mehr als sechs Wochen im Wald sei. Er habe sich für den Sommer abgemeldet, um zu sich selbst zu finden. Wo genau, ob im heimischen Schwarzwald oder irgendwo am Nordkap, das wisse sie nicht. Der Christian sei schon immer seine eigenen Wege gegangen. Zumal seit seine Eltern gestorben seien und er bei ihr gelebt habe.

Sabina wusste nicht, was sie von dem Gespräch halten sollte. Dass die Tante es völlig normal fand, dass Schlorf einfach für ein paar Monate irgendwo in einem Wald verschwand und sich von Waldfrüchten und Bachwasser ernährte, empfand sie als bizarr. Um die Abstrusität auf die Spitze zu treiben, nahm sie aus dem Büro ein Wörterbuch mit, kaufte kurz vor Ladenschluss in der Buchhandlung Kunfermann in Thusis eine Ausgabe des Orakelbuchs I Ging und besorgte in einem Bastelladen fünfzig kleine Holzstäbe. Mit grönländischer Volksmusik im Auto fuhr sie nach Hause.

«Vielen Dank, Herr Rosenacker, ich werde es jetzt versuchen», sagte sie und legte das Telefon auf die Station zurück. Sie wollte das Wörterbuch-Ritual genau so ausführen, wie Rosenacker es ihr beschrieben hatte. Dem traditionellen I-Ging-Ritual folgend zündete sie ein Räucherstäbchen an und kniete sich mit dem Gesicht nach Norden gewandt dreimal nieder. Die neunundvierzig Holzstäbchen in ihrer Hand liess sie über dem Rauch kreisen und konzentrierte sich, wie vorgesehen, auf eine Frage, die sich um die Perspektive einer Angelegenheit drehte: *Wie geht es mit den Morden weiter?* Das war die Frage, die ihr das Wörterbuchorakel beantworten sollte: *Wie geht es mit den Morden weiter?*

Sie setzte sich so an den Tisch, dass sie nach Süden ausgerichtet war, und begann mit dem Abzählen der Stäbe. Mit geschlossenen Augen teilte sie sie in zwei Haufen, einen grösseren rechten und einen kleineren linken. Dann nahm sie, wie es das I Ging forderte, aus dem rechten Haufen ein Stäbchen heraus und steckte es sich zwischen den kleinen Finger und den Ringfinger ihrer linken Hand. Nun reduzierte sie den linken Haufen immer um vier Stäbchen, bis nur noch drei übrig blieben. Diese drei Stäbe steckte sie zwischen Ringfinger und Mittelfinger der linken Hand.

Sie reduzierte auch den rechten Haufen um immer jeweils vier Stäbe, bis nur noch ein Holzstab übrig blieb. Diesen Stab steckte sie zwischen den Mittel- und den Zeigefinger der linken Hand. So hatte sie insgesamt fünf Stäbe zwischen den Fingern ihrer linken Hand. Diese legte sie auf ein Tablett. Dann nahm sie die restlichen vierundvierzig Stäbchen und teilte sie wieder in zwei Haufen. Wieder nahm sie ein Stäbchen zwischen ihre Finger und reduzierte dann nacheinander beide Haufen um jeweils vier, bis nur noch ein paar Stäbchen übrig blieben.

Diesmal kamen insgesamt acht Stäbchen als Ergebnis heraus. Diese legte sie zu den fünf Stäben aufs Tablett. Danach wiederholte sie die Prozedur noch einmal. Diesmal blieben vier Stäbchen übrig. Insgesamt hatte sie so siebzehn Stäbe auf dem Tablett ausgezählt. Die erste Zahl, gewonnen aus dem dreifachen Auszählen der Stäbe, war also die Siebzehn. Sie notierte die Zahl.

Das Räucherstäbchen war schon zu einem Drittel abgebrannt. Auf dem Tisch sammelte sich der feine graue Puder. Was für eine aufwendige Zählerei, dachte sie. Doch sie wollte das Experiment mit dem nötigen Ernst zu Ende bringen und versuchte, sich wieder ganz auf die Frage zu konzentrieren: *Wie geht es mit den Morden weiter?*

Erneut nahm sie alle neunundvierzig Stäbchen zusammen, teilte sie in zwei verschieden grosse Haufen und zählte sie nach demselben Schema wie vorher in drei Schritten aus. So kam sie nach und nach auf weitere sechs Zahlen: dreizehn, einundzwanzig, einundzwanzig, fünfundzwanzig, einundzwanzig, siebzehn.

Jetzt kam das Lexikon ins Spiel. Sie liess es mit geschlossenen Augen dreimal über dem Rauch kreisen, dann öffnete sie es intuitiv. Vom ersten Wort der aufgeschlagenen Doppelseite aus zählte sie siebzehn Einträge nach vorne. Sie endete auf dem Wort *Halbzeit.* Sie notierte es als erstes Orakelwort. Beim zweiten Mal zählte sie auf der aufgeschlagenen Seite dreizehn Begriffe nach vorne und landete bei dem Wort *Zahl.* Das dritte Wort, das sie auszählte, war *Gehen.* Das vierte *nur,* dann *Heimat, kreuzen* und *geistreich.*

Jetzt musste sie die ausgezählten Worte interpretieren.

Wie geht es mit den Morden weiter?

Halbzeit konnte darauf hindeuten, dass die Hälfte der Morde vorbei war. Drei von sieben, das war etwa die Hälfte. Es konnte aber auch bedeuten, dass das Jahr in der Mitte angekommen war. Das würde ebenfalls Sinn ergeben. *Zahl* konnte sich auf die sieben Initiationsriten des Mithraskults beziehen. Demnach waren noch vier Morde zu erwarten. *Gehen* konnte auf das Verschwinden der Frauen hinweisen. *Nur* konnte bedeuten, dass es nicht mehr als sieben Frauen waren, oder darauf hinweisen, dass es nur um Frauen mit bestimmten Merkmalen ging. *Heimat* konnte sich auf die Herkunft der Opfer, das Schams, beziehen. *Geistreich* enthielt das Wort Geist. Ein Hinweis auf den heiligen Geist des Christentums oder auf eine spirituelle Motivation? *Kreuzen* schliesslich war das letzte Wort. So konnte man die Position bezeichnen, in der die ermordeten Frauen auf dem Felsen gelegen hatten, die Arme ausgestreckt wie Kreuze.

Es war erstaunlich. Die sieben von ihr nach der Schlorf-Methode ermittelten Orakelworte liessen sich tatsächlich als einigermassen sinnvolle Antwort auf ihre Frage auslegen. Sicher war es bloss Zufall und hatte damit zu tun, dass Worte eben viele Assoziationen freisetzten. Als Polizistin konnte sie nicht ernsthaft an Orakel glauben. Sie musste bei den Fakten bleiben und Beweise sammeln. Irgendwie beunruhigend aber war das Ganze doch.

Sie schloss das Wörterbuch. Klappte ihr Notizbuch zu. Löschte das Räucherstäbchen. Dann wischte sie mit der Hand den grauen Staub zusammen und blies ihn von der Hand in den Kamin.

«Es klappt», sagte sie, nachdem sie Heinis Nummer gewählt hatte.

«Was klappt?»

«Das Wörterbuch-Orakel. Ich habe eine Frage gestellt, das Ritual befolgt, wie es Rosenacker erklärt hat, und eine Antwort bekommen.»

«Und jetzt wirst du Wahrsagerin?»

«Nein. Jetzt geh ich noch eine Runde laufen und überlege mir, was ich von dem Ganzen halten soll. Ich war nicht darauf vorbereitet, dass es übersinnlich wird.»

«Aber du bist doch die Yogameisterin.»

«Yoga ist nicht übersinnlich, eher innersinnlich.»

«Jesses Gott, bleib mir mit der Wortklauberei fern. In jedem Fall danke, dass du mich angerufen hast. Aber entschuldige mich bitte gleich wieder, ich koche gerade, und nachher kommt Simon zum Stierkampfschauen.»

«Was gibt's?»

«Coq au Vin.»

«Mit frischem Thymian?»

«Na, was denkst du?»

«Und der Stierkampf?»

«Manzanares. Von 2003. Eine Augenweide, wie er den Stier führt. Und auch der Stier ist ein Grosser. Er wird am Ende begnadigt.»

«So was kommt vor?»

«Natürlich. Ein grosser Stier ist des Matadors grösster Freund.»

«Viel Spass euch und guten Appetit.»

«Danke. Bis morgen.»

Heini hatte genau zwei Leidenschaften: gutes Essen und gute Stierkämpfe. Er wurde dafür oft belächelt, manchmal auch beleidigt. Sabina aber gönnte ihm diese Liebe zum Stierkampf. Sie fand daran nichts Verwerfliches. Massenhaltung, Tiertransporte und die abartigen Schlachtungsmethoden quälten ein Tier viel mehr als ein Kampf in der Arena. Zumal die Stiere vor dem Kampf ein fast fürstliches Leben führten. Heini hatte für diese archaische Auseinandersetzung zwischen Mensch und Tier eben einen Sinn, den andere nicht hatten. Er sprach über Stiere und Matadore wie andere über Kunst. Warum sollte sie da mit der Moralkeule kommen?

Sabina schlüpfte in ihren Laufdress und legte die Stirnlampe an. Sie lief die Strasse bergan und bog kurz nach Donat auf einen Feldweg ab, der später in den Wald führte. In ihrem Kopf kreisten die Gedanken. Schien es auch noch so absurd, sie musste sich mit dieser Prophezeiung von Schlorf auseinandersetzen. Und sie musste ihn ausfindig machen. Die Sache war so nah am Wahnsinn, dass man mit einem hochgradig psychopathischen Täter rechnen musste. Das Telefonat mit Schlorfs Tante bestärkte sie nur in dieser Sichtweise. Sie musste Amtshilfe beantragen und nach ihm suchen lassen. Ein Bild hatte er freundlicherweise auf seiner Facebook-Seite hinterlassen.

In ihre Gedanken versunken, war sie bis nach Lohn hochgelaufen. Sie machte ihre Stirnlampe aus, blickte über das nächtliche Schams und dann hinauf zum Himmel. Die Sterne funkelten in voller Pracht. Sabina schaute fassungslos nach oben, so hell und lückenlos war die Milchstrasse. Jahrtausendelang waren diese fernen und doch so nahen Lichter dem Menschen magische Begleiter gewesen. Und heute?

9

«Er verschwindet Mitte März und wohnt für etwa eine Woche im Schwarzwald. Dann packt er einen Rucksack und verabschiedet sich, ich zitiere seine Tante, ‹für den Rest des Sommers in den Wald›. Wer sagt uns, dass er nicht hier irgendwo im Wald sitzt und von dort aus alles plant?», sagte Sabina.

Mochte auch Malfazi die Geschichte mit der Prophezeiung für absurd halten, so teilte er doch die Meinung, dass Schlorf ein Schlüssel zur Lösung des Rätsels sein konnte. Sie mussten eine Fahndung rausgeben.

«Warum hat er Rosenacker das alles erzählt?», fragte Malfazi. «Es war doch klar, dass wir so irgendwann auf seine Fährte kommen würden.»

«Vielleicht will er das ja. Warum sonst die ganzen Botschaften? Vielleicht will er dieses Spiel mit der Polizei treiben. Oder er will, dass wir ihn finden. Erinnerst du dich noch an diese Theorie? Ein Täter, der Botschaften hinterlässt, will tief im Inneren gefasst werden. Er will, dass man ihn befreit von der Last des Verbrechens.»

«Du meinst, er muss die Dinge, die er aus seinem Wörterbuch herausliest, wahnhaft selber ausführen? Und hinterlässt uns die Zeichen, damit wir ihn daran hindern?», sagte Malfazi. Er hasste es, sich in solchen Grenzbereichen der Rationalität zu bewegen. «Wir haben da etwas gefunden, was definitiv mit dem Fall zusammenhängt. Aber wir stochern trotzdem völlig im Nebel.»

«Solange wir Schlorf nicht finden oder eine andere Erklärung für die Wortbotschaften auftaucht, ist das so. Leider», sagte Sabina.

«Und was ist mit diesem Ordner? Wo ist Schlorfs verdammter Ordner?», sagte Malfazi.

«Lass uns das ganze Schloss auf den Kopf stellen und diesen Ordner finden. Wenn wir den haben, kommen wir der Lösung vielleicht näher.»

Sie kamen überein, dass sie Rosenacker um die Erlaubnis bitten würden, sein Schloss zu durchsuchen. So kooperativ, wie er sich bisher verhalten hatte, war mit seiner Unterstützung zu rechnen.

Sabina war schon auf dem Nachhauseweg, als ihr Funkhandy läutete. Es war eine Kollegin von der Streife. Sie stünde hier vor einem Laden in Chur, «Heimatkunst». In der Werkstatt liege eine Leiche.

Sabina beugte sich über Bühler und musste würgen. Sie hielt sich ein Tuch vor die Nase und sah die Wunde am Hinterkopf. Die Haare waren verklebt, auf dem Boden hatte sich eine bräunlich geronnene Lache gebildet. Mittendrin lag eine Steinskulptur. Auch ohne tiefere Fachkenntnisse war ihr klar, dass die Leiche hier schon einige Tage lang lag.

Bühlers Wunde klaffte auf der linken Seite des Hinterkopfs. Um die Leiche und die Blutlache herum lagen Akten und Papiere auf dem Boden. Da hat wohl jemand verhindern wollen, dass wir zu viele Hinweise bekommen, dachte Sabina. Sie vermutete, dass Bühler unmittelbar nachdem er ihr auf den Anrufbeantworter gesprochen hatte, ermordet worden war.

10

Am nächsten Morgen hingen in ganz Chur Fahndungsplakate aus, die Christian Schlorf zeigten. Schlorf war ein junger Mann mit sanften Gesichtszügen und klaren, fast stahlblauen Augen.

Sabina und ihre Kollegen befragten die benachbarten Ladenbesitzer und Anwohner, ob ihnen am Abend vor Himmelfahrt etwas in dem Schmuckladen aufgefallen war, ob sie einen Mann gesehen hatten, auf den Schlorfs Beschreibung zutraf. Die Analyse der Gerichtsmedizin hatte ergeben, dass Bühler am Tag vor Christi Himmelfahrt gegen einundzwanzig Uhr ermordet worden war. Der Täter war vermutlich durch die Hintertür gekommen, die zumeist offen stand. Der Leichnam wies ausser der tödlichen Wunde am Hinterkopf keine Kampfspuren auf. Der Schlag war vermutlich hinterrücks ausgeführt worden, möglicherweise als der Juwelier sich gebückt hatte. Raub war es offenbar nicht gewesen, es fehlten keine Schmuckstücke.

Malfazi betrachtete die Bilder vom Tatort eingehend.

«Da ist einem was zu heiss geworden.»

«Er hätte uns noch weitere Worthinweise auf die nächsten Opfer geben können. Das wollte jemand verhindern», sagte Sabina und nahm ihren Mantel, «ich werde diese ganze Fax-Sache noch mal prüfen. Ich fahr nach Zürich.»

«Jetzt?», fragte Malfazi.

«Jetzt. Bitte halte mich auf dem Laufenden. Und zeig den Nachbarn von Bühlers Laden auch Bilder von Rosenacker und den Bewohnern der Stiftung.»

«Du meinst, die stecken alle mit drin?», fragte Malfazi.

«Wir sollten uns nicht nur auf Schlorf konzentrieren. Diese Morde hat kein Einzelner durchgeführt. Und vergiss den Koch nicht», sagte Sabina im Hinausgehen.

«Yes, Madam», erwiderte Malfazi, nicht ohne klarzumachen, dass noch immer er es war, der die Anweisungen gab.

Die Fahrt nach Zürich dauerte diesmal etwas länger – Sabina hielt sich an alle Tempolimits. Im Park Hyatt empfing sie der glatt gebügelte Hoteldirektor, mit dem sie während der Fahrt telefoniert hatte. Er habe ein Zimmer als Befragungsraum freigeräumt. Sie könne sich mit vier von fünf Mitarbeitern unterhalten, die am besagten Termin im März Dienst an der Rezeption gehabt hatten.

«Was ist mit dem fünften?», fragte sie ohne einen Hauch von Freundlichkeit.

«Die Frau arbeitet seit letzter Woche nicht mehr bei uns und ist dementsprechend nicht mehr so kooperativ.»

Sabina befragte die Angestellten getrennt voneinander. Als Erste betrat eine junge Frau den Raum, blond, mit dünnem Haar und einer schmerzhaft hohen Stimme. Sie versuchte, sich an den Tag zu erinnern, an dem das Fax versandt worden war. Es gelang ihr jedoch nicht, das Zeitrad zielgenau zwei Monate zurückzudrehen. Sie schaute sich das Bild von Schlorf an. Den Mann kenne sie nicht.

Die zweite Frau war über fünfzig und hatte eine rauchige Stimme. Sabina zeigte ihr das Bild von Schlorf.

«Nein. Ich hab ein gutes Menschengedächtnis, aber an den kann ich mich nicht erinnern.»

«Und das Fax?»

«Ich verschicke generell keine Faxe, das machen die Jüngeren.»

Der dritte Angestellte war ein junger Slowake, der mit leichtem Akzent sprach. «Hab ich nie gesehen», sagte er, als sie ihm Schlorfs Bild zeigte.

Auf das Fax angesprochen, konnte er sich nur an einen Vorfall erinnern. «Ich weiss nicht mehr, wann das genau war. Aber einmal kam ein grosser Mann, er sprach kein Wort, er hielt mir nur ein Fax hin. Und machte mit Gesten klar, dass ich es versenden soll. Vielleicht konnte er die Sprache nicht. Ansonsten waren das immer normale Businessleute mit den Faxen. Das merkt man sich nicht.»

«Können Sie den Mann beschreiben?», fragte Sabina.

«Gross, dunkle Augen, dunkle Haare. Irgendwie sonderbar. Aber es war nicht das Aussehen. Er sprach eben nicht. Gar nicht. Nicht mal ein Danke oder ein Bitte. Das war schon auffällig.»

Sabina bedankte sich. Die Beschreibung passte auf niemanden im erweiterten Verdächtigenkreis. Sie bat den Mann trotzdem, auf dem Polizeikommando in Zürich ein Phantombild anfertigen zu lassen.

Der vierte Mann war ein erfahrener, weit gereister Hotelbediensteter.

«Wissen Sie», sagte er, «bei vierhundert Personenkontakten am Tag merkt man sich nicht jedes Gesicht. Da muss jemand schon ausserordentlich charismatisch sein. Und ganz unter uns: Nur weil Leute Geld haben, sind sie das noch lange nicht.»

Schlorf kannte auch er nicht.

Sie wartete, bis der junge Slowake mit den Züricher Kollegen zurückkam. Das Phantombild zeigte einen dunkeläugigen, dunkelhaarigen Mann mit kantigen Gesichtszügen. Sie selbst hatte dieses Gesicht definitiv noch nie gesehen.

Sabina faxte das Bild ans Polizeikommando in Chur und rief Heini an.

«Häng bitte im ganzen Kanton dieses Phantombild auf und sorge dafür, dass es in alle Medien kommt. Das ist der wahrscheinlichste Versender des Faxes an Bühler. Sollte er es nicht sein und jemand dadurch zu Unrecht belastet werden, werden wir es herausfinden.»

«Okay», sagte Heini, «bis du zurückkommst, hängt das in jedem Polizeiposten in Graubünden.»

Um auf Nummer sicher zu gehen, rief Sabina noch die Frau an, die nicht mehr im Hotel arbeitete.

«Ja?», meldete sich eine Frauenstimme mittleren Alters.

«Frau Wintergerst?»

«Ja.»

«Sabina Lindemann von der Kriminalpolizei. Ich habe eine Frage wegen Ihrer Arbeit im Park Hyatt Hotel. Ich würde gerne …»

Die Verbindung wurde unterbrochen; nur noch ein Tuten war zu hören.

Sabina sah auf das Display. *Anruf beendet*, las sie.

Die Frau hatte aufgelegt. Sabina drückte die Wahlwiederholung. *«The person you are calling is temporarily not available»*, sagte die Computerstimme.

Sabina notierte den Namen und die Telefonnummer. Sie würde die Befragung einem Züricher Kollegen überlassen. Vermutlich hatte sich die Frau im Unguten von ihrem Arbeitgeber getrennt und blockte alles ab, was damit zu tun hatte. Der Hoteldirektor bestätigte diese Vermutung.

«Und, was gibt es Neues bei der Polizei?», fragte Marco beim Warmmachen.

«War heute in Zürich. Wir suchen die Mörder der drei Frauen. Es ist schwer.»

«Krasse Sache mit den drei Ladys.»

Sabina startete gut und verpasste ihm einen Kick gegen die Hüfte.

«Ey, haben deine Kollegen dich wieder genervt?»

«Ich hab einfach eine gesunde Grundaggressivität», lachte sie und gab Marco gleich noch eine mit.

Er revanchierte sich mit einem Kick gegen ihre Schulter und zog das Tempo an.

Sie biss sich in den Kampf und liess einen Tritt gegen seine Kniescheibe folgen. Als er aufschrie, vernachlässigte sie kurz ihre Deckung und bekam im Gegenzug seinen Fuss so unglücklich auf die Nase, dass es knackte. Heftig blutend sackte sie in sich zusammen.

«Ach du Scheisse», sagte Marco.

Ins Spital zu gehen lehnte Sabina ab. Sie liess sich ein Taschentuch geben und stopfte je eine Hälfte in jedes Nasenloch. Als die Pfropfen nach zwei Minuten voller Blut waren, steckte sie die nächsten rein, so lange, bis der Blutstrom irgendwann nachliess.

«Ich schmeiss mir daheim was ein und geh morgen zum Arzt», sagte sie und verschwand in der Umkleide.

«Sorry noch mal, das war echt keine Absicht.»

«Wo gehobelt wird, fallen Späne», sagte Sabina und lächelte schief. Dass sie einmal einen solchen Satz sagen würde, hätte sie nicht gedacht.

In der Nacht wechselte sie mehrmals die Pfropfen und warf zwei Paracetamol ein. Um sechs Uhr zog sie einen Trainingsanzug an und verliess das Haus. Bereits um zehn wurde sie im Thusner Spital operiert. Nasenbeinbruch, hatte die Ärztin diagnostiziert. Sabina meldete sich krank und fuhr nach Hause. Es war der Donnerstag vor Pfingsten und der Todestag ihres Vaters.

Lustlos entfachte sie ein Feuer im Kamin und verbrannte sich dabei den Zeigefinger.

«Zefix», fluchte sie und liess sich in ihren brombeerfarbenen Lesesessel fallen. Sie starrte ins Feuer. Zwischen sie und die Flammen schoben sich Erinnerungen. Sie sah sich und ihre Mutter, wie sie beim

Heueinholen gemeinsam auf dem Maiensäss des Onkels sassen. Sie sah Simon, den Nachbarsjungen, mit dem sie im Heu herumtollte. Ihren Vater, der mit dem grossen Wagen aus Deutschland zu Besuch kam. Sah seine Beerdigung. Die Beerdigung der Mutter. Die Leichen der drei toten Frauen auf dem Felsen. Ihre Nase schmerzte. Tränen rannen über ihr Gesicht. Sie fühlte sich wie eine Schnecke ohne Haus.

11

Sabinas Krankmeldung war für Malfazi der Startschuss, um sich selbst aktiver in die Ermittlungen einzubringen. Viel zu lange hatte er ihr die Führung überlassen. Zu lange hatte er nicht daran geglaubt, dass die Wortbotschaften tatsächlich relevant waren. Er hatte mit allem gerechnet, aber nicht mit einem Dreifachmord. Er wusste, dass er jetzt aufarbeiten musste, was er leichtfertig versäumt hatte.

Noch am Freitag veranlasste er die Durchsuchung von Schloss Mondfels. Alfred Rosenacker überliess ihm sämtliche Schlüssel und gewährte ihm Zugang zu allen Räumen. «Sie dürfen davon ausgehen, dass ich diese Verbrechen verabscheue. Wenn ich dazu beitragen kann, sie aufzuklären, tue ich das.»

Malfazi liess sich eine genaue Beschreibung des Ordners geben, den Schlorf verwendet hatte. Er instruierte seine Leute, vor allem danach zu suchen, grundsätzlich aber nach auffälligen Gegenständen, die mit der Planung der Verbrechen zu tun haben könnten.

Die Polizisten durchkämmten sämtliche Wohn- und Kellerräume. Ergebnislos. Dann konzentrierten sie sich auf das Zimmer, in dem Schlorf gewohnt hatte.

«Seine Kammer war direkt unter dem Dach», sagte Rosenacker. «Sie steht seither leer. Neben der Kammer ist der Dachboden. Und ein kleines Bad. Sehen Sie sich gerne überall um.»

Malfazi und sein Team gingen gründlich vor. Sie drehten sämtliche Möbel in Schlorfs Kammer um, lüfteten die Matratze, nahmen den Boden des Schranks heraus, sahen unter dem Teppich nach. Nichts. Auch im Bad war nichts zu finden. Malfazi hatte die Anweisung gegeben, Haare und andere DNA-taugliche Spuren zu sichern, doch die Putzfrau hatte ganze Arbeit geleistet.

Blieb noch der Dachboden. Malfazi nahm den Haken und zog die knirschende Klappleiter von der Decke zu sich herunter. Zusammen mit drei Kollegen kletterte er hinauf. Neben alten Dachziegeln und Zementsäcken wurden hier Möbel, Stühle, ja sogar zerrissene Ölbilder, alte Rahmen, ein Klavier und ein alter Kontrabass gelagert.

«Ich will, dass wir diesen Ordner finden. Vielleicht ist er irgendwo hier.» Malfazi war noch lange nicht so weit, die Suche abzubrechen.

Die Polizisten schoben Möbel hin und her und hoben schwere Bilderrahmen zur Seite. Hinter einem alten Eichenschrank stand eine riesige dunkle Standuhr mit goldenem Zifferblatt.

«Schau mal in den Uhrenkasten, da versteckt sich die Geiss im Märchen», sagte Malfazi. Der Kollege öffnete den Uhrenkasten und lachte. Auf dem Boden der Uhr lag ein schwarzer Ordner. Er nahm ihn heraus, klappte ihn auf und rief: «Bingo – die Märchenstunde beginnt!»

Malfazi stürzte sich auf den Ordner wie ein Löwe auf ein Stück Fleisch. Hier waren sie, Schlorfs Aufzeichnungen, seine Experimente mit dem Wörterbuch, und wie sich schnell herausstellte, auch diverse Aufzeichnungen, die mit den Morden zusammenhingen: Kopien von Landkarten, Hinweise auf mögliche Tatorte, sogar Initialen der Opfer. Malfazi triumphierte innerlich. Das war der Durchbruch. Und er war derjenige, der die entscheidende Durchsuchung geleitet hatte.

Malfazi brachte den Ordner zur erkennungsdienstlichen Untersuchung und liess einen identischen Ordner mit Kopien anlegen. Er schloss die Tür seines Büros und vertiefte sich in die Aufzeichnungen.

Etliche Blätter enthielten je eine Frage und dazu je sieben Worte als Antwort. Teilweise einfache Wörter wie «Wasser» oder «Wind», teilweise zusammengesetzte wie «Feuertaufe» oder «Blumenmeer». Viel interessanter aber war der hintere Teil des Ordners. Hier fanden sich Unterlagen über die Felsen von Carschenna. Ferner Bilder der Burg Hohen Rätien, eine Schrift über die Kirche in Zillis, Kopien aus einem Buch über Felszeichnungen oberhalb von Savognin. Die Kopie eines Artikels über Höhlen in Graubünden. Und ein Blatt, auf dem Termine standen: der Tag, an dem Katharina Jakobs verschwunden war, Ostern, Himmelfahrt, Pfingsten, Fronleichnam und, dick eingekreist, der 15. Juni, mit dem Verweis «Mondfinsternis».

Mehrere Klarsichtfolien waren allerdings leer. Hier hatte Schlorf offenbar Material entfernt. Ausserdem fehlten bei manchen Blättern Teile, die anscheinend abgerissen worden waren. So fand sich ein Blatt, auf dem die Initialen «KJ» standen, dazu der Vermerk «Linie 541, Post Zillis», ferner die Initialen «IG» und der Vermerk «Andeer». Der grosse Rest des Blattes und vermutlich auch etliche andere Blätter fehlten – möglicherweise mit Notizen zu anderen Opfern.

Malfazi lehnte sich in seinem Stuhl zurück. Schlorf hatte die Morde geplant, so viel schien sicher. Aber hatte er sie auch ausgeführt, und wenn ja, hatte er es allein getan? Oder hatten auch andere Bewohner des Schlosses etwas damit zu tun? Er musste dringend mehr über sie erfahren.

Malfazi setzte einen Kollegen auf die Biografie von Jean Redolfi an, liess ein Dossier über Matthew Sanderson anlegen und gab Recherchen zu Rúna Hauksdóttir in Auftrag. Die Kollegen aus Thusis sollten ein Dossier über Alfred Rosenacker anlegen. Schloss Mondfels war der Schlüssel zu den Morden, da war sich Malfazi sicher.

12

Am schnellsten bekam Malfazi die Informationen über Redolfi. Dank der Hilfe französischer Kollegen erfuhr er, dass ein Jean Redolfi im Alter von achtundvierzig Jahren in Burgund gemeldet war. Wie die Recherchen ergaben, arbeitete er als freier Berater für die naturora AG in Dijon. Er war nicht verheiratet, hatte keine Kinder, war nicht Mitglied in einer Kirche, nicht vorbestraft, nicht aktenkundig.

Auf der Internetseite der naturora fand Malfazi die Geschäftsfelder des Unternehmens: der Anbau von Heilkräutern und die Herstellung naturheilkundlicher Medikamente. Redolfis Forschungen über die Heilwirkung von Musik waren also halbwegs plausibel. Malfazi rief bei dem Unternehmen an und bat um Auskunft über einen der Berater. Nach vielen Nachfragen und einer Verifizierung als Polizist per E-Mail wurde er zum Leiter der Forschungsabteilung durchgestellt. Der Mann schilderte Redolfi als sehr integren, kompetenten Geschäftspartner, der nie durch negatives Verhalten auffällig geworden sei. Malfazi fragte nach, ob Redolfi im Moment über die Heilwirkung von Musik forsche. Ja, das sei korrekt, bestätigte der Mann. Aber er könne ihm keine weiteren Informationen geben.

Die Recherchen zu Matthew Sanderson gestalteten sich schwieriger, da die Zusammenarbeit mit australischen Behörden nicht zum Standardprozedere im internationalen Austausch gehörte. Nur sehr langsam tröpfelten ein paar Informationen herein. Immerhin erreichte Malfazi einen englischen Forscherkollegen, der sich ebenfalls mit der Symbolik von Felszeichnungen beschäftigte. Dieser skizzierte ein äusserst positives Bild von Matthew Sanderson. Lobte dessen Kollegialität, seine menschlichen Stärken, seinen Humor. An keiner Wirkungsstätte sei der Mann negativ aufgefallen.

Am wenigsten war über Rúna Hauksdóttir herauszufinden. So vergeistigt, wie sie wirkte, schwebte sie offenbar über die Erde und hinterliess nirgends Fussspuren.

***

Sabina schleppte sich von der Küche ins Wohnzimmer und kauerte sich aufs Sofa. Es war lange her, dass sie sich so matt gefühlt hatte. Ihre Schiene störte sie kaum, die Nase war sicher bald wiederhergestellt. Die Antriebslosigkeit steckte tiefer. Die Trauer über den Tod ihrer Eltern kam noch einmal hervor. Sie fühlte einen Weltschmerz, den sie längst überwunden geglaubt hatte.

Am Nachmittag rief Malfazi an und erkundigte sich nach ihrem Befinden. Sie hatte gedöst und brauchte einen Moment, bis sie bei klarem Verstand war.

«Deine These, dass die Mörder an Pfingsten wieder zuschlagen, scheint sich zu bestätigen. Wir haben den Ordner von Schlorf gefunden, darin ist Pfingsten vermerkt.»

«Wo habt ihr ihn gefunden?», fragte Sabina.

«Auf dem Dachboden, in einer alten Standuhr.»

«Und, steht noch mehr drin?», fragte Sabina.

«Vier Orte: Carschenna, die Burg Hohen Rätien, die Felszeichnungen bei Savognin und die Kirche von Zillis», sagte Malfazi.

«Das bedeutet, du lässt diese Orte über Pfingsten überwachen?»

«Davon kannst du ausgehen.»

«Gibt es neue Vermisste?»

«Nein, aber genau darüber zerbreche ich mir die ganze Zeit den Kopf», sagte Malfazi. «Wir überprüfen alles, was irgendwie verdächtig ist. Aber es gibt noch keine Spur.»

«Dann hoffen wir, dass wir diesmal vor Ort sind, bevor es wieder Tote gibt.»

«Wir haben das Spital in Davos informiert und sämtliche weiblichen Bediensteten, die Sternzeichen Stier sind, persönlich gewarnt. Dazu wurden die Streifenfahrten vor Ort massiv erhöht. Leider haben wir ausser den Worten *Spital* und *Zauberberg* keine weiteren Hinweise. Die Opfer können praktisch aus dem ganzen Kanton oder von sonst woher kommen. Es ist schwierig, das einzugrenzen. Wir haben viele Warnungen an Frauen ausgesprochen, die im Schams geboren sind und ins Raster passen. Aber wir können nicht über die Medien gehen, sonst bricht eine heillose Panik aus.»

«Das verstehe ich», sagte Sabina.

«Wann kann ich wieder mit dir rechnen?»

«Gib mir zwei, drei Tage Pause. Nach Pfingsten bin ich wieder da.»

«Okay, Sabina, dann werd wieder fit. Und drück uns die Daumen.»

«Mach ich. Ciao, Claudio.»

Sabina legte auf und ging sofort wieder unter die Decke. Sie fühlte sich alles andere als gut.

***

«Der Widerspenstige ist dem Herrn ein Gräuel. Stell dich hin. Halte still. Still.» Seine kalten Hände von hinten. Am Rücken wird es warm und nass. Dann das Handtuch. «Geh jetzt. Geh. Zieh dich an. Und schweig, sonst bist du des Teufels. Schweig, sonst brennst du in der Hölle wie deine Eltern. Zieh dich an und geh. Und schweig. Schweig.»

Sein Gesicht war hart, seine Lippen zusammengepresst. Wenn die Nacht vorbei war, war der Tag für die nächsten drei Opfer gekommen. Jeder der Mitbrüder hatte seine Instruktionen erhalten. Jeder wusste, was er zu tun hatte. Alle drei Frauen würden alleine von der Kirche nach Hause gehen. Alle nah beim Wald. Und dann plötzlich. Niemand würde etwas bemerken. Würde jeder seinen Stier bändigen. In der Nacht würden sie die Frauen nach oben bringen. Sie würden drei Wagen stehlen und die Opfer danach umladen in einen vierten. Am Morgen musste auch die Botschaft ankommen. Die christlichen Würdenträger sollten die Bilder sehen. Und die Angst spüren. Er hatte alles in die Wege geleitet. Noch vor der Messe würde die Botschaft beim Bischof eintreffen. Es war so weit.

***

In der Nacht auf Pfingsten zog Claudio Malfazi über fünfzig Polizisten der Kantonspolizei zu einem Sondereinsatz zusammen. Mit Nachtsichtgeräten überwachten sie die vier Orte, die er in Schlorfs Ordner gefunden hatte: die Felsen von Carschenna, die Burg Hohen Rätien, die Felszeichnungen bei Savognin und die uralte Kirche St. Martin in Zillis. Sollte an diesen Orten irgendetwas vorfallen, wäre Malfazi sofort dort. Darüber hinaus zeigte die Polizei enorme Präsenz auf Strassen und öffentlichen Plätzen. Doch nichts geschah.

Teil 3

«Nun kommt das Ende über dich.
Denn ich will meinen Zorn über dich senden
und will dich richten, wie du verdient hast,
und will alle deine Gräuel über dich bringen.»
Hesekiel 7,3

1

Als Gianna Zaccari am Morgen des Pfingstsonntags in ihr Büro im bischöflichen Schloss kam, wollte sie noch einmal die E-Mails abrufen, die an den Bischof von Chur geschickt worden waren. Ihre Vertreterin sollte ein rundum aufgeräumtes Büro vorfinden, wenn sie im Urlaub war. Neben kircheninternen Mitteilungen fiel ihr eine Mail mit dem Betreff «Sacrificium» auf. Sie enthielt nichts als einen Link. Gianna Zaccari hatte die Anweisung, unsinnige Mails zu entfernen und nicht an den Bischof weiterzuleiten. Daher klickte sie den Link an, um zu prüfen, was er enthielt.

Das Video, das sie sah, sollte sie nie mehr vergessen.

Eine Frau. Nackt. Eine Art Priester. Ein rotes Gewand. Ein Messer. Zwischen ihren Beinen. Das Blut fliesst. In einen Kelch. Ein anderer Mann. Er hält den Kelch. An den Wänden Fackeln. Ein Altar. Noch eine Frau. Sie schreit nicht einmal. Das Blut. Ein Felsen. Symbolhafte Kreise. Drei Frauen. Nackt. Tot. Wie Gekreuzigte. Die Arme ausgestreckt. Die Augen tot. Der Nebel. Schwärze.

Gianna Zaccari verstand die lateinische Botschaft nicht, die sie gehört hatte. Aber sie hatte die Bilder verstanden. Bis zur Pfingstmesse war es noch etwa eine Stunde. Genug Zeit, um den Generalvikar zu informieren.

«Kommen Sie schnell in mein Büro, bitte», flehte sie ihn an und legte mit zitternder Hand den Hörer auf. Fünf Minuten später war der Generalvikar bei ihr.

Stumm wies sie auf den Bildschirm.

Der Generalvikar klickte auf den Link und sah die Bilder. Seine Augen weiteten sich, sein Gesicht versteinerte. Er erkannte die Felsen von Carschenna. Auch konnte er den lateinischen Text dekodieren, den eine tiefe Männerstimme sprach. Mehrmals liess er das Video ablaufen und notierte sich die Worte auf einem Zettel. Dann hatte er den ganzen Text übersetzt:

Eure Kirchen werden leer sein und verfallen,
wie unsere Heiligtümer verfallen sind.
An sieben Orten in sieben Jahren

wird das Blut des Stiers vergossen werden.
Und ihr werdet die Angst ernten, die ihr damals gesät habt.
Es wird die treffen, die das Kreuz tragen
und deren Ahnen sich im Namen Eures Heilands versündigt haben.
Im Schatten der Schlucht beginnt das Sühnen,
und es wird nicht enden, bis das Schwert der Gerechtigkeit ruht.

Noch vor der Messe informierte der Generalvikar den Bischof. Der oberste Geistliche hatte bereits das Messgewand angelegt und war ausser sich ob der Störung so kurz vor der Pfingstmesse. Als er das Video gesehen hatte, entschuldigte er sich für seine Schelte.

«Ich werde es umgehend an den Vatikan weiterleiten. Und natürlich an die Polizei.»

Keiner der Anwesenden zweifelte daran, dass die Botschaft ernst zu nehmen war. Die Bilder zeigten keine gespielte Inszenierung, sie zeigten die Morde an den drei Frauen, die an Christi Himmelfahrt auf den Felsen von Carschenna gefunden worden waren. Diese Botschaft war eine Drohung gegen die Gesamtheit der christlichen Kirchen.

Das Licht durchdrang die bunten Kirchenfenster und malte farbenfrohe Muster auf den Boden. *«Veni, Sancte Spiritus. Et emitte caelitus. Lucis tuae radium»*, erhob der Bischof seine Stimme, nachdem die Orgel verebbt war. Dann verstummte er und senkte die Arme. Ein kaum merkliches Raunen ging durch die Kathedrale. Die Gemeinde schwieg gespannt. Alle Blicke waren auf den Bischof gerichtet.

«Veni, Sancte Spiritus. Et emitte caelitus. Lucis tuae radium», sang er noch einmal und hob erneut die Arme, doch die Worte der Pfingstsequenz wollten nicht über seine Lippen kommen. Die Menschen räusperten sich, Messdiener sahen sich fragend an, der Organist scharrte nervös mit den Füssen.

«Veni, Sancte Spiritus. Et emitte caelitus. Lucis tuae radium», setzte der Bischof ein drittes Mal an, und diesmal fand er, die Arme flehend zum Himmel gewandt, seine Worte wieder. *«Veni, pater pauperum, veni, dator munerum, veni, lumen cordium»*, fuhr er fort und sprach die zehn Verse, mit denen er um das Kommen des Heiligen Geistes bat. *«Da virtutis meritum, da salutis exitum, da perenne gaudium»*, endete er und öffnete seine tränenerfüllten Augen, bevor die Orgel einsetzte.

Noch lange danach unterhielten sich die Churer Katholiken über diesen Vorfall.

***

Sie fühlte sich so leicht und beschwingt, als ob der Heilige Geist sie durchströmt hätte. Die Schmetterlinge flatterten im Sonnenschein, und der Duft der Wiesen kündete davon, dass es endlich Sommer wurde. «Tut Gutes euren Nächsten», hatte der Pfarrer in seiner Pfingstpredigt gesagt, und das wollte sie gleich umsetzen. Sie lief zur kleinen Kapelle St. Sebastian, die auf dem Weg zur Grossmutter lag. Im Wald war es schattig, sie knöpfte ihre Jacke zu. Leise betrat sie die Kapelle und kniete nieder.

«Lieber Gott, bitte mach, dass es der Oma wieder gut geht und sie noch lange lebt», betete sie und zündete eine Kerze an.

Patricia betete jeden Tag und engagierte sich auch in der Jugendgruppe von Laax. Das Beten war für sie eine Selbstverständlichkeit. Die Oma tat es, die Tante tat es, der Papa, die Mama, der Jürg und die Ursina. Sie bekreuzigte sich. Dann rannte sie hinaus in den Wald und hinauf nach Falera. Auf den Wiesen oberhalb des Waldes pflückte sie ein paar Blumen. Das Summen und Surren der Insekten tönte wie ein Singen in ihren Ohren. Sicher würde sich die Grossmutter sehr über den Pfingstgruss von den Bergwiesen freuen. Sie mochte doch die Blumen so gerne.

Als Patricia die kleine Brücke über den Bach passierte, hörte sie eine männliche Stimme in ihrem Rücken, die ihr etwas zurief. Sie blieb stehen und wartete, bis der Mann bei ihr war.

«Du», sagte er, «kannst du mir helfen?»

«Was ist denn?», fragte sie. Die Mutter hatte ihr neulich noch einmal eingeschärft, sie dürfe auf keinen Fall mit fremden Männern oder Burschen mitgehen.

«Da unten liegt ein Reh am Waldrand, das hat sich ein Beinchen gebrochen. Ob du kurz warten kannst, bis ich Hilfe geholt habe?»

«Och, das Arme», sagte Patricia. «Ja, ich komm mit.»

Als sie am Waldrand angekommen waren, fragte sie, wo das Reh sei.

«Da, hinter dem Wagen», sagte der Mann. Patricia ging hinter den weissen Kastenwagen, aber da war kein Reh.

Als sie wieder nach vorne kam, hielt ihr der Mann ein Tuch vor die Nase, packte sie grob und zerrte sie auf die Ladefläche. Der Blumenstrauss blieb am Waldrand liegen. Weiter oben im Dorf schlugen die Kirchenglocken zwölf Uhr. Die Grossmutter wartete mit dem Mittagessen.

2

Noch am Pfingstsonntag gingen die Vermisstenmeldungen bei den Polizeiposten in Vals, Davos und Laax ein. Zwar waren alle Regionalposten zur besonderen Wachsamkeit aufgerufen und viele potenzielle Opfer gewarnt worden, eine generelle Warnung an die Bevölkerung aber hatte es nicht gegeben. Lediglich in Davos hatte die Polizei eine lokale Warnung an die Bediensteten des Krankenhauses herausgegeben. Vergebens, wie sich jetzt herausstellte, denn es traf eine Krankenschwester, die sich seit Längerem im Krankenstand befand und daher nicht auf der potenziellen Opferliste aufgetaucht war.

Seit Sonntag herrschte traurige Gewissheit. Drei junge Frauen waren nicht vom Pfingstgottesdienst nach Hause gekommen und galten als vermisst. Eine davon war noch ein Mädchen, gerade fünfzehn Jahre alt. Ermittlungen bei den Verwandten ergaben, dass die drei Vermissten alle Vorfahren im Schams hatten und im Sternzeichen des Stiers geboren waren. Die Polizei hatte viele potenzielle Opfer gewarnt und auch Frauen benachrichtigt, die gar nicht mehr im Schams wohnten. Über mehr als eine Generation hinweg aber hatte niemand die Herkunft und Verwandtschaftsbeziehungen überprüft.

***

Es war der Dienstag nach Pfingsten. Sabina hatte ihren Tiefpunkt überwunden und liess sich über alles informieren, was vorgefallen war. Sie sass in ihrem Büro, vor ihr lag ein Strafzettel, den sie sich an Himmelfahrt auf der Fahrt von Zürich nach Carschenna eingehandelt hatte. Sie würde Einspruch einlegen, es war eine Dienstfahrt gewesen.

Aufmerksam sah sie sich die Fotos der verschwundenen Frauen an: Patricia Salis aus Laax, eine Schülerin. Die im Moment freigestellte Krankenschwester Alexandra Vinzens aus Davos und die Bäuerin Manuela Pitschen aus Vals. Es wunderte sie nicht, dass zunächst keine weiteren Wortbotschaften gefunden wurden. Bühler hatte ihr erzählt, dass die Schmuckstücke, die er angefertigt hatte, ein Ring, eine Fusskette, ein Armreif und ein Amulett gewesen waren. Man durfte davon ausgehen, dass die Gegenstände erst an den Vermissten wieder auftauchen würden. Und man durfte ebenfalls davon ausgehen, dass es noch eine siebte Entführung geben würde. Da die letzten drei Vermissten fast gleichzeitig entführt worden waren, war mithin auch sicher, dass es sich bei den Tätern um eine Gruppe handeln musste. Mindestens drei Menschen mussten an den Entführungen beteiligt gewesen sein.

Nachdem sie sich das Video der Opferungen angesehen hatte, wurde Sabina klar, dass der Druck nun noch mehr zunehmen würde. Die Frage, die höchste politische Funktionäre und Kirchenvertreter beider Konfessionen bis in den Vatikan umtrieb, war: Wer bedrohte auf so bestialische Weise die christlichen Kirchen?

Für Malfazi hatte die Suche nach den verschwundenen Frauen oberste Priorität. Es wurden Fahndungsplakate herausgegeben, sämtliche Medien beteiligten sich an der Suche. Dass eines der entführten Mädchen erst fünfzehn Jahre alt war, trieb die Empörung und die Angst in der Bevölkerung auf die Spitze. Ein zwölfköpfiges Sonderteam unter Malfazis Führung beschäftigte sich mit Hinweisen aus den Gemeinden und wertete jede noch so kleine Spur aus. Sabina verschaffte sich ein wenig Freiraum, um in Nischen der Ermittlungsarbeit zu schlüpfen. Sie hatte den Zeitpunkt für die nächsten Morde im Visier: das christliche Fest Fronleichnam und die Mondfinsternis Mitte Juni, wenn der Mond im Sternzeichen des Stiers stand. Eventuell auch die Mittsommernacht am 21. Juni. An einem dieser Tage, da war sie sich sicher, würden die Täter zuschlagen. Die Frage war nur: wo?

Ausgerechnet jetzt, da sie plötzlich im Mittelpunkt des öffentlichen Interesses stand, trug sie diese bescheuerte Nasenschiene. Sie zog sich bewusst in ihr Büro zurück. Immer wieder schaute sie die Videobotschaft an, die ihnen das Bistum Chur übersandt hatte.

Eure Kirchen werden leer sein und verfallen,
wie unsere Heiligtümer verfallen sind.
An sieben Orten in sieben Jahren
wird das Blut des Stiers vergossen werden.
Und ihr werdet die Angst ernten, die ihr damals gesät habt.

Offenbar sollten die Morde nur der Auftakt zu einer siebenjährigen Schreckensperiode sein, in der jedes Jahr neue Opfer zu erwarten waren.

Es wird die treffen, die das Kreuz tragen
und deren Ahnen sich im Namen Eures Heilands versündigt haben.

Die Gegend um Zillis schienen die Täter nicht willkürlich gewählt zu haben. Hier hatte man das Skelett eines etwa dreissig Jahre alten Mithraspriesters gefunden, der vermutlich im 5. Jahrhundert Opfer der Christianisierung des Schams geworden war. Gepfählt. Von den Christen, die wenige Meter entfernt ihre Kirche errichtet hatten. Ernteten die Gläubigen von heute eine dunkle Saat, die vor tausendsechshundert Jahren von ihren Ahnen ausgebracht worden war? Hier war wieder das Motiv, über das sie mit Heini gesprochen hatte: Saat und Ernte. Erhob sich da jemand zum Richter über Geschehnisse, die viele Jahrhunderte zurücklagen? War das Morden eine Art Erbrache?

Im Schatten der Schlucht beginnt das Sühnen
und es wird nicht enden, bis das Schwert der Gerechtigkeit ruht.

Das war eindeutig ein Hinweis auf die Viamala-Schlucht und eine Ankündigung weiterer Morde.

Gegen elf Uhr stürmte Malfazi ins Büro.

«Wir haben einen weissen Kastenwagen, der am Samstag gestohlen wurde, auf einem Parkplatz bei der Alp Flix», sagte er. «Ich fahre mit einem Einsatztrupp hoch und durchkämme die Gegend, kommst du mit?»

«Bin dabei», sagte Sabina und legte ihre Waffe an.

Sie verliessen das Polizeikommando und stiegen in einen BMW. Gefolgt von zwei Einsatzbussen mit schwer bewaffneten Kollegen und sechs Spürhunden fuhren sie Richtung Oberhalbstein.

Die Alp Flix befand sich oberhalb von Sur in der Gegend um Savognin. Knapp zweitausend Meter über dem Meer gelegen, erstreckte sich hier eine traumhafte Hochebene, die dank ihres weiten Horizonts ein wenig an mongolische oder tibetische Hochflächen erinnerte.

Der weisse Kastenwagen stand allein am Wegesrand. Zur Alp Flix und den benachbarten Häusern waren es nur einige hundert Meter. Die Polizisten öffneten den Kleintransporter und untersuchten die Ladefläche. Die Hunde schlugen auf die Kleidung der entführten Patricia Salis an. Es war zweifelsohne der Wagen, mit dem die Fünfzehnjährige entführt worden war. Der Lieferwagen war am Wochenende auf dem Parkplatz eines Laaxer Handwerksbetriebs gestohlen worden.

Malfazi studierte eine Karte der Gegend und koordinierte die Einsatzkräfte.

«Wir nehmen uns zunächst die Alp vor, dann sämtliche Häuser drum herum und alle Behausungen auf der Höhe zwischen Rona und Marmorera. Ich fordere Unterstützung an, damit wir Höhlen ausfindig machen, falls es welche gibt. Trupp eins geht mit mir und Sabina Richtung Norden, Trupp zwei nach Süden. Die Hunde sind unsere beste Chance. Wenn sie anschlagen, führen sie uns zum Ziel.»

Die Hunde schlugen nicht noch einmal an. Die Wahrscheinlichkeit, dass ein oder mehrere Opfer irgendwo auf der Hochebene versteckt waren, sank somit drastisch. In weniger als drei Stunden hatten die Polizisten sämtliche Häuser rund um die Alp Flix durchsucht. Die Hunde schnüffelten an den Kleidungsstücken aller vermissten Frauen, fanden aber keine Spur. Über Funk erhielt Malfazi die Nachricht, dass auf einem Parkplatz bei Vals ein weiteres seit Sonntag gestohlenes Fahrzeug entdeckt worden war. Die Kollegen aus der Surselva hatten den Wagen und die nähere Umgebung bereits untersucht. Auch hier kein Hinweis auf den Verbleib der Frauen. Um vierzehn Uhr dreissig brach Malfazi den Einsatz ab.

«Scheisse», fluchte er und setzte sich, den Blick auf die gegenüberliegenden Gipfel gerichtet, ins Gras.

«Die haben die Fahrzeuge nur abgestellt, um uns ein bisschen zu beschäftigen, und sind mit einem anderen Wagen zu ihrem Versteck gefahren. Da haben wir wenig Chancen», sagte Sabina.

«Wir lassen auf jeden Fall sämtliche Wagenspuren untersuchen, die hier hochführen», sagte Malfazi. «Und dasselbe machen wir auf dem Parkplatz bei Vals.»

«Klar», sagte Sabina und informierte Beeli und die Spurensicherung. Malfazi telefonierte mit den Kollegen in der Surselva.

«Nach jetzigem Ermittlungsstand hat niemand die Täter beim Umladen der Entführten beobachtet», sagte Malfazi. «Wir müssen das auf jeden Fall noch mal publik machen. Alle Beobachtungen hier oben und an dem Parkplatz bei Vals können uns weiterbringen.»

«Ich kümmer mich drum», sagte Sabina. «Heini und Hemmi sollen die Pressemeldung vorbereiten.»

«Wir sind immer einen Schritt zu spät», sagte Malfazi und riss ein Büschel Gras aus, «die führen uns an der Nase rum. Die Rückverfolgung der Videobotschaft hat auch nichts ergeben. Das Video wurde von einem Server aus Russland versandt, der vermutlich über Strohmänner angeheuert wurde. Die Schweine hinterlassen keine verwertbaren Spuren ausser denen, die sie uns schenken.»

«Allmachtsphantasien», sagte Sabina.

«Wenn es nur Phantasien wären», sagte Malfazi. «Die sind uns ja tatsächlich überlegen. Und dann wissen wir auch noch, dass die Geschichte irgendetwas mit Schloss Mondfels zu tun hat. Aber alle haben Alibis. Niemand hat die Schlossmauern an Pfingsten verlassen. Und dieser Schlorf, der offensichtlich alles plant, ist ein Phantom. Das kotzt mich alles so an.»

«Es wird langsam eng», sagte Sabina. «Wenn wir nicht bald was vorweisen können, zerlegt uns die Presse.»

«Nicht nur die», sagte Malfazi. «Was meinst du, wie mir der Chef im Nacken sitzt.»

«Ich fahr noch mal ins Schloss», sagte Sabina, «Rosenacker muss mithelfen. Mag auch irgendwas mit den Schlossgästen nicht stimmen, er ist unser Vertrauensmann. Er hat nichts damit zu tun, da bin ich mir sicher.»

«Okay, halte mich auf dem Laufenden», sagte Malfazi. «Du kannst den Wagen nehmen, ich fahr mit den Jungs im Bus zurück.»

Noch bevor Malfazi den Rückweg antrat, erhielt er einen Funkspruch, dass ein dritter gestohlener Wagen in der Nähe von Davos gefunden worden war.

Rosenacker bat Sabina in die Bibliothek und erkundigte sich, den Blick auf ihre Nase gerichtet, nach ihrem Befinden. Sie blockte seine Neugierde ab und kam sofort zur Sache.

«Für uns ist Schlorf ganz klar derjenige, der die Taten geplant hat, aber es ist auch klar, dass er die Verbrechen nicht alleine begangen haben kann. Bitte erinnern Sie sich: Was genau hat er damals gesagt, bevor er abreiste?»

Rosenacker schien sich den früheren Stiftungsgast noch einmal vor Augen zu führen. Schliesslich schüttelte er den Kopf.

«Der ist ein Geistmensch», sagte er, «nein, ich kann mir das einfach nicht vorstellen. Schlorf hat gesagt, hier würden schreckliche Dinge geschehen. Er könne nicht bleiben. Warum sollte er sich verraten? Warum sollte er mir vorher erzählen, was er hier anrichten wird?»

«Weil er darunter leidet. Weil er diesem Wörterwahn verfallen ist. Er will Hilfe.»

«Das kam mir nicht so vor. Er wollte sich zurückziehen in den Wald. Er wollte irgendwie zurechtkommen mit dieser Gabe, die er hat. Und da schien ihm ein Ort abseits von Menschen am geeignetsten.»

«Hat er je erwähnt, wohin genau er will? In welchen Wald?», fragte Sabina.

«Nein. Er sagte, er würde in den Wald gehen. Mehr nicht.»

«Was ist mit Ihren anderen Gästen? Sanderson? Redolfi? Die Isländerin?»

«Was soll mit ihnen sein?»

«Ist Ihnen an Pfingsten etwas aufgefallen?»

«Nein, wir haben alle zusammen Mittag gegessen: Matthew, Jean, Rúna und ich. Oskar war auch dabei und hat mitgegessen.»

«Das heisst, alle haben für die Tatzeit ein Alibi?»

«Ja, das haben Ihre Kollegen doch schon am Montag überprüft.»

«Ich weiss. Und Sie sind sicher, dass sich nicht doch einer rausgeschlichen hat?»

«Sie glauben mir wohl nicht mehr?»

«Doch. Wir haben das Schloss ja auch unter ständiger Beobachtung. Es gab tatsächlich keine Personenbewegungen. Könnte es sein, dass man noch irgendwie anders rauskommt?»

«Mir ist kein Geheimgang bekannt», sagte Rosenacker.

«Sie halten es also für ausgeschlossen, dass einer Ihrer Gäste etwas mit den Verbrechen zu tun hat?»

«Ich kann in die Leute nicht reinschauen, aber es würde mich mehr als überraschen.»

«Und was ist mit dem Personal? Der Koch?»

«Oskar?», lachte Rosenacker. «Für den lege ich meine Hand ins Feuer.»

«Und die Putzfrau?», fragte Sabina. «Wie oft ist sie da? Und wo kommt sie her?»

«Aus dem Osten, Russland oder Ukraine. Sie kommt einmal die Woche. Aber sie ist schon lange da, und es ist mir nie irgendetwas Merkwürdiges an ihr aufgefallen.»

«Ich werde sie trotzdem überprüfen lassen.» Sabina sah Rosenacker an. «Bleiben eigentlich nur noch Sie.»

«Bitte, durchleuchten Sie mich», sagte Rosenacker. «Es ist ja Ihre Pflicht.»

«Nein. Sie haben nichts damit zu tun. Wir haben Sie schon ausführlich überprüft. Und man hat schon auch ein Gefühl.»

Auf dem Tisch lag ein Buch. «Die Brüder Karamasow» von Dostojewski.

«Lesen Sie das gerade?», fragte Sabina, als sie aufstand.

«Ja.»

«So viel Zeit hätte ich auch gerne», sagte sie. «Ich bin froh, wenn ich mal einen normalen Roman schaffe.»

Rosenacker brachte sie zur Tür und verabschiedete sie. Sabina spürte seinen Blick auf ihrem Hintern. Er also auch, dachte sie und drehte sich noch einmal um. Er stand in der Tür und winkte.

Sabina beschloss, sich ein bisschen im Volk umzuhören. Das Gasthaus Gemsli in Flerden schien ihr ein gut geeigneter Ort dafür zu sein. Sie bog auf die grosse Heinzenbergstrasse ein und fuhr bergwärts. In der ersten Kehre nach dem Flerdener Ortsschild fuhr sie seitlich ran und parkte.

Das Gemsli war eine von aussen recht schmucklose Bauernwirtschaft mit hervorragender regionaler Küche und einem gemütlichen Gastraum. Hier sassen die Bauern aus dem Dorf bei Most, Bier und Wein zum Kartenspielen. Sabina grüsste und setzte sich. Zwei Tische weiter spielten vier Männer Jassen. Ein fünfter sass am Nebentisch bei einem Viertel Rotwein und liess sich seine Pizokel schmecken. Nicht uninteressiert folgten seine vom grauen Star getrübten Augen der jungen Frau, die sich eine kleine Portion Capuns und einen Most bestellte.

«Grüezi wohl», grüsste Sabina noch einmal, «und guten Appetit.»

«Danke», sagte der Mann und blinzelte ihr zu, «aber es vergeht einem ja der Appetit, bei dem, was zurzeit passiert.»

Sabina nahm den Ball gerne auf. «Sie meinen die Morde?»

«Und jetzt haben sie schon wieder drei Frauen entführt, ein Mädchen ist die eine noch. Ein junges Mädchen.»

«Das ist schlimm, ja», sagte Sabina.

«Es ist ja auch kein Wunder», schimpfte der Mann, «wenn man die ganze Welt bei sich einlässt.»

«Sie meinen, das waren Ausländer?», fragte Sabina.

«Ha, bei uns hat es seit hundert Jahren keine solchen Morde gegeben. Und ich muss es wissen, bin seit achtundachtzig Jahren hier.»

«Ja, und wer soll das gemacht haben?»

«Na, die Muslime», mischte sich einer der Kartenspieler vom Nebentisch ein. «Jetzt ermorden sie unsere Frauen, weil sie keine Moscheen bauen dürfen.»

«Haben Sie jemanden konkret im Verdacht?», fragte Sabina und bereute es sofort. Sie musste aufpassen, nicht zu offensichtlich ermittlerische Fragen zu stellen.

«Von hier war das auf jeden Fall niemand.» Der Jassenklopfer pfefferte eine Karte auf den Tisch. «Vielleicht einer dieser Spinner aus dem Schloss unten, aber keiner von hier. So was gibt's bei uns nicht. Wir bringen doch nicht unsere Mädchen um, unsere hübschen.»

«Ja, die ist hübsch, die aus der Surselva», bemerkte ein anderer. «Mach mal den Fernseher an, Röbi, vielleicht zeigen sie noch mal ein Foto.»

Der Wirt drückte auf den Knopf. Die alte Röhre surrte und zeigte nach zwanzig Sekunden ein scharfes Bild.

«Gleich kommen die Nachrichten», sagte der alte Mann direkt neben Sabina und führte seine zittrige Hand zum Weinglas.

Sabina bekam ihren sauren Most und prostete ihrem Nachbarn zu.

«Viva», sagte er.

«Viva», sagte sie und trank. Kurz darauf kamen die Capuns.

Im Fernsehen lief ein Interview mit der Leiterin des Departments für Justiz, Sicherheit und Gesundheit. Die Regierungsrätin wies darauf hin, dass die neuen Vermisstenfälle vermutlich mit den Morden von Carschenna in Zusammenhang stünden. Sie erklärte, dass es mehrere Spuren gebe, über die man aus ermittlungstaktischen Gründen aber nicht reden könne. Und erstmals sprach sie auch eine öffentliche Warnung aus, dass junge Frauen und Mädchen bestenfalls nicht mehr für längere Wegstrecken allein aus dem Haus gehen sollten.

«Ha», rief der Scharfmacher vom Kartentisch. «Jetzt sollen wir schon zu Hause bleiben, weil diese Drecksäcke unser Land aufmischen.»

«Carlo, bitte», sagte sein Nebenmann.

«Carlo, was? Ich hab mein Gewehr geladen. Wenn einer meiner Anna zu nahe kommt, dann jag ich ihm eine Kugel in den Kopf.»

Sabina wandte sich wieder ihrem direkten Nachbarn zu, der gerade den letzten Bissen verspeiste.

«Und die Leute aus dem Schloss in Masein?», fragte sie vorsichtig.

«Ach, die haben Ideen da. Verrückt. Aber der Rosenacker ist ja auch schon seit zwanzig Jahren da. Der hat halt ein paar Rappen zu viel übrig und lädt diese ganzen Leute zu sich ein. Und vielleicht hat er nicht nur ein paar Rappen zu viel, sondern auch ein paar Tassen zu wenig.»

«Im Schrank», prustete einer vom Nebentisch, und alle Männer lachten.

«Und Sie, Sie sind nicht von hier, oder?»

Sabina hatte befürchtet, dass die Frage kommen würde. «Aus dem Schams. Donat.»

«Ach da, bei der Tina und dem Lützi.»

«Ja, bei der Tina und dem Lützi.»

«Und was machen Sie hier in Flerden?»

«Ich fahr noch hoch zum Pascuminer See», log sie. «Wollte bloss einen Schluck trinken und was essen.»

«Na dann, viva!», sagten die Männer und prosteten ihr zu. «Und passen Sie auf sich auf, wenn Sie alleine sind. Sie haben es ja gerade gehört.»

«Ja, das mach ich», sagte Sabina, hob das Glas, trank es leer und legte das Besteck zusammen.

«Und passen Sie auch mit den Männern auf, oder wer hat Ihre Nase so zugerichtet?», fragte ihr Nachbar.

«Ach, das war beim Sport», sagte sie.

«Sport ist Mord, das wissen Sie doch», lachte er.

«Jetzt weiss ich es, ja», sagte sie. «Wiederluaga.»

«Wiederluaga.»

Sabina wollte noch einmal alles durchdenken, konnte sich aber nicht dazu aufraffen, aufs Polizeikommando zu fahren. Seit Malfazi mit dem Sonderermittlerteam an dem Fall dran war, hatte sie noch nicht wieder zu alter Form zurückgefunden.

Sie fuhr nach Donat und packte ihre Schwimmsachen ein. In der Sauna konnte sie am besten nachdenken. Ihren Wagen stellte sie direkt am Andeerer Bad ab und bezahlte für drei Stunden. Nach dem Duschen legte sie sorgsam ihre Nasenschiene ab und verschwand in der Schwitzstube.

«Grüezi wohl», grüsste sie in die Runde, drei befremdliche Blicke und ein «Buona sera» kamen ihr entgegen. Seit die Tessiner und Italiener Andeer für sich entdeckt hatten, war Italienisch die meistgehörte Sprache im Mineralbad. Sabina streckte sich aus und versenkte sich in ihre Innenwelt. Sie liess die ganzen Geschehnisse seit dem Verschwinden von Katharina Jakobs noch einmal Revue passieren. Als ihr der Schweiss aus allen Poren lief, ging sie zu den Duschen. Fünf verschiedene Duscharten standen zur Auswahl. Verrückt, dachte sie und zog kurzerhand an einer Schnur, sodass sich ein Kübel eiskalten Wassers über sie ergoss. Die einfachste Methode ist manchmal die beste, dachte sie.

Als sie ins Aussenbecken glitt, waren die Lichtsäulen am Beckenrand in ein warmes Lila getaucht. Die Umrisse der Berge verschwanden in der aufziehenden Dunkelheit, der Mond schimmerte vanillefarben. Sie legte sich auf die sprudelnden Wasserdüsen und schaute hinauf zum Kirchturm, der orangefarben angestrahlt wurde. Dort an der Kirchturmwand hatten die Täter ihre zweite Botschaft hinterlassen. War der Spezialdienst seither entscheidend weitergekommen mit den Ermittlungen?

Sie wussten inzwischen, dass die Morde etwas mit Mithras zu tun hatten, dass es sich um eine grössere Gruppe handeln musste und dass die Täter vor brutalster Gewalt nicht zurückschreckten. Sie konnten stark davon ausgehen, dass Christian Schlorf etwas damit zu tun hatte. Aber sonst? Alle Bewohner des Schlosses hatten Alibis, und Schlorf selbst war nicht zu finden. Auch die Kollegen aus Deutschland konnten nach wie vor keine Angaben machen, wo sich der Mann befand. Eine Durchsuchung der Wälder rund um Schlorfs Heimatort war nach zwei Tagen abgebrochen worden.

Die Kollegen, die den Mord an Bühler aufklärten, konnten ebenfalls keine verwertbaren Indizien beisteuern. Offensichtlich hatte niemand einen Täter beobachtet. Auch das Phantombild des Mannes, der in Zürich möglicherweise das Fax an Bühler aufgegeben hatte, brachte keine brauchbaren Hinweise. Und was war von Volkes Meinung zu halten? Möglicherweise kamen die Mörder ja wirklich nicht aus der Gegend, aber Muslime? Sabina hielt das für absurd. Wer immer hier mordete, musste einen konkreten Bezug zum Schams haben. Zum antiken Gott Mithras. Und zum Christentum. Die zuletzt Vermissten setzten den Spezialdienst noch mehr unter Druck. Umso wichtiger war es, jetzt nicht zu verkrampfen. Sabina glitt ins Wasser und tauchte erst in der Schwimmhalle wieder auf.

Im Dampfbad roch es nach Jasmin. Sie streckte sich auf der warmen Kachelbank aus und freute sich, dass sie allein war. Der Dampf hüllte sie ein, bis sie nicht mal mehr die gegenüberliegende Wand sehen konnte. Sie atmete tief ein und wieder aus. Als ein italienisches Pärchen hereinkam, stand sie auf und kühlte sich ab. Sie liess sich ein kaltes Fussbad ein und trank einen Becher reinen Quellwassers dazu.

Andeer war tags wie nachts ein hübscher Ort. Stattliche Häuser, verwinkelte Gassen und verwunschene Hinterhöfe schufen eine malerische Atmosphäre. In Orten wie diesem manifestierte sich die liebenswerte Seite der Bündner Sturheit: Die Dinge veränderten sich kaum, alte Gebäude, Rituale und Brauchtümer wurden trotz des Touristenandrangs bewahrt. Und nur ganz leise wehte ein sanfter Hauch von Moderne durch den Ort.

Ein zotteliger Hund folgte ihr seit einiger Zeit. In den Gaststuben brannte Licht. Vor einem uralten Haus, das mit einem lückenlosen Sgraffitomantel verziert war, blieb sie stehen. Hatte dieses Haus, mehr als fünfhundert Jahre alt, den Mithrasmörder inspiriert? Warum sonst hatte er den Sgraffitostil gewählt und hier an der Kirche von Andeer seine Botschaft hinterlassen? Hier musste er entlanggegangen sein, so wie sie jetzt. Wer war er?

***

Wieder hatte alles wie vorgesehen geklappt. Die Mitbrüder hatten die Opfer in drei gestohlenen Wagen entführt. Nach dem Umladen in ein anderes Fahrzeug waren sie zu einer alten Scheune im Oberhalbstein gefahren und hatten den Wagen untergestellt. Von dort aus hatten sie die drei neuen Opfer im Schutz der Nacht auf Maultieren über den Kamm gebracht. Die Frauen waren jetzt in den Schächten. Sie wurden mit dem Honig der Reinigung einbalsamiert und für die Opferung vorbereitet. An Fronleichnam würde es so weit sein.

3

Sabina war die einzige Polizistin auf Bühlers Beerdigung.

Die gerichtsmedizinischen Untersuchungen im Kantonsspital hatten nichts Verwertbares ergeben. Der Schmuckmacher war mit einem seiner Kunstgegenstände erschlagen worden, vermutlich von einem Linkshänder. Der Tod war um etwa einundzwanzig Uhr am Tag vor Christi Himmelfahrt eingetreten. Am Tatort hatten sich diverse DNA-Spuren gefunden. Eine davon war auch an den Leichen von Carschenna gesichert worden. Die Durchführung eines Massen-Gentests war in der Diskussion, rechtlich allerdings schwer durchzusetzen. Bühlers Beerdigung indessen stand nichts mehr im Weg. Sie fand auf dem Friedhof des bischöflichen Hofs in Chur statt.

Es war ein herrlicher Frühlingstag, die Bäume blühten, Vögel zwitscherten, und die Gipfel des Calandas glitzerten in der Sonne. Der Priester predigte vom ewigen Leben, und die Weinstöcke, die am Hang neben dem Priesterseminar neu austrieben, gaben den Worten eine ganz besondere Symbolkraft.

Sabina betrachtete die Trauergemeinde, aber auch sie wurde beäugt. Nachdem der Sarg unter der Erde war, kam eine Frau zu ihr, die sich als Bühlers Mutter vorstellte. Ob sie nicht die Ermittlerin sei? Ob sie inzwischen wisse, warum man ihren Sohn umgebracht habe? Ob man es nicht hätte verhindern können? Ob *sie* es nicht hätte verhindern können?

Sabina gab mechanische Antworten. Schliesslich hielt sie es nicht mehr aus, schon wieder mit dem Leid einer Mutter konfrontiert zu werden, die ihr Kind verloren hatte, und flüchtete vor weiteren Fragen.

Sie wusste, dass sie dringend zu Malfazi ins Polizeikommando hätte fahren müssen, aber sie konnte sich auch heute nicht dazu durchringen. Stattdessen ging sie in die Stadt und setzte sich ins Caféstübli, um nachzudenken.

Das Café im Geburtshaus der Malerin Angelika Kauffmann war vor einiger Zeit von ein paar jungen Frauen wiedereröffnet worden. Die goldbraunen Holzwände, das alte Mobiliar, die freundlichen Leute: Das Caféstübli war ein guter Ort, um in Ruhe einen Cappuccino zu trinken. An diesem Tag aber spürte Sabina die ganze Enge des kleinen Cafés. Sie fühlte sich nicht wohl, ein diffuses Gefühl der Schuld machte sich in ihr breit. Hätte sie Bühler wirklich schützen können? War es vorhersehbar gewesen, dass ihn jemand aus dem Verkehr ziehen würde? Und hätte man durch eine nachdrückliche öffentliche Warnung nicht auch die drei neuen Vermisstenfälle verhindern können? Schliesslich war anzunehmen gewesen, dass die Täter noch einmal zuschlagen würden. Auf der anderen Seite hatte sich Oberstleutnant Spescha aus durchaus nachvollziehbaren Gründen gegen öffentliche Panikmache ausgesprochen. Was sollten die Menschen denn tun, wenn eine solche Warnung ausgesprochen wurde: sich zu Hause einsperren? Nicht mehr zur Arbeit gehen? Das ideale Zusammenspiel mit den Medien war in solchen Fällen nicht einfach. Wie auch immer, ein Ergebnis der polizeilichen Informationspolitik war, dass drei weitere junge Frauen verschwunden waren.

Sabina spürte eine ekelhafte Unsicherheit in sich. In ihrem Kopf drehten sich die Gedanken und formten sich zu einer bedrohlichen Abwärtsspirale. Ihr normalerweise forsches Auftreten verleitete die meisten Leute dazu anzunehmen, sie sei einer dieser Menschen, bei denen stets Sonnenschein auf der inneren Wetterkarte angezeigt war. Tatsächlich aber hatte sie sich diese zuversichtliche Ausgeglichenheit hart erarbeitet. Und immer noch kam es vor, dass sie wie aus heiterem Himmel jede Selbstsicherheit verlor und im Morast ihrer Gedanken versank. So wie jetzt. Seit ihrem Nasenbeinbruch hatte sie ihre Mitte noch nicht wiedergefunden. Sie zitterte.

«Geht es Ihnen nicht gut?», fragte die Kellnerin, aber das machte Sabinas Lage nur noch bedrohlicher, da sie nicht imstande war, adäquat zu reagieren.

«Doch … danke», stotterte sie. «Es geht schon, noch einen Cappuccino bitte und ein Wasser. Wasser.»

Sie stand auf und ging zur Toilette. Zittrig schloss sie hinter sich ab. Sie betrachtete sich im Spiegel, der akkurat in den Rahmen eines alten Sprossenfensters eingearbeitet war. Auf diese Weise sah sie ihren Oberkörper in sechs Teile gespalten. Ein Bild, das durchaus ihrem Zustand entsprach.

«Werd mal wieder normal», sagte sie zu ihrem Spiegelbild, drehte das Wasser auf und warf sich ein paar Hände voll davon ins Gesicht. Ihre Wangen bekamen wieder etwas Farbe, das Zittern beruhigte sich.

«Du gehst jetzt da raus und bist wieder Sabina», sagte sie zu sich selbst.

Als sie an ihrem Tisch Platz nahm, standen das Wasser und der Kaffee schon da. Die Kellnerin hatte gleich drei Kekse dazugelegt. Sabina verpasste sich die Extraportion Zucker. Langsam fand sie wieder zu sich. Sie ging zurück aufs Polizeikommando und bereitete eine Aktion vor, die sie sich am Abend zuvor überlegt hatte.

Sie überraschte Rosenacker und seine Gäste beim Kaffeetrinken. Alle sassen gemeinsam im Speisesaal und unterhielten sich. Rosenacker fragte, ob sie etwas mitessen wolle. Es gab Maluns, ein Bündner Gericht aus geriebenen Kartoffeln, dem Sabina durchaus etwas abgewinnen konnte.

«Warum nicht», sagte sie und bekam im Handumdrehen ein eigenes Gedeck und einen Milchkaffee dazu.

«Wir haben uns gerade über Fleisch unterhalten», sagte Rosenacker. «Frau Hauksdóttir ist Veganerin und lehnt es ab, irgendetwas vom Tier zu essen. Wie sehen Sie das?»

«Ich mag Tiere, aber ich mag auch ihr Fleisch», sagte Sabina. «Darum achte ich darauf, dass das Fleisch aus der Gegend kommt, von Höfen, die ich kenne. Aber wie man sieht, geht es ja auch ohne.»

Die Unterhaltung wechselte ins Englische und blieb lebhaft. Als alle mit dem Essen fertig waren, präsentierte Sabina den eigentlichen Grund ihres Besuchs: fünf Wattestäbchen in kleinen Plastikbehältern. Sie machte klar, dass die Abgabe einer Speichelprobe freiwillig, aber äusserst hilfreich wäre. Die Männer willigten sofort ein, auch der Koch erklärte sich zur Abgabe einer Probe bereit. Lediglich die Isländerin weigerte sich. Sie wolle nicht in einer Datei auftauchen, sie halte nichts von diesen Überwachungssystemen. Sabina beschriftete die Proben und tütete sie ein. Sie bedankte sich für das Essen und die gute Kooperation.

Reto Beeli nahm die Proben überrascht entgegen.

«Alles freiwillig», sagte Sabina.

«Respekt», sagte Beeli, «während unsere Oberen eifrig über einen Massengentest diskutieren, fängst du einfach damit an.»

«Die Idee kam mir gestern Abend, ich musste das einfach probieren.»

«Okay, ich melde mich, sobald ich Ergebnisse habe. Schönen Abend, Sabina.»

«Dir auch, Reto.»

Sabina rief Malfazi an und teilte ihm mit, dass es ihr gelungen sei, Speichelproben aller männlichen Schlossgäste zu organisieren. Malfazi freute sich über den Coup und verlieh seiner Hoffnung Ausdruck, dass sie nun wieder voll einsatzfähig sei.

In der Nacht dachte Sabina noch einmal über die Bewohner des Schlosses nach. Diese bleiche, stille Isländerin kam ihr sonderbar vor. Sie war – nach konventionellen Kriterien beurteilt – völlig neben der Spur. Warum verbrachte jemand sein Leben damit, Labyrinthe in Steine zu hauen? Drehte man sich dabei nicht fortwährend um sich selbst? Vielleicht war sie Opfer eines Missbrauchs geworden und therapierte sich auf diese Weise. Warum sollte es solche Missbrauchsfälle, wie sie zuletzt vor allem aus Deutschland bekannt geworden waren, nicht auch in Island gegeben haben?

Sabina blätterte in ihrer Fachliteratur auf der Suche nach Informationen zu Profilen weiblicher Serienmörderinnen. Sie fand Artikel zu sogenannten schwarzen Witwen, die ihre Männer aus Habgier getötet hatten. Es gab die ein oder andere historisch belegte Mordserie einer Frau an ihrer Familie, auch an den eigenen Kindern. Zumeist aus Not und im Zusammenhang mit familiären Krisen. Es gab einige Fälle von Selbstjustiz. Die vielleicht grösste Massenmörderin der Geschichte war eine Vizekönigin von Ungarn gewesen, Elisabeth Báthory. Sie sollte im 16. und Anfang des 17. Jahrhunderts über sechshundert junge Frauen und Mädchen gefoltert und getötet haben. Angeblich rieb sie sich mit dem Blut der Jungfrauen ein, um ewige Schönheit zu erlangen. Die Mörderin wurde 1610 auf frischer Tat ertappt – hingerichtet wurde sie wegen ihrer adligen Herkunft nicht.

Aber Báthory war eine Ausnahme gewesen. Nie mehr danach war eine derart blutrünstige Frau auf die Bühne der Welt getreten. Laut Statistik ging heute etwa jeder achte Mord auf das Konto einer Frau. Allerdings kannten Frauen fast immer ihre Opfer und töteten nur in seltenen Fällen Geschlechtsgenossinnen. Nein, sie verirrte sich. Diese introvertierte, feinsinnige Isländerin hatte nichts mit den Morden zu tun. Sie war wahrscheinlich weiter von einer solchen Tat entfernt als Island von der Schweiz. Wer auch immer zu dieser Gruppe von Mithrasmördern gehörte: Es handelte sich um Männer. Der historische Mithraskult war Frauen verwehrt gewesen. So war es sicher auch mit der pervertierten Variante. Sie musste keinen Gedanken mehr an eine Frau als Mittäterin verschwenden. *Keine Frauen hinter dieser Tür.* Seit sie Malfazis Freizeitaktivitäten entlarvt hatte, kümmerte er sich viel intensiver um die Ermittlungen. Er leitete sie jetzt mit grossem Engagement. Er hatte ursprünglich sicher nicht zum Plan gehört. Zum Plan aber gehörten aller Voraussicht nach noch vier weitere Morde. Und diese mussten sie verhindern. Fronleichnam war das nächste christliche Fest.

4

Die genauere Untersuchung der gestohlenen Fahrzeuge hatte ergeben, dass die Frauen tatsächlich damit transportiert worden waren. Die im Fahrerbereich gefundenen DNA-Spuren stimmten nicht mit bisherigen Spuren überein. Die Ermittlungen konzentrierten sich also weiterhin auf die wenigen Anhaltspunkte, die es gab. Heini überprüfte nochmals den Bekanntenkreis von Schlorf, Malfazis Sonderermittler checkten diverse Höhlen und Kellersysteme. Ergebnislos. Am Ende der Woche waren auch die Speichelproben der Schlossgäste ausgewertet.

«Haben wir einen Treffer?», fragte Sabina.

«Alles negativ. Keine der Proben stimmt mit den DNA-Spuren überein, die wir an den Carschenna-Leichen, im Schmuckladen oder in den gestohlenen Fahrzeugen gefunden haben», sagte Reto Beeli.

«Wär ja auch zu einfach gewesen», sagte Sabina, ehe sie mit der Faust unter einem heftigen «Mann!» auf den Tisch schlug. Beeli zuckte zusammen.

«Alles umsonst», sagte Sabina. «Fast schon peinlich, oder?»

«Nichts ist peinlich, Sabina. Die Augen von Politik und Kirche sind auf uns gerichtet. Da muss man alles versuchen.»

«Kirche und Politik haben uns gerade noch gefehlt», seufzte sie.

Seit das Bistum Chur und aus der Distanz auch der Vatikan involviert waren, hatte der Druck seitens der Kantonalregierung spürbar zugenommen. Die Drähte zwischen Politik und Kirche schienen zu glühen wie nie.

Sabina holte sich einen Kaffee und setzte sich allein in den Besprechungsraum. Die grauen Wände waren nicht gerade inspirierend, zum Nachdenken aber war die sterile Atmosphäre in Ordnung. Sie nahm das Flipchart und schrieb drei Fragen darauf.

Wer steht hinter den Morden und der Videobotschaft?
Wo befinden sich die entführten Frauen?
Was hat Schlorf mit den Morden zu tun?

Sie versuchte, sich die Antworten selbst zu geben.

Wer steht hinter den Morden? Eine Gruppe, die das Christentum hasste. Die aus dem Verborgenen agierte. Die alles sehr weitsichtig plante. Auch die letzten Opfer waren genau ausgesucht worden. Und sie waren verschwunden, ohne dass auch nur ein Zeuge eine ernsthaft verwertbare Beobachtung gemacht hätte. Die Videobotschaft. Perfekt in Szene gesetzt, versandt, ohne eine verwertbare digitale Spur zu hinterlassen. Wer auch immer die Drahtzieher waren, im Hintergrund wirkten versierte Helfer mit. Es war eine bestens vernetzte, gut organisierte Gruppe.

Wo befinden sich die entführten Frauen? Die Versammlungsstätten des antiken Mithraskults waren stets Höhlen oder Kellergewölbe gewesen. Sabina war sich sicher, dass auch der pervertierte Kult seine Versammlungen in einem solchen Mithräum abhielt und die Frauen dort gefangen hielt. Zudem hatte Malfazi in Schlorfs Ordner Artikel über Höhlen in Graubünden gefunden. Gab es in der Gegend noch weitere Versammlungsstätten, die sich für Rituale eigneten? Malfazi und Heini hatten bereits sämtliche Höhlen auskundschaften lassen, die in dem Artikel erwähnt worden waren. Die Drachenhöhle bei Vättis im Taminatal, die Höhlenburg Rappenstein bei Untervaz und viele, viele weitere. Die Untersuchungen hatten kein Ergebnis gebracht. Nirgendwo fanden sich Hinweise auf die vermissten Frauen oder auf Spuren eines Rituals.

Was hat Schlorf mit den Morden zu tun? Ein Mitwirken von Schlorf war im Moment die einzig sinnvolle Erklärung für die anfangs aufgetauchten Wortbotschaften. Auch der Inhalt des Ordners deutete darauf hin. Mochte auch Rosenacker es für unwahrscheinlich halten: Die hinterlassenen Worte trugen Schlorfs Handschrift. Sie musste sich mit Schlorfs Tante unterhalten, noch mehr über ihn herausfinden. Sie nahm sich fürs Wochenende eine Fahrt in den Schwarzwald vor.

In ihrem Büro überflog Sabina noch einmal die Facebook-Seite von Christian Schlorf: dreissig Jahre alt, geboren in Calw im Schwarzwald. Naturwissenschaftliches Gymnasium, Zivildienst, Studium der Psychologie, Promotion. Lieblingsland: Indien. Interessen: das Innen und das Aussen, heidnische Religionen, Berge. Lieblingsmusik: Dead Can Dance.

Facebook machte die Recherche nach Personen tatsächlich einfacher. Aber würde ein Mörder sein Profil auf einem solchen Portal einstellen und auch noch sein Interesse für heidnische Religionen offenbaren, wenn er gerade den Mithraskult blutig auferstehen liess? War Schlorf so dreist? Seine letzte Nachricht war mehr als ein halbes Jahr alt, er kümmerte sich also nicht um dieses Profil. Hätte er das Spiel mit der Polizei gesucht, hätte er auch weitere Nachrichten einstellen können. Das tat er aber nicht.

Sabina ging auf die Seiten seiner Facebook-Freunde, insgesamt siebenundzwanzig. Die bunte Schar an Menschen wirkte nicht wie eine verschworene Gemeinschaft von Mördern. Heini hatte sie bereits alle überprüfen lassen. Es hatten sich keine Hinweise auf die Taten ergeben. Zwar hatten einige bestätigt, dass Schlorf ein komischer Vogel sei. Sie zeichneten aber auch das Bild eines Mannes, für den es ganz normal sei, sich für ein paar Monate in den Wald zurückzuziehen.

Sabina wählte die Nummer von Schlorfs Tante und kündigte für Sonntag ihren Besuch an. Dann packte sie ihre Sachen und verliess das Polizeikommando.

«Du gehst schon?», fragte Malfazi, als er sie auf dem Gang traf.

«Ich bin noch angeschlagen», sagte Sabina.

Malfazi drückte ausnahmsweise ein Auge zu. «Ab Montag bist du wieder voll da, okay?»

«Ja», sagte Sabina. «Ich weiss ja selber nicht, was mit mir los ist. Ich versuch es jetzt noch mit einer Methode, die bei mir eigentlich immer funktioniert. Und am Sonntag fahr ich zu Schlorfs Tante. Ich kümmer mich schon, keine Angst.»

Die Stufen knarzten. Ihre Abgenutztheit zeugte von unzähligen Schuhen, die im Lauf der Jahrhunderte über sie gestiegen waren. Die Tür zur Praxis im ersten Stock war mit einem Schnapper versehen. Sabina drückte sie auf und stand in einem langen Flur. Sie grüsste die Anwesenden und zog sich in einem Behandlungszimmer um. Mehrere Heilkundler und Therapeuten teilten sich die Praxis. Nur am Abend war der grosse Raum frei für die Yogagruppe. Sabina praktizierte seit vielen Jahren Hatha-Yoga und war in Zürich zweimal in der Woche in die Yogastunde gegangen. In Chur hatte es eine Weile gedauert, bis sie eine geeignete Lehrerin gefunden hatte. Die Frau war Mitte vierzig, Krankengymnastin und eine begeisterte Indienreisende. Sie brachte die ideale Mischung aus physiologischem Know-how und spiritueller Reife mit. Sabina hatte die letzten Wochen alle Yogastunden ausfallen lassen. Jetzt spürte sie, dass sie zur Aufklärung der Verbrechen nur konstruktiv beitragen konnte, wenn sie ihre innere Balance wiederfand. Sie betrat den Übungsraum und grüsste.

In der Mitte stand eine weisse Orchidee, drum herum waren violette Yogamatten ausgelegt. Sabina setzte sich aufrecht auf eine der Matten und wartete. Nach und nach kamen die restlichen Teilnehmer des Kurses, sieben Frauen und ein Mann. In einer Begrüssungsrunde stellte sich jeder kurz vor, dann sangen sie ein Mantra für gute Zusammenarbeit: «Om Saha Navavatu Saha Nau Bhunaktu.»

Die Stunde begann in der Rückenlage. Sabina zog die Knie zum Bauch, umfasste sie kurz und legte die angewinkelten Beine rechts vom Körper auf dem Boden ab. Die Arme streckte sie weit zur Seite aus, den Kopf legte sie auf die linke Seite. Durch die Bewegung der Beine nach rechts und die geöffneten Arme entstand eine grosse Weite in ihrer linken Körperhälfte. Sie spürte, wie ihre Zellen mit Sauerstoff geflutet wurden, und atmete in alle Regionen vom Bein, über die Herzgegend und den Rücken bis hinauf in die Arme. Dann zentrierte sie sich, zog erneut die Knie an und legte die Beine zur linken Seite ab, während der Kopf nach rechts strebte und die Arme ausgestreckt blieben. Jetzt floss der Atem durch die rechte Körperseite.

Sabinas Gedanken waren still und gingen ganz im Atem auf, der ihren Körper belebte. Die Übung nannte sich Krokodil, danach wies die Lehrerin die Schulterbrücke an, dann die Kobra. Sabina freute sich, endlich wieder in einer Gemeinschaft Yoga zu praktizieren. Ihre morgendlichen Übungen hatte sie immer gemacht. In der Gruppe aber fiel ihr das Eintauchen in den Körper leichter und ging viel tiefer. In der bauchseitigen Kobrahaltung bemerkte sie den Mann, der ihr direkt gegenüberlag. Er hatte sich als Daniel vorgestellt, war sportlich und wirkte angenehm konzentriert. Er gefiel ihr. Und auch er schien sie entdeckt zu haben. Als die Stunde vorbei war und die Teilnehmer die Matten aufräumten, kam er zu ihr.

«Eine Wohltat, oder?»

«Ja», sagte sie, «endlich eine Gruppe fürs Yoga. Das hat mir gefehlt.»

«Ach, du kommst gar nicht von hier?», fragte er.

«Ich war lange in Zürich, bin erst seit ein paar Monaten wieder hier, konnte aber in letzter Zeit nicht kommen», sagte sie. Dann brach sie das Gespräch mehr oder weniger rüde ab. Sie müsse noch etwas Berufliches durchdenken und den Moment der Klarheit nutzen, den sie durchs Yoga habe. Er zog seine Schuhe an und ging zur Tür, nicht ohne ihr im Hinausgehen noch einen unverschämt charmanten Blick zuzuwerfen.

Warum war sie so? Warum musste sie Männern immer erst mal eine vor den Latz knallen? Der wichtigste Mann in ihrem Leben war immer ihr Vater gewesen. Sie war ein Papakind. Aber konnte sein Heiligenschein fünfzehn Jahre nach seinem Tod nicht langsam mal verblassen? Musste sie an jeden Mann diese unendlich hohen Ansprüche stellen? Sie war eine richtige Freibeuterin geworden. Wenn sie Lust auf Sex hatte, angelte sie sich jemanden. Wehe aber, der Mann wagte sich näher an sie heran oder wollte sich gar verlieben. Sofort war sie weg. Sie hatte in diesen Dingen eine Störung. Es war ihr noch nie so klar geworden. Aber es war so. Angesichts dieser Erkenntnis brauchte sie eine Zigarette. Sofort.

Auf der Heimfahrt hörte sie sich in bolivianische Volksmusik ein und rauchte gleich zwei Zigaretten.

«Scheisse», sagte sie laut und warf die glühende Kippe aus dem Fenster. «Ich darf den Dreck nicht wieder anfangen.»

Sie hielt am Rasthof Viamala und holte sich einen Kaffee. Dann fuhr sie auf den Heinzenberg und setzte sich unter dem Sternenhimmel an den Pascuminer See. Sie atmete die klare Luft und beschloss, sich beim nächsten Mal für den Mann aus dem Yoga zu öffnen.

5

Direkt nach dem Sonntagsmeeting, das jetzt jedes Wochenende stattfand, nahm Sabina einen der Škodas und verabschiedete sich für den restlichen Tag.

«Viel Glück», sagte Heini, als er sie noch einmal auf dem Gang traf. «Bin gespannt, was Schlorfs Tante so erzählt.»

Sabina achtete seit dem Strafzettel, der ihr wegen der Dringlichkeit der Ermittlungen natürlich erlassen worden war, etwas genauer auf ihr Tempo. Mit exakten hundertzwanzig Stundenkilometern fuhr sie das Rheintal entlang, vorbei an Liechtenstein, in Richtung Deutschland. Ihr Navi lotste sie über Romanshorn und Konstanz. Direkt am Bodensee legte sie eine Pause ein und trank einen Kaffee.

Nach gut dreieinhalb Stunden Fahrtzeit erreichte sie die Ortschaft Sommerau bei St. Georgen und klingelte am Haus der Familie Schlorf. Es war ein etwas abseits gelegenes altes, unscheinbares Bauernhaus. Auf dem Hof standen ein älterer Fiat, ein Fahrrad und ein Schubkarren.

Eine Frau Anfang siebzig mit rot gefärbten Haaren öffnete die Tür, begrüsste Sabina freundlich und bat sie herein. Auf einem abgewetzten Esstisch standen schon zwei Kaffeetassen und eine Kuchenplatte.

«Sie sollen die Fahrt ja nicht umsonst gemacht haben», sagte die Tante und goss Sabina einen Kaffee ein. «Milch, Zucker?»

«Danke», sagte Sabina und rührte die Kondensmilch in ihrer Tasse um. Nach ein paar Höflichkeitsfloskeln lenkte sie das Gespräch auf Christian Schlorf. Sie wollte möglichst viel über ihn erfahren: Wie es dazu gekommen war, dass er bei der Tante wohnte, was er tat, was er dachte, auch Begebenheiten aus seiner Kindheit. Die Tante erzählte bereitwillig, liess aber nie einen Zweifel daran, dass sie die Verdächtigungen gegen ihren Ziehsohn für absurd hielt. Sabina war erstaunt, dass sie nie unwirsch reagierte. Sie schien sich ihrer Sache so sicher zu sein, dass sie völlig ruhig blieb.

«Der Christian war schon immer ein Kind mit besonderen Begabungen. Ein bisschen mehr im Himmel als auf der Erde. Aber ein guter Bub. Wenn man ihn machen lässt und ihm nicht dreinredet, dann wird bei ihm immer alles gut. Er hat schwer unter dem Tod seiner Eltern gelitten. Da war er gerade acht. Er kam dann auf ein Internat, aber das hat nicht geklappt. Und dann habe ich ihn und seinen Bruder zu mir geholt. Mein Mann war gestorben, die Töchter alle aus dem Haus. Da hab ich halt so gut es ging die Mutterrolle übernommen.»

«Sagen Sie, war der Christian je gewalttätig?»

«Um Gottes willen, nein. Keiner Fliege tut der was zuleide.»

«Und in die Kirche? Ist er da gerne hin? Hat er da mal was erzählt?»

«In die Kirche ist der nach dem Tod der Eltern nicht mehr. Da hat er nicht mehr an den lieben Gott geglaubt. Aber in den Wald ist er oft. Immer in den Wald. Der Wald, das ist seine Heimat. Für die Seele.»

Die Tante erzählte, dass Schlorf schon mit zwölf Jahren einmal in den Ferien für ein paar Tage im Wald verschwunden sei. Er habe sich ein Baumhaus gebaut und sich von Früchten und Eicheln ernährt. Nach drei Tagen sei er dann quietschvergnügt zurückgekommen und sich keiner Schuld bewusst gewesen. Sie hätte Todesängste ausgestanden, doch das sei ihm gar nicht bewusst gewesen. Ja, so sei er eben: sehr selbstbestimmt und der Natur äusserst verbunden.

«Wo hat er denn studiert?», wollte Sabina wissen.

«In Tübingen. Religion, Philosophie, Psychologie – ach, all dieses Zeug, von dem ich nichts versteh. Aber er hat's gut gemacht, unser Doktor.»

«Das Christentum mag er ja wohl nicht, aber er interessiert sich doch schon für alte Religionen, oder?», fragte Sabina.

«Ja, ja. Aber da reden wir nicht drüber. Wissen Sie, wenn er bei mir ist, dann lässt er das hochtrabende Zeugs, dann gibt es was Gutes zu essen, und wir spielen Karten, wenn sein Bruder auch da ist.»

«Apropos. Wo wohnt denn der Bruder und wie alt ist er?»

«Der Thomas ist vier Jahre jünger als der Christian. Der sollte eigentlich meinen Hof übernehmen, so dachte ich mir das, aber er ist Schreiner geworden. Der wohnt jetzt bei seiner Freundin.»

«Darf ich denn mal ein Bild vom Thomas sehen?»

«Ja, da sind sie beide drauf.»

Die Tante nahm einen Bilderrahmen vom Fenstersims und reichte ihn Sabina. «Das war vor etwa fünf Jahren.»

Sabina betrachtete die Fotografie eingehend. Man konnte erkennen, dass die beiden Brüder waren: Beide hatten helle Augen und mittelblonde Haare. Während Christian aber eher feine Gesichtszüge hatte, wirkte der Bruder sehr kernig.

Je länger sich Sabina mit der Tante unterhielt und je mehr sie über Schlorf erfuhr, desto mehr wuchsen ihre Zweifel, ob er wirklich etwas mit den Morden zu tun hatte. Auf der anderen Seite: Wer hielt es schon für möglich, dass sein Verwandter oder Freund ein brutaler Mörder war? Immerhin schien Schlorf eine starke Abneigung gegen das Christentum zu haben, gleichzeitig aber durchaus Interesse an heidnischen Religionen wie dem Mithraskult.

«Hat Christian Ihnen je erzählt, dass er die Gabe hat, in die Zukunft zu schauen?»

«In die Zukunft schauen?», überlegte sie einen Moment. «Davon hat er nie etwas erzählt. Aber er hat immer wieder Dinge vorhergesagt, bei denen ich mich gefragt habe, wie er darauf kommt. Das schon. Warum?»

«Wie Sie wissen, suchen wir Christian im Kontext mehrerer Morde, die sich bei uns zugetragen haben. Er hat vorhergesagt, dass etwas Schlimmes in der Gegend passieren würde.»

«Da schau her», sagte die Tante, «und deswegen halten Sie ihn für den Mörder?»

«Zumindest für einen Verdächtigen», sagte Sabina. «Ich bitte Sie daher sehr eindringlich, sich zu melden, wenn Christian kommt.»

«Jaja, das sag ich ihm schon», sagte die Tante. «Er hat ja doch nix damit zu tun.»

Sabina schlug ihr Notizbuch zu und trank den letzten Schluck Kaffee.

«Eine Frage noch. Wie hat es denn der Christian mit den Frauen? Hat er keine Freundin?»

«Ach, die Mädchen», sagte die Tante. «Doch, er hat immer wieder eine. Und immer Hübsche. Aber irgendwie ist nie eine bei ihm geblieben.»

«Hat ihn das verletzt?»

«Ja, da hat er als mal eine Träne geweint, glaub ich. Aber da redet er schon länger nicht mehr drüber. Er ist dann immer öfter in den Wald.»

«In welchem Wald ist er denn am liebsten?»

«Das kann man so nicht sagen. Er war schon in Finnland, Schweden, Estland, Polen. Und natürlich im Schwarzwald und im Bayerischen Wald, Pfälzerwald, auch in den Vogesen.»

Sabina nickte. «Wäre es möglich, dass Sie seinen Bruder anrufen? Ich würde mich gerne noch mit ihm unterhalten.»

«Ja, sicher. Er wollte nachher eh vorbeikommen.»

Während die Tante mit ihrem jüngeren Ziehsohn telefonierte, sah sich Sabina in Schlorfs altem Zimmer um, blätterte in Fotoalben und öffnete die Schreibtischschubladen. Immer wieder sah sie einen feinsinnig wirkenden Jungen oder jungen Mann, der Bäume umarmte, Baumhäuser baute und mit Tieren spielte. Nirgends fand sie etwas, das irgendwie auf Gewalttätigkeit hinwies oder einen Anhaltspunkt für die Verbrechen gab. Im Kleiderschrank hingen einige Pullis und Hemden. Sabina suchte nach etwas DNA-Tauglichem und tütete einige Haare ein, die mutmasslich von Christian Schlorf stammten. Dann ging sie zurück in die Stube und wartete.

Auch Thomas Schlorf bestätigte die Friedfertigkeit des älteren Bruders. Der Christian sei eben ein bisschen anders als andere, aber auf jeden Fall ein guter Kerl. Man müsse ihn nur oft genug allein lassen, dann finde er sein Gleichgewicht. Aggressiv sei er nie gewesen, auch nicht als Kind.

«Ich hab mich immer mit den Nachbarsjungen geschlagen, nie mit dem Christian», lachte Thomas. «Nur wenn er nicht in den Wald durfte, war er stinkig.»

«Und die Mädchen?»

«Es gab immer mal eine. Aber die fanden es halt meistens nicht so witzig, wenn der Wald dann doch wichtiger war als sie.»

«Wohnt eine seiner ehemaligen Freundinnen hier in der Nähe?»

«Die Letzte ist nach Norwegen gezogen, glaube ich. Eine Künstlerin. Nein, es wohnt eigentlich keine mehr hier. Ich wüsste auch nicht mal mehr die Namen.»

«Eine Frage noch», sagte Sabina, «wovon lebt Ihr Bruder eigentlich?»

«Er macht hin und wieder Übersetzungen oder berät jemanden bei einer Doktorarbeit. So, wie er lebt, braucht er ja nicht viel.»

«Ich danke Ihnen», sagte Sabina und sah von Schlorfs Bruder zu seiner Tante. «Alles Gute.»

6

Die Woche stand im Zeichen der Vorbereitungen auf Fronleichnam. Malfazi legte seinen Ermittlungsschwerpunkt erneut auf die vier Orte, die er in Schlorfs Ordner gefunden hatte. Mochte auch an Pfingsten der Termin nicht gepasst haben, diesmal würden sie den Tätern durch ihr Wissen einen Schritt voraus sein. Am Tag vor Fronleichnam war der Einsatzplan fertig.

«Was ist eigentlich an Fronleichnam genau passiert, warum feiert man das?», fragte Malfazi.

«Es geht um die leibliche Gegenwart Jesu beim Abendmahl», sagte Sabina. «Ein Sakrament, das das Christentum vielleicht dem Mithraskult entlehnt hat. Die hatten auch so eine Zeremonie mit Wein, Fleisch und Brot.»

«Dann muss der Zeitpunkt einfach passen», sagte Malfazi. «Heute Nacht kriegen wir sie. Hat eigentlich der DNA-Test von Schlorfs Haaren etwas ergeben?»

«Negativ», sagte Sabina, «wenn es überhaupt seine Haare waren, wovon wohl auszugehen ist.»

Malfazi hatte für die Fronleichnamsaktion eine Einsatzgruppe mit fünfundsechzig Mann zusammengestellt und die vier potenziellen Tatorte eingekreist: die Kultfelsen von Carschenna und die nahe gelegene Burg Hohen Rätien, eine weitere Ansammlung von kultischen Felsen bei Savognin und die berühmte Kirche von Zillis. Die Polizisten würden sich in jeweils vier Gruppen um die Plätze verteilen und aus dem Verborgenen mit Nachtsichtgeräten agieren. Alle Mann waren mit schwerem Geschütz ausgestattet. Malfazi und der mobile Einsatzleiter überwachten das Geschehen von einem Einsatzwagen aus, der bei Thusis an der Autobahn stand. Von hier aus waren alle Zielorte schnell zu erreichen.

Seit der Videobotschaft von Pfingsten lastete ein enormer Druck auf Malfazi. Immerhin bekam er alles, was er für die Überwachung brauchte, im Handumdrehen zugesagt.

Eine Einsatztruppe von gut sechzig Mann zusammenzustellen wäre normalerweise mit einem langen bürokratischen Weg verbunden gewesen. In diesen Tagen funktionierte alles schnell und reibungslos.

***

Die Nacht auf Fronleichnam war klar und voller Sterne. Team 1 postierte sich mit zwanzig Mann um die Felsen von Carschenna. Auf jeden Felsen war ein Nachtsichtgerät gerichtet, das von mindestens zwei Mann überwacht wurde. Die Polizisten verbargen sich zwischen Bäumen und Erdhügeln, die Waffen im Anschlag. Ein zweites Team mit zehn Polizisten nahm das Hochplateau von Hohen Rätien ins Visier. Die Kirche von Zillis wurde von beiden Hangseiten aus überwacht. Die Beobachtungsteams bezogen mehrere hundert Meter Luftlinie entfernt bei Reischen und auf der anderen Seite bei Donat Stellung. Insgesamt zwanzig Polizisten warteten im Umkreis der Kirche auf Befehle. Auch auf die nahe Mithrashöhle war ein Nachtsichtgerät gerichtet. Die Felsen bei Savognin standen im Fokus von zwei Nachtsichtgeräten und insgesamt fünfzehn Polizisten.

Malfazi und der mobile Einsatzleiter hielten ständig Funkkontakt und tranken becherweise Kaffee. Doch ausser einem Reh beim Felsen Carschenna IV gerieten zunächst keine auffälligen Objekte in den Fokus der Beobachter.

Um ein Uhr hielt ein VW-Bus mit deutschem Kennzeichen auf dem Parkplatz bei der Kirche in Zillis. Den Bewegungen des Fahrzeugs nach zu urteilen, handelte es sich um ein Liebespaar, das auf dem Rückweg von Italien einen amourösen Zwischenstopp einlegte. Um auf Nummer sicher zu gehen, schickte Malfazi ein Viererteam der Einsatztruppe zu dem Wagen. Tatsächlich waren es zwei junge Touristen auf dem Weg zurück nach Deutschland.

Um vier Uhr nachts hielt ein weiterer Pkw bei der Kirche. Der Fahrer pinkelte hinter sein Auto und fuhr nach vier Minuten weiter. Um sechs Uhr morgens brach Malfazi den Einsatz ab.

***

Gemeinsam mit den sechs anderen kniete er vor dem Altar. Jetzt sollte es so weit sein. Drei weitere Christinnen waren zur Opferung bereit. Jung, dem Kreuz dienend, geboren im Zeichen des Stiers. Wieder hatten drei Brüder aus der Gemeinschaft die Frauen überwältigt. Jeder der sieben brachte einen Stier zur Opferung dar. Und alle waren bereit, die Weihe durch den Hohepriester zu empfangen. Im Zeichen des Löwen, des Persers und des Sonnenläufers würde er sie diesmal weihen. Sechs Opfer wären dann dargebracht, sechs Stufen erklommen, und nur noch ein letzter Stier fehlte.

Der Stier, der für ihn bestimmt war. Bald schon würde der Hohepriester ihn allein in die siebte Stufe einweihen und befreien. Als Lohn dafür, dass er das Ritual für die sechs organisiert hatte, die mit ihm den Weg zur Erlösung gingen.

Er hatte alles getan, was der Hohepriester gefordert hatte. Und er hatte die Spuren so gelegt, dass man ihn selbst niemals finden würde. Die ganze Zeit über hatte er sich im Zentrum des Geschehens bewegt und alles koordiniert. Und doch hatte niemand ihn entlarvt, weil er den Verdacht auf andere gelenkt und alles weitsichtig geplant hatte. Diesmal hatte er den uralten Tunnel benutzt, den nicht einmal Rosenacker kannte. Er hatte Hinweise darauf in einer alten Chronik über Schloss Mondfels entdeckt. Der Tunnel endete etwas oberhalb von Thusis. Im Postbus war er an den Polizeisperren vorbeigefahren. Öffentliche Busse wurden nicht kontrolliert, da sie kaum zum Leichentransport geeignet waren. Gemeinsam mit einem Mitbruder war er ab Zillis auf dem Motorrad gefahren. Mit ausgeschaltetem Licht waren sie über die alte Forststrasse hinauf zu den Schächten gelangt. Jetzt war er hier. Und mit ihm die sechs Brüder, der Stumme, die beiden Messdiener und der Hohepriester.

Der Gongschlag ertönte. Die Messdiener sangen. Die Gemeinde stimmte ein. Der vierte Stier wurde hereingetragen und auf den Altar gelegt. Der Hohepriester weihte die Frau und vollführte die Schnitte. Ihr Blut ergoss sich in den Kelch. Es war so weit.

Er kniete nieder, legte den Mantel ab, spürte das Blut auf seiner Haut und dann das Eisen auf seiner Brust.

Mit drei Maultieren überquerten sie den Kamm zum Oberhalbstein. Dann verluden sie die Opfer in den Wagen, der seit Tagen dort oben versteckt war. Ohne Licht fuhren sie über die schmale Gebirgsstrasse. Sie hielten oberhalb der Albula und überquerten den Fluss über eine mit mehreren Holzbrettern provisorisch errichtete Brücke. Die letzten Meter zur Kirche gingen sie zu Fuss. Er vorneweg, die drei anderen hinter ihm mit den Frauen auf den Armen. Zuletzt der Stumme. Er öffnete das Tor und liess vor jedem der drei Altare eine der Frauen niederlegen. Dann wies er seine Mitbrüder an, die Arme der Frauen auszubreiten. Mit dem Kopf Richtung Tür liess er sie anordnen wie drei Gekreuzigte. Nackt, gereinigt, befreit von der Schuld ihrer Ahnen. Er liess ihnen die Schmuckstücke anlegen und sie noch einmal vom Stummen einbalsamieren. Sie sollten ganz rein sein.

Wie die anderen trug auch er Handschuhe und eine Mütze. Die Brandmale auf seiner Brust schmerzten. Es waren die letzten Schmerzen auf seinem Weg zur Erlösung. Er liess jeden der drei Mitbrüder eine Fackel entzünden und filmte auch die Vollendung des Sacrificiums. Sicher hatten die Polizisten wieder die vier Ziele im Visier, die er ihnen in Schlorfs Ordner präsentiert hatte. Aber niemand würde an die alte Kirche von Mistail denken. Er war ihnen überlegen, so wie Mithras ihrem Gott überlegen war. Hier in der Kirche würde man die Opfer morgen finden. Und er wäre der siebten Stufe noch näher. Nur noch ein Stier fehlte zur Erlösung. In der Nacht der Mondfinsternis würde es so weit sein.

Als er alles gefilmt hatte, löschten sie die Fackeln und verwischten ihre Fussspuren. Die drei Mitbrüder und der Stumme verschwanden über die provisorische Brücke hinter der Albula und brachten die Maultiere zurück. Als sie den Fluss überquert hatten, warfen sie die Bretter ins Wasser. Niemand würde auf die Idee kommen, dass sie sich der Kirche vom Fluss her genähert hatten. Er selbst ging vor zur Strasse, auch seine Fussspuren verwischte er. Mit einem Mitbruder hatte er vereinbart, dass er ihn mit dem Motorrad abholen würde. Motorräder wurden nicht kontrolliert, da man auf ihnen nur schwer Leichen transportieren konnte. Als der Mitbruder ihn abholte, war es kurz nach fünf. Er würde noch vor den ersten Sonnenstrahlen wieder zurück sein und den Geheimgang verschlossen haben.

***

Der Morgen von Fronleichnam war angebrochen. Malfazi sass auf einem Klappstuhl vor dem Einsatzbus und schlürfte einen Kaffee. Die Nachtsichtgeräte waren längst wieder eingepackt, die Spezialkräfte abgezogen. Dennoch blieben die Örtlichkeiten überwacht. Malfazi wollte gerade ins Polizeikommando nach Chur fahren, als er die Nachricht über Polizeifunk erhielt.

«Wir haben gerade eine Meldung bekommen: drei Frauenleichen in der alten Kirche Mistail bei Alvaschein.»

«Scheisse!», brüllte er und verbrühte sich die Hand an seinem Kaffee. Mit voller Wucht schlug er aufs Armaturenbrett. «Fuck!»

Es dauerte keine zehn Minuten, bis der Einsatzwagen von der Hauptstrasse durchs Albulatal abbog und den Fussweg zum alten Kloster entlangraste.

Malfazi rannte zur Kirche, vorbei an zwei Polizisten am Eingang. Und dann sah er sie.

Nackt wie die drei Frauen zuvor. Auch sie aufgebahrt wie Gekreuzigte. Auch sie tot.

«Verhurte Scheisse», fluchte er. Im nächsten Moment instruierte er die Spurensicherung. «Sperrt den Zugang vorne an der Strasse ab. Und wenn Schaulustige zur Absperrung kommen: fotografieren.»

Sabina betrat die Kirche und hielt sich bei dem Anblick die Hand vor den Mund. Als sie sich gefasst hatte, nahm sie Malfazi zur Seite.

«Wir hatten den richtigen Zeitpunkt, aber nicht die richtige Kirche», sagte sie. «Scheisse, Claudio.»

«Und», blaffte er sie an, «hattest du die Kirche hier auf dem Radar?»

«Nein, das war ja auch kein Vorwurf an dich.»

«Klang aber so.»

Sabina wechselte auf eine sachlichere Ebene. «Wie sieht es mit Spuren aus?»

«Vorne an der Strasse gibt es zig Autospuren. Hierher führen nur Fussspuren. Allerdings von allen Seiten. Zum Teil sind sie verwischt.»

«An den Opfern wird man sicher nichts finden ausser diesem Honigbalsam. Und da stochern wir ja auch im Dunkeln», sagte Sabina.

«Wir haben noch die Schmuckstücke», sagte Malfazi und deutete auf die Leichen. «Aber damit haben wir ja gerechnet.»

Sabina schaute zu den Opfern.

«Gott, das ist ja wirklich noch ein Kind», sagte sie und beugte sich über Patricia Salis, die sie vom Fahndungsfoto kannte.

«Ja», sagte Malfazi, «die schrecken vor nichts zurück.»

Jede der Frauen trug eines der Schmuckstücke aus Bühlers Werkstatt. Die Schülerin Patricia Salis aus Laax einen Ring, die Krankenschwester Alexandra Vinzens aus Davos einen Armreif, die Bäuerin Manuela Pitschen aus Vals eine Fusskette.

«Bei den ersten Frauen wollte er uns Zeichen geben», sagte Sabina, «jetzt will er seine Macht demonstrieren. Er hat das von Anfang an so geplant.»

«Er, sie, es», sagte Malfazi und schlug mit der Faust gegen die Kirchentür. «Wer auch immer diese Scheisse macht, wir haben uns wieder verarschen lassen.»

Sabina kniete noch immer bei den Leichen. «Es fehlt noch das Amulett. Das haben sie sich für ihr letztes Opfer aufbewahrt», sagte sie.

«Es darf kein Opfer mehr geben», erwiderte Malfazi. «Wir müssen diesem Spuk ein Ende machen.» Sechs Frauen waren schon getötet worden. Der grausamen Logik des Falls zufolge fehlte noch eine letzte Frau. Es blieb nur noch eine Chance, zuzugreifen und sich als Chef des Spezialdienstes zu profilieren. Und diese Chance wollte, die musste er nutzen.

«Ich bin zwar hundemüde», sagte er, «aber wir müssen weitermachen. Wir können uns diese Schmach nicht bieten lassen. Wir müssen diese Schweine finden.»

Sabina nickte ihm zu und ging zur Strasse. Vor der Absperrung blieben immer wieder Fahrzeuge stehen. Schaulustige liefen umher, manche machten Bilder mit ihren Handys. Auf Malfazis Befehl hin fotografierte ein Polizist jeden, der vor der Absperrung auftauchte.

Nach drei Stunden kamen die Leichenwagen, um die Opfer zur Gerichtsmedizin zu bringen. Weitere fünf Stunden später hatte die Spurensicherung ihre Arbeit in der kleinen Kirche abgeschlossen.

Sabina setzte sich und betrachtete die verblichenen Malereien an der Wand. In der Mittelapsis erkannte sie Engel, Apostel, auch den Heiland. Warum hasste jemand diese Religion so sehr? Sicher hatte sie viel Tod und Unglück gebracht im Laufe der Jahrhunderte, auch persönliche Züchtigungen und Missbrauch. Und doch war sie die Religion der Menschen hier geworden. Eine Religion, die den Menschen Halt und Sinn gegeben hatte. Eine Religion auch, die grossartige, ja unglaubliche Werke in Kunst, Musik und Architektur hervorgebracht hatte. Ihr Urgrossvater war selbst Pfarrer im Schams gewesen. Sie hatte die christliche Schule durchlaufen. Und jetzt? War diese Bedrohung durch eine kleine Gruppe nur ein Sinnbild für einen tiefer liegenden Zerfall? Ging eine lange Phase christlicher Dominanz womöglich einem Ende entgegen?

Noch am selben Tag erreichte die neue Videobotschaft den Bischofspalast in Chur und den Verwaltungssitz der evangelisch-reformierten Landeskirche Graubünden. Die drei vermissten Frauen waren wieder blutig geopfert und diesmal in der reformierten Kirche von Mistail abgelegt worden. Erneut war das Video untermalt von lateinischen Gesängen und mit einer Botschaft in Latein: «Was uns angetan wurde, wird auch euch angetan werden. In sieben Jahren, an sieben Orten. Es soll die treffen, die das Zeichen des Kreuzes tragen.»

7

Am Freitag prangte die Schlagzeile «Blutrausch am Albula – mysteriöser Ritualmörder schlägt wieder zu» auf der ersten Seite des Bündner Tagblatts. Die Bilder vom Fundort waren Archivbilder, zusätzlich sah man die Absperrung vor der Kirche und den Abtransport der Leichen. Dazu drei Passfotos der Opfer. Genug, um eine weitere Welle der Angst durch den ganzen Kanton zu jagen.

Sabina las den Artikel und versuchte sich vorzustellen, wie die Bevölkerung die Verbrechen wahrnahm. Niemand ausser ein paar Kirchenvertretern, Politikern und der Polizei wusste, dass es die Videobotschaften gab. Niemand ausser ein paar Eingeweihten kannte den Zusammenhang zum Mithraskult. Zwar war davon auszugehen, dass es früher oder später eine undichte Stelle geben würde, die das Ganze an die Medien weiterleitete. Für den Moment aber mussten diese Morde für die Bevölkerung wie eine plötzliche Naturkatastrophe wirken. Sie kamen ohne Vorwarnung. Grauenvoll und beängstigend. Kein Wunder, dass angebliche Schuldige am Stammtisch schnell gefunden waren.

Am Nachmittag meldete sich Alfred Rosenacker am Telefon.

«Wir müssen reden, Frau Lindemann.»

«Soll ich zu Ihnen ins Schloss kommen?»

«Nein, irgendwo anders.»

«Dann treffen wir uns an der Kirche in Donat, in einer halben Stunde. Okay?»

«Gut, bis gleich, Frau Lindemann.»

Er kam mit dem schwarzen Defender. Sabina begrüsste ihn und schlug vor, in die Kirche zu gehen. «Dort können wir uns in Ruhe unterhalten.»

Die Kirche von Donat war 1688 erbaut und mehrfach restauriert worden. Das helle Holz der Bänke und des Bodens schuf mit dem einfallenden Sonnenlicht eine warme, fast wohnliche Atmosphäre. In die kunstvoll verzierte Holzkanzel waren die Worte «GOTES WORT BLEIBT EWIGLICH» geschnitzt.

«Ja, ja, das Wort», sagte Rosenacker und setzte sich auf eine Bank hinter dem Taufstein. «Wer beansprucht nicht alles die Hoheit über das Wort und die Wahrheit.»

«Religionen, Politiker, Philosophen», sagte Sabina.

«Und Dichter.» Rosenacker zog ein Buch aus seiner Jackentasche. «Ich habe Dostojewski gelesen, wie Sie wissen.»

«‹Die Brüder Karamasow›.»

«Ja.»

«Und, zähe Kost?»

«Durchaus. Aber worum es mir vor allem geht: Da wird einem Unschuldigen ein Mord in die Schuhe geschoben.»

«Das ist ja nun ein altes Motiv», sagte Sabina.

«Ja, gewiss», sagte Rosenacker und hob bedeutungsvoll die Hände. «Aber verstehen Sie nicht?»

«Was?», fragte Sabina und stieg auf die erste Stufe der Kanzel, während Rosenacker sitzen blieb.

«Finden Sie nicht, dass es auch für die Ermittlungen in den Mordfällen passen könnte?»

Sabina blickte Rosenacker in die Augen. «Sie meinen Schlorf?»

«Ja», sagte Rosenacker. «Diese Morde passen nicht zu ihm, aber sie tragen irgendwie seine Handschrift.»

«Sie meinen, jemand hat seine Handschrift kopiert?»

«Jemand, der wusste, dass Schlorf nicht da sein würde, um sich zu verteidigen, um seine Unschuld zu beweisen. Er bekommt nichts davon mit, dass er verdächtigt wird. Er kann sich nicht wehren. Umso mehr sieht er für die Polizei wie der Täter aus, denn er könnte auch hier irgendwo im Wald sein. Das ist sehr klug eingefädelt.»

«Haben Sie einen Verdacht, wer ihm die Morde anhängen will?»

«Ich habe lange überlegt. Aber ich kann, ich will niemanden verdächtigen. Es übersteigt meine Vorstellungskraft, dass es einer meiner Gäste sein könnte. Aber wer sonst wusste, was Schlorf tat und vorhatte?»

Sabina überlegte. Redolfi. Dieser hagere, verschwiegene Franzose. Er wirkte so geistreich, so intelligent. Aber sprach das gegen ihn als Täter? Auch die Morde waren auf ihre Art geistreich. Wer sie geplant hatte, brauchte eine Menge Intelligenz. Oder Sanderson? Der Australier machte einen so bodenständigen und verbindlichen Eindruck. Auf der anderen Seite hatte er diesen Hang zur Symbolik. Beschäftigte sich sein Leben lang nur mit solchen Dingen. Und trieb sich jetzt schon monatelang hier in Graubünden herum. Oder doch die Isländerin? Als Letzte ins Schloss gekommen, geheimnisvoll still, irgendwie auch unheimlich? Und was war mit dem Koch? Auch er hatte Zutritt zu allen Räumen und kannte die Gäste. Auch er befand sich im Zentrum der Geschehnisse.

Sabina bedankte sich bei Rosenacker für den Hinweis, verabschiedete sich von ihm und rief Heini an.

«Bei dir laufen doch alle Recherchen zu den Bewohnern von Schloss Mondfels zusammen», sagte sie.

«Ja, ich hab die Dossiers.»

«Haben wir da irgendwo Anhaltspunkte für ein Motiv gefunden? Christliche Vergangenheit, Missbrauch, Frauenhass, ein Bezug zum Schams?»

«Nein, da hat sich nichts Neues ergeben», sagte Heini. «Aber versuch halt mal von hier aus Details über das Leben eines Australiers herauszufinden, der kaum Verwandte hat und sich fast nur in Afrika und Europa rumtreibt.»

«Verstehe», sagte Sabina. «Und was ist mit dem Koch? Haben wir da jemals tiefere Recherchen angestellt?»

Heini schwieg, offensichtlich ein wenig betreten.

«Hallo», rief Sabina ins Telefon.

«Nein», sagte Heini, «nein, den haben wir eher nebensächlich behandelt. Wir haben natürlich seine Alibis überprüft, soweit das möglich war, aber wir haben keine biografische Recherche gemacht.»

«Dann lass uns das bitte tun», sagte Sabina. «Möglicherweise will jemand Schlorf diese Morde in die Schuhe schieben. Um gleichzeitig in aller Ruhe weitermachen zu können.»

«Du meinst, die Hinweise in dem Ordner sind fingiert? Und jemand im Schloss steckt hinter dem Ganzen?»

«Rosenacker hat mich auf die Idee gebracht.»

«Könnte er es nicht auch selber sein?»

«Das sprengt meine Phantasie. Gibt es in seiner Kindheit Hinweise auf traumatische Erlebnisse? Ist er jemals als Christenhasser in Erscheinung getreten?»

«Nein, wir haben seinen Lebenslauf sehr genau rekonstruiert. Er scheint tatsächlich der Menschenfreund zu sein, für den wir ihn halten.»

«Okay, Heini. Bitte bleib dran und überprüf noch einmal alles.

8

Am nächsten Morgen ging Malfazi die Bilder durch, die er bei der Absperrung der Kirche hatte schiessen lassen, insgesamt waren es über fünfzig. Autos mit Familien, Kindern, Touristen. Er prägte sich die Gesichter genau ein. So oft schon hatte sich ein Täter durch seine Präsenz am Tatort verraten. Er musste diese Möglichkeit in Betracht ziehen, zumal es kaum andere Anhaltspunkte gab. Auf einem Bild, das einen silbernen Passat und eine vierköpfige Familie zeigte, sah Malfazi im Hintergrund einen Mann, dessen Haltung er zu kennen meinte. Er zoomte ihn näher heran.

«Kommt schnell, ich hab was», rief er auf den Gang, wo sich Sabina und Heini unterhielten.

«Schaut euch den Typen an», sagte Malfazi.

Sabina betrachtete das vergrösserte Foto auf dem Bildschirm.

«Der Koch», sagte sie schliesslich.

«Sind das die Bilder vom Fundort?», fragte Heini.

Malfazi nickte.

«Und jetzt, festnehmen?», fragte Heini.

Sabina schwieg. Sie hatten keinen einzigen stichhaltigen Beweis gegen ihn. Im Gegenteil, seine Speichelprobe war negativ gewesen. Es war nicht verboten, sich den Schauplatz eines Verbrechens anzuschauen; er konnte sogar zufällig am Fundort vorbeigekommen sein. Wie Rosenacker einmal erwähnt hatte, war der Koch oft in der Gegend unterwegs, um Besorgungen zu machen. Und wer würde nicht anhalten, wenn er einen Auflauf von Menschen, Krankenwagen, Polizei und Leichentransportern sah?

«Wollen wir ihn damit konfrontieren?», fragte Malfazi.

«Würde ich nicht tun», sagte Sabina. «Er soll nicht wissen, dass wir ihn verdächtigen.»

«Aber wir gehen davon aus, dass er zu den Tätern gehören könnte», sagte Malfazi. «Dann müssen wir ihn rund um die Uhr beschatten. Es soll noch genau einen Mord geben. Irgendeinen Fehler wird er machen. Ich will, dass das Schloss ab sofort noch genauer bewacht wird. Statt zwei Mann jetzt vier. Vierundzwanzig Stunden lang.»

«Und was ist mit Schlorf? Ist der damit raus?», fragte Sabina.

«Gute Frage», sagte Heini. «Vielleicht stecken ja auch mehrere unter einer Decke?»

Sabina überlegte. «Ich glaube inzwischen eher daran, dass jemand den Verdacht bewusst auf ihn gelenkt hat.»

«Das würde auch erklären, warum der Ordner so viele Aufzeichnungen enthält, die Schlorf belasten und uns nicht weiterbringen», sagte Heini.

«Das bedeutet, jemand hat sie bewusst da reingelegt und den Ordner dann so versteckt, dass man ihn doch finden kann», sagte Malfazi.

«Und wir sind voll auf dieses Märchen hereingefallen», sagte Sabina. Malfazi schluckte.

Sabina überprüfte die Ergebnisse der Spurensicherung aus Mistail. Diesmal waren mehr als zwanzig Fussspuren im Umfeld der Kirche gefunden worden: Profile von Wanderschuhen, Stiefeln, Sandalen, Turnschuhen und Sneakern. Dazu waren einige verwischte Spuren gesichert worden. Allerdings in alle Richtungen gehend, sodass man daraus keine Schlüsse ziehen konnte. In der Kirche waren zudem massenweise DNA-Spuren sichergestellt worden – vermutlich von normalen Kirchgängern und Touristen. Keine der Spuren war identisch mit den bisher aufgetauchten. Keine war in einer Datei vermerkt.

Sie ging den Bericht von Beeli bis zum Ende durch. Die Leichen aus Mistail wiesen die gleichen Merkmale wie die toten Frauen von Carschenna auf. Die Frauen waren mit einer selbst hergestellten Honigcreme einbalsamiert worden. Rückfragen in Apotheken hatten schon bei den ersten Morden keine Ergebnisse gebracht. Auch diesmal hatten die Leichen Morphium im Blut und wiesen tiefe Schnittverletzungen im Genitalbereich auf. Der Tod war auch bei ihnen durch Verbluten eingetreten. Den Todeszeitpunkt verortete die Gerichtsmedizin auf zweiundzwanzig bis dreiundzwanzig Uhr. Somit war den Tätern die ganze Nacht geblieben, um die Leichen vom Tatort zum Fundort zu transportieren.

Die Kameraauswertung der Strassen ergab, dass auf der Albulastrasse in der Mordnacht wenige für den Leichentransport geeignete Fahrzeuge Richtung Mistail unterwegs gewesen waren. Die Pkws, die auf dem Überwachungsvideo zu erkennen waren, waren alle schon in der Mordnacht von den Streckenposten überprüft worden. Jetzt wurden die Fahrer noch einmal befragt, die Wagen untersucht.

Aber alle Befragten hatten plausible Gründe für die Fahrt in der Mordnacht, und in keinem der Wagen waren bislang Spuren gefunden worden. Um etwa halb fünf Uhr in der Früh war ein Motorrad auf der Strasse Richtung Tiefencastel unterwegs gewesen, das von den Streckenposten offenbar nicht kontrolliert worden war. Um kurz nach fünf war es auf der anderen Spur zurück Richtung Thusis gefahren. Hinwärts war nur ein Fahrer auf dem Motorrad gesessen, auf dem Rückweg waren es zwei Personen. Das machte Sabina stutzig. Sie zoomte das Motorrad heran. Weder die Personen noch das Nummernschild waren zu erkennen. Es war nicht beleuchtet, und die Helme verdeckten die Gesichter.

«Heini», rief sie laut.

«Schau dir das mal an», sagte sie, als der Kollege in ihr Büro kam. «Das ist die Albulastrasse Richtung Tiefencastel und etwas später Richtung Thusis. Um halb fünf und um kurz nach fünf.»

«Das ist in der Tat sonderbar», sagte Heini. «Aber leider erkennt man nichts. Vermutlich hat jemand einen über den Durst getrunken und sich abholen lassen.»

«Wahrscheinlich», sagte Sabina.

«Ist auf den anderen Überwachungskameras etwas Auffälliges?», fragte Heini.

«Nur Pkws, alle schon überprüft. Alle Halter haben plausible Gründe für die Nachtfahrt, keines der Fahrzeuge war gestohlen. Reto wertet noch DNA-Spuren aus, aber die Hunde haben bei keinem Wagen angeschlagen.»

Auch die Worte, die in die Schmuckstücke eingraviert waren, hatte Beeli ausgewertet. Es handelte sich einmal mehr um die verklausulierten Namen der Opfer, um Hinweise auf die Orte, an denen sie verschwunden waren, und auf die Arbeitsplätze der Frauen. Dazu die drei Initiationsstufen *Perser, Sonnenläufer* und *Löwe*.

Adel, Salz, Schule, Waldesrand, Stier, Blut, Löwe stand in winzigen Buchstaben auf dem Ring, den man vom Finger der fünfzehnjährigen Patricia Salis genommen hatte.

Adel für den Namen Patricia, der «die edel Geborene» bedeutete. *Salz* als Hinweis auf den Nachnamen Salis, *Schule* für den Arbeitsort des Mädchens, *Waldesrand* für den Ort, an dem sie verschwunden war.

Sabina spürte einen Kloss im Hals. Dass die Täter jetzt auch ein junges Mädchen ermordet hatten, machte die Verbrechen noch ekelhafter.

Sie betrachtete die Fotos aller sechs Opfer. Bleich und schön waren sie – ganz und gar makellos. Man sah ihnen das Leid nicht an, das ihnen zugefügt worden war.

Sabina legte die Fotos zur Seite. Es waren nur noch wenige Tage bis zur Mondfinsternis. Sie waren sich sicher, dass der Zeitpunkt für den siebten Mord feststand. Und sie mussten ihn unter allen Umständen verhindern.

***

Was hätte er getan, wenn er nicht auf die Mithrasjünger gestossen wäre? Der Hohepriester hatte ihn bei der Beerdigung des alten Lehrers angesprochen. Er hatte unter demselben Peiniger gelitten. Nach dem ersten Treffen hatte er ihn aufgenommen in den Kreis. Inzwischen waren sie mit dem Hohepriester, den Messdienern und dem Stummen elf Männer. Sie kamen aus verschiedenen Ländern und hatten ganz unterschiedliche Biografien. Geeint aber waren sie durch die Wunden, die ihnen der christliche Schattengott zugefügt hatte. Und durch die Hoffnung auf Erlösung in Mithras.

Sollte er nun tatsächlich bald der Erste sein, der die siebte Stufe erreichte? Die übrigen sechs würden ihm in den kommenden Jahren folgen. Zunächst aber halfen sie ihm dabei, sein Werk zu vollenden. Sie brachten im Schutz der Nacht die Sprengsätze in der Schlucht an. Er wusste, dass er sich auf sie verlassen konnte.

Mit nacktem Oberkörper legte er sich auf den Boden und betete zu Mithras. «Lass mich eingehen in Dein Licht und befreie mich von allen Schatten der Vergangenheit, der Du aus dem Fels geboren bist und wiederkommst, um das Dunkel zu beenden. Um das Dunkel zu beenden. Bitte, mein Gott, Mithras. Erlöse mich.»

Als er sich wieder aufgerichtet hatte, nahm er die Harfe und spielte das alte Lied. «Träum süss. Mein Kind, träum süss.» Hinter den Wolken verschwand der Mond.

Noch drei Tage.

9

Drei Mitarbeiter der Kantonspolizei hatten daran gearbeitet, weitere Informationen über die Bewohner von Schloss Mondfels zu bekommen. Am Mittwoch traf sich das Ermittlerteam, um sich auf den neuesten Stand bringen zu lassen.

Jean Redolfi, so hatten die Kollegen herausgefunden, hatte einen jüngeren Bruder, der in einem Kloster in Frankreich lebte. Er war jedoch im Moment verreist und auch nicht erreichbar, wie die Klosterleitung mitgeteilt hatte. Freunde, Verwandte oder Bekannte liessen sich nicht ermitteln. Aus dem Firmenumfeld gab es auch keine neuen Informationen. Redolfi sei als freier Berater tätig, er arbeite meist auf eigene Faust und habe daher auch kaum soziale Kontakte in der Firma. Der Mann schien in jeder Hinsicht ein Einzelgänger zu sein.

Über Matthew Sanderson war immerhin eine Anekdote ausgegraben worden, die für Diskussionen sorgte: Eine ehemalige Kommilitonin, die auf demselben Feld wie der Australier forschte, bezichtigte ihn der sexuellen Nötigung. Er habe sie bei einer Exkursion in Frankreich im Zelt aufgesucht und massiv bedrängt. Sie habe aber damals auf eine Anzeige verzichtet.

«Der hat eben einen Anmachversuch gestartet und ist abgeblitzt», tat Malfazi die Sache ab.

«Ihr könnt euch das einfach nicht vorstellen, dass es so was wie sexuelle Belästigung gibt, oder?», fauchte Sabina.

«Doch», sagte Heini, «ich finde es auch nicht lustig.»

Ansonsten festigte sich folgendes Bild von Sanderson: ein ganz auf seine Felsen und Symbole fixierter Mann, der viel in der Welt herumkam, aber nirgends richtig sesshaft wurde – oder eben überall zu Hause war, ganz wie man es interpretierte. Sein religiöser Hintergrund war unklar. Ein Professor erwähnte, er habe wohl mit den Mormonen in Verbindung gestanden.

Zu Rúna Hauksdóttir gab es die interessantesten Neuigkeiten, immerhin zwei Aussagen. Die eine von einer Steinbildhauerin, die auf derselben Kunstschule gewesen war wie Frau Hauksdóttir. Die andere von ihrer Lehrerin auf dieser Schule. Beide zeichneten das Bild einer sehr sensiblen Frau, die als Kind ziemlich sicher Opfer von häuslicher oder priesterlicher Gewalt geworden sei. Auch betonten sie, dass die Künstlerin zu eruptiven Wutausbrüchen neige und sich mit der Steinbildhauerei in gewisser Weise zu heilen versuche.

Zu guter Letzt kamen die Ergebnisse der Akte Oskar Varga, zu der auch Alfred Rosenacker einiges beigetragen hatte. Der Koch von Schloss Mondfels war gebürtiger Ungar. Er hatte seine Kindheit wohl in Rumänien verbracht und dann etwa fünfzehn Jahre lang in Deutschland und Österreich gelebt. Als Hausmeister war er wegen Trunkenheit im Dienst entlassen worden, danach hatte er sich als Bademeister und Lkw-Fahrer verdingt. Nach einem Aufenthalt in einer Erholungsstätte des Malteserordens hatte er mit dem Kochen begonnen, zunächst in der Erholungsstätte selbst, später in einem Benediktinerkloster in Süddeutschland. Er war dort durchaus geschätzt gewesen und hatte es auf eigenen Wunsch verlassen. Vor etwa einem Jahr hatte er sich bei Alfred Rosenacker vorgestellt, von dessen Stiftung er wohl von einem Klostergast erfahren hatte. Über Vargas Kindheit war nichts herauszufinden. Er hatte die Verbindungen zu seiner Vergangenheit offensichtlich gekappt.

«So. Mit diesem Stand müssen wir arbeiten», sagte Malfazi. «Aus meiner Sicht sind alle irgendwie verdächtig und alle auch wieder nicht.»

«Und dann haben wir noch den grossen Unbekannten: Christian Schlorf», sagte Heini.

«Am Freitag findet auf Schloss Mondfels das grosse Sommerfest anlässlich der Mondfinsternis statt», sagte Sabina. «Ich meine, dass wir dort sein sollten. Und zwar ganz offiziell: als Gäste.»

«Sehr gut», sagte Malfazi, «das gibt uns die Gelegenheit, alles zu beobachten und unter Kontrolle zu halten. Sobald irgendetwas Auffälliges passiert, sind wir da.»

«Das volle Programm?», fragte Heini.

«Beobachtungsposten rund ums Schloss, Bereitschaftspolizei an allen Strassen, Hubschrauber auf Abruf. Wo auch immer in dieser Nacht etwas vonstattengeht: Wir müssen handlungsfähig sein.»

«Gut, ich übernehme die zentrale Planung vom Polizeikommando aus», sagte Heini.

«Ich stürze mich ins Getümmel und ermittle auf dem Fest», sagte Sabina.

«Ich überwache vom Funkwagen aus das mobile Einsatzkommando und postiere mich irgendwo bei Thusis», sagte Malfazi. «Die Verteilung der einzelnen Einsatzkräfte besprechen wir morgen, okay?»

«Okay.»

«Und was, wenn das Ganze nicht in dieser Nacht stattfindet und nichts mit diesem Schloss zu hat?», fragte einer der Sonderermittler.

«Wir können uns nur an das halten, was wir haben», sagte Malfazi. «Dazu überwachen wir die Kirchen in der Gegend und sind an allen Kultplätzen präsent, die in Frage kommen. Mehr können wir nicht tun.»

Sabina fuhr mit einer gewissen Zuversicht nach Hause. Zwar hatten sie an Fronleichnam nicht richtiggelegen mit ihren taktischen Überlegungen. Das Wissen aber, dass wirklich jede im Kanton verfügbare Polizeikraft am Freitag im Einsatz sein würde, gab ihr Sicherheit. Ihr Plan war es, mit fünf weiteren Zivilfahndern so nah an den Geschehnissen im Schloss zu sein, dass jedes Signal, das von dort ausging, wahrgenommen wurde.

Sie machte sich ein Brot und schaltete den Fernseher ein. Nach wie vor war der Sechsfachmord ein Thema in allen Nachrichten. Die Regierungsrätin gab Interviews, der Chef der Kantonspolizei versprach rasche Aufklärung.

Tatsächlich aber konzentrierten sich die leitenden Ermittler zunächst vor allem darauf, einen weiteren Mord zu verhindern.

***

Alles war vorbereitet. Seine Mitbrüder hatten die Schlucht präpariert und waren abgereist. Sie würden nach ihm Erlösung finden. Jeder in seinem Jahr, bis das Sühnen beendet war. Das Mithräum war hergerichtet. Nur der Hohepriester und die beiden Messdiener würden zugegen sein. Dazu der Stumme, der an der Schlucht mit den Maultieren auf ihn warten würde. Wieder waren alle Vorbereitungen im Schutz der Dunkelheit getroffen worden, wieder hatte niemand etwas bemerkt. Eine Nacht noch, dann war es so weit. Dann erreichte er die siebte Stufe und fand Erlösung. In Mithras, der aus dem Felsen gekommen war. Im Felsen würde er sich mit ihm vereinigen. Eine Nacht noch, dann war alles vollbracht. Er spürte eine unerschütterliche Ruhe in sich. Durchs Fenster schien hell der Mond herein.

10

Der Abend der Mondfinsternis war traumhaft. Die untergehende Sonne liess die Berggipfel leuchten, und das Zirpen der Grillen verlieh dem Abend eine sommerliche Melodie. Im Garten des Schlosses waren weisse Pavillons aufgestellt, über der Feuerstelle wurde ein halber Ochse gebraten. Auf dem ganzen Anwesen verteilten sich Besucher: interessierte Anwohner und Touristen, ehemalige Stiftungsgäste, auch Vertreter der Presse. Die Frauen trugen legere Sommerkleider, man sah Leinenanzüge und Panamahüte. Rúna Hauksdóttir trug ein weisses Kleid und einen riesigen weissen Hut. Mit ihrer blassen Haut wirkte sie in dem Gewand wie eine Mischung aus Elfe und Gespenst. Sie hatte ihre Spiralinth-Steine im ganzen Garten ausgestellt. Die Gäste schlenderten an den Kunstwerken vorbei und bewunderten die filigrane Bearbeitung.

«Sis mast bi se wörk of jirs», bemerkte der Pressemann vom Pöschtli in notdürftigem Englisch.

«It's the work of my life», sagte die Isländerin.

Sanderson stand am Grillfeuer. An eine Holzwand hinter der Feuerstelle hatte er Fotos von Felszeichnungen aus aller Welt geheftet. Darüber stand in grossen Lettern: *«Symbols of the past – signals for the future?»* Wer etwas darüber wissen wollte, musste sich mit ihm ans Feuer stellen. Das Fett des Ochsen triefte, der Rauch brannte in den Augen. Sanderson drehte das Tier behutsam um die eigene Achse und erläuterte die Fotos an der Wand. Er vertrat die These, dass sich die Menschen bei ihren Felszeichnungen alle aus einem einzigen archaischen Schatz bedient hatten – ganz gleich ob im Westen, Osten, Süden oder Norden – und dass heutige Menschen tief in ihrem Inneren immer noch aus genau demselben Schatz schöpften. Mit seinem wallenden Haar und dem krautartigen Bart war Sanderson selbst ein lebendiger Ausdruck dieser archaischen Natur.

Der Koch war ohne Unterlass damit beschäftigt, das Buffet aufzufüllen, und scheuchte die Putzfrau mit leeren Tellern in die Küche.

Die Bibliothek im Schloss war bestuhlt. Wo sonst der grosse Tisch und die Schreibtische standen, war eine Art Podium mit Leinwand und Lautsprechern aufgebaut. Hier hielt Redolfi seinen Vortrag über heilende Musik. Er spielte Stücke von Mozart und Hindemith, balinesische Gamelanmusik und nordische Volkslieder vor. Sabina stand an der Tür und beobachtete die Zuhörer. Redolfi zeigte anhand von Hirnströmen die neurophysiologische Wirkung der jeweiligen Musik. Ausgehend von diesen Beispielen führte er heilsame und weniger heilsame Klänge und Melodien vor. Die Zuhörer spendeten ihm am Ende enthusiastischen Beifall. Er bedankte sich und ging direkt auf Sabina zu.

«Haben Sie auch zugehört?», fragte er.

«Sehr beeindruckend, Herr Redolfi. Die Suche nach dem heilenden Klang. Das fasziniert mich.»

Dass Musik heilen konnte, war für sie völlig klar. Dass man sie medizinisch so wenig nutzte, eigentlich verwunderlich.

«Wie lange forschen Sie schon über das Thema?»

«Bereits mehr als zwanzig Jahre.»

«Und wie sind Sie auf Schloss Mondfels gekommen?»

«Ein Freund hat mir davon erzählt. Aber ich werde bald wieder abreisen.»

«Warum?»

«Meine Mission ist demnächst beendet», sagte er und fixierte sie mit seinen dunklen, fast schwarzen Augen. Sabina hielt seinem Blick stand.

«Lassen Sie uns ans Feuer gehen», schlug er schliesslich vor. «Ich möchte wissen, was Sie antreibt in Ihrem Leben.»

Es sprach nichts dagegen, das Gespräch mit Redolfi zu intensivieren. Sollte er in dieser Nacht irgendetwas vorhaben, würde sie es auf diese Weise am ehesten mitbekommen. Sie setzten sich ans Feuer und assen ein Stück von dem saftigen Ochsenbraten. Die anderen Zivilermittler behielten Sanderson, den Koch und die Isländerin im Auge.

Sabina lächelte Redolfi zu. Nichts sollte verraten, dass sie ihn observierte. Die zivilen Polizeiwagen rund um Schloss Mondfels waren gut getarnt. An Rosenackers Defender war ein Peilsender angebracht.

Die Dämmerung setzte ein.

«Sechs nach halb zehn», sagte Malfazi, als der mobile Einsatzleiter ihn nach der Uhrzeit fragte. Sie sassen im Einsatzwagen an der Rheintalautobahn und kontrollierten die Bildschirme. Insgesamt hatten sie über hundert Ziele im Auge. Die Monitore waren so geschaltet, dass sie alle fünf Sekunden ein neues Bild zeigten. Einen derartigen technischen Überwachungsaufwand hatte es bei keinem Einsatz in Graubünden jemals gegeben. Die Order war von ganz oben gekommen. In dieser Nacht durfte kein Fehler gemacht werden.

Um einundzwanzig Uhr sechsundfünfzig meldete das Einsatzteam an den Felsen oberhalb von Savognin, dass sich sechs Personen näherten. Malfazi liess den Ausschnitt im Bildschirm vergrössern. Es handelte sich um eine Gruppe von Jugendlichen. Sie packten Flaschen aus und machten ein Feuer.

«Kein Zugriff», befahl er. «Lasst sie feiern, aber behaltet das Ganze sehr genau im Auge.»

An sämtlichen Kirchen im Umkreis waren Polizisten und Nachtsichtkameras postiert. Doch es blieb ruhig. Auch auf Carschenna tat sich nichts. Als es komplett dunkel war, begann die heisse Phase. Malfazi wurde angespannter. In den nächsten Stunden war die Wahrscheinlichkeit für eine Entführung und den finalen Mord am höchsten. Hatte er die richtigen Ziele ausgewählt? Würden die Täter noch einmal einen alten Kultplatz oder eine der Kirchen im Umfeld der Viamala für ihr Ritual auswählen? Der heutige Einsatz musste erfolgreich sein, wenn er in seinem Polizistenleben noch etwas erreichen wollte.

Redolfi und Sabina unterhielten sich am Feuer. Der vordergründig so zurückhaltende, stille Franzose entwickelte Charme. Er fragte sie nach der Zusammenarbeit mit den männlichen Kollegen, liess beiläufig ein Kompliment fallen, fragte auch nach dem Stand der Ermittlungen in den Mordfällen.

Sabina tat sich schwer, ihre Anspannung zu verbergen. Wusste er, dass sie ihn observierten? War er so ausgekocht, dass er das Spiel mit dem Feuer wagte? Sie versuchte, möglichst allgemeine Antworten zu geben und sich nicht anmerken zu lassen, was sie dachte. Gelang es ihr? Sie fühlte sich beherrscht von ihm. Er schien ihr überlegen zu sein. Um zweiundzwanzig Uhr vierundzwanzig ging sie auf die Toilette und suchte Funkkontakt mit Malfazi.

«Redolfi ist mir nicht geheuer», sagte sie. «Ich habe das Gefühl, dass er mich aushorchen will.»

«Das ist doch perfekt. Lass ihn nicht aus den Augen.»

«Was macht der Koch, was machen Sanderson und die Isländerin?»

«Alle völlig unauffällig», sagte Malfazi. «Keiner hat nach aussen Kontakt aufgenommen oder sich vom Fest wegbewegt.»

«Und Rosenacker?»

«Der unterhält seine Gäste.»

«Irgendwas bei den Kirchen, bei den Höhlen oder an den Felsen?»

«Nichts Verdächtiges, noch ist alles ruhig, aber der Mond verdunkelt sich ja auch erst in einer halben Stunde.»

«Sind die Jungs rund ums Schloss bereit?»

«Vier Wagen, egal, wer ins Tal fährt, wir sind dran.»

«Falls ich mich nicht per Funk melden kann, piepse ich dich an, sollte sich etwas tun.»

«Okay, pass auf dich auf.»

Als sie zum Feuer zurückkehrte, war Redolfi aufgestanden und trat ihr lächelnd entgegen.

«Haben Sie mit Ihrem Kollegen telefoniert?», fragte er, und seine dunklen Augen blitzten.

Sabina fühlte sich ertappt. Bevor sie etwas erwidern konnte, sprach Redolfi weiter. «Sie sind eine interessante Frau, aber eine schlechte Schauspielerin, Frau Lindemann. Glauben Sie im Ernst, ich wüsste nicht, warum Sie hier sind? Aber Sie irren sich. Kommen Sie, ich beweise es Ihnen.»

«Ich weiss nicht, wovon ...», setzte Sabina an, aber Redolfi unterbrach sie erneut.

«Sie suchen doch nach Christian Schlorf, nicht wahr? Ich kann Ihnen dabei helfen, ihn zu finden. Dafür müssen wir allerdings ein paar Meter fahren. Alleine. Kommen Sie mit?» Er sah sie herausfordernd an.

Sie hätte Nein sagen können, vielleicht sogar müssen. Doch irgendetwas liess sie nicht los. Sie spürte, dass Redolfi sie zur Lösung des Rätsels führen würde. Auch wenn es riskant war, sie musste es wagen.

Als sie in den schwarzen Defender einstieg, drückte sie das Signal ihres Funkhandys in der Jackentasche.

«Sabina verlässt das Fest. Es geht los», gab Malfazi an die vier Einsatzwagen durch. «Könnt ihr sehen, wer bei ihr ist?»

«Es ist der Franzose, sie fahren mit dem Defender», funkte der Streifenwagen zurück. Malfazi kratzte sich am Nacken.

«Verflucht, ich hoffe, sie weiss, was sie tut.»

Die Polizisten standen an der breiten Strasse, die von Schloss Mondfels ins Tal führte, und nahmen mit etwas Abstand die Verfolgung auf.

Der Defender fuhr Richtung Autobahn. Auf Höhe der Rastanlage Viamala bog er Richtung San Bernardino ein und verschwand kurz drauf im Tunnel. Malfazi behielt das Signal unablässig im Blick. Der mobile Einsatzleiter kontrollierte die Bildschirme der Zielorte. Weiterhin nichts. Um zweiundzwanzig Uhr zweiundvierzig bog Redolfi mit dem Defender von der Autobahn ab auf die Strasse zum Viamala-Parkplatz.

«Er ist von der Autobahn abgefahren zur Viamala und hält dort an. Bleibt mit etwas Abstand dran», befahl Malfazi.

«Wir sind da», sagte Redolfi, als sie den Viamala-Parkplatz erreicht hatten.

Sabina hörte das Rauschen in der Tiefe. Neben ihr ragten die schwarzen Schieferwände dreihundert Meter empor. Es war stockdunkel. Ihr Körper war maximal angespannt, sie war jederzeit bereit, sich zu verteidigen.

«Einen Moment», sagte Redolfi und ging in Richtung der alten Brücke. Sabina sah ihm nach, er verschwand um die Ecke. Dann hörte sie ein gewaltiges Krachen in ihrem Rücken.

Sie fuhr herum, warf sich instinktiv auf den Boden und hielt schützend die Hände über den Kopf.

Der Tunnel, der zur Schlucht führte, war durch eine Explosion eingestürzt. Der darüberliegende Steilhang brach über der Strasse zusammen und türmte sich unter gewaltigem Lärm zu einem meterhohen Geröllberg auf. Sabina kauerte sich zitternd an das Kioskhäuschen am Parkplatz. Als die gewaltigen Schuttmassen endlich zum Stillstand gekommen waren, stand sie auf.

Bevor sie realisieren konnte, was genau passiert war, spürte sie einen Schlag auf den Hinterkopf.

Die Polizisten fuhren gerade durch den Tunnel, als sie ein unfassbares Donnern und Grollen hörten.

«Was ist das?», fragte der Fahrer.

«Hau den Rückwärtsgang rein», rief sein Kollege. «Schnell, verdammt. Mach schon!»

Doch es war zu spät. Schon schoss eine riesige Staubwolke durch den Tunnel und begrub das Auto unter einer dichten Staubdecke.

«Raus hier!», schrie der Fahrer und riss die Tür auf. Sofort atmete er Staub ein und musste husten. Der Beifahrer hielt sich seine Jacke vor den Mund und stieg ebenfalls aus.

Unter heftigem Husten und mit tränenden Augen tasteten sie sich zurück zur Tunneleinfahrt und setzten sich erschöpft auf die Leitplanke der Viamala-Strasse. Von dort aus funkte der Beifahrer Malfazi an.

«Hier ist der Tunnel eingestürzt!», meldete er atemlos. «Ruf die technischen Hilfsdienste und die Feuerwehr. Da ist kein Durchkommen. Und Vorsicht: akute Einsturzgefahr!»

Malfazi schaltete sofort und funkte die Kollegen am anderen Ende der Viamala an.

«Fahrt auf der Stelle zum Parkplatz am Viamala-Kiosk», befahl er. «Aber Vorsicht – es ist ernst!»

Nach zwei Minuten erhielt er einen Funkspruch, dass auch von Süden her die Strasse verschüttet sei.

«Fuck!», schrie er und funkte Sabina an.

Doch ihr Funkhandy blieb stumm.

Malfazi spürte, wie ihm am ganzen Körper der Schweiss ausbrach. Sollte es diesem Dreckskerl tatsächlich gelungen sein, sie zu verarschen? Das Signal des Defenders war erloschen, der Peilsender offenbar zerstört.

Er benachrichtigte die Feuerwehr und beorderte einen Hubschrauber zur Schlucht. Sie mussten so schnell wie möglich die Strasse freiräumen, um ins Innere der Schlucht vorzudringen. Es ging um Sabinas Leben.

Sie ist Sternzeichen Stier, dachte er. Und war nicht ihr Urgrossvater Pfarrer im Schams? Wie blöd bin ich eigentlich?

Heini riss ihn per Funk aus seinen Gedanken. «Im unmittelbaren Bereich der Schlucht gibt es nur zwei Felsräume, die zu Aus-

fender auf zwei Brettern über die Brückenmauer bugsiert und in der Schlucht versenkt. Sie sind zu Fuss weiter oder mit einem Maultier.»

«Du machst Witze, oder?»

Heini wurde laut. «Malfazi, ich mach keine Witze, verdammt. Schau nach, ob da irgendwo Spuren sind. Vom Parkplatz führt ein Pfad zur Veia Traversina, das ist der einzige Fussweg raus aus der Schlucht. Vielleicht sind sie da lang.»

Nach fünf Minuten fand Malfazi die Maultierabdrücke im Gebüsch hinter dem Parkplatz. Sie führten hinauf zum Traversiner Tobel, einem derart steilen und unwirtlichen Gelände, dass eine Verfolgung mit so viel Rückstand unsinnig erschien, zumal die Spuren sich bald auf steinernem Grund verloren.

«Ich schicke zwei Trupps hinterher, aber Redolfi hat zu viel Vorsprung. Wir müssen es mit den Hubschraubern versuchen», funkte Malfazi nach Chur.

«Okay», sagte Heini. «Am Ende des Tobels kreuzt ein Weg, der aufs Muttner Horn oder runter nach Carschenna führt. Ich habe die Karten studiert. Da ist nirgends eine Höhle eingezeichnet. Aber möglicherweise führt ein Weg zur Alp Taspegn. Da oben sind die alten Silberminen. Das ist ein weit verzweigtes Schachtsystem. Da könnten sie sein.»

«Die Silberminen», sagte Malfazi. «Verdammt. Da oben kommt bis Mitte Juni kein Mensch vorbei. Und es gibt sogar einen Zufahrtsweg. Ja, das ist es.»

Seine Halsschlagader pulsierte. Er hatte über hundert Höhlen observieren lassen, auf die Silberminen war er nicht gekommen. Eben weil sie nicht als Höhlen geführt wurden, weil sie in keinem Verzeichnis von Bündner Höhlen auftauchten.

Als Sabina wieder zur Besinnung kam, lag sie auf einer einfachen Pritsche. Um sie herum war es kühl. Sie war nackt, nur eine Decke war über ihr ausgebreitet. Ihre Hände und Füsse waren gefesselt. Sie musste sich in einer Höhle oder einem Schacht befinden. Die Wände waren aus Stein. Ab und zu fiel ein Tropfen von der Decke. Sie kannte das Gestein mit den braunen Adern und den glitzernden Splittern. Es war Erz, das Mineralgestein, aus dem Silber gewonnen wurde. In ihrer Kammer leuchteten drei Kerzen. Von irgendwoher drangen Stimmen an ihr Ohr. Ein Singsang. Sie kannte die Geräusche. Die Videobotschaft der Opferung war mit ähnlichen Klängen untermalt gewesen.

Jetzt erst begriff sie, was los war. Sie war in der Mithrashöhle. Sie war das siebte Opfer. Ihr wurde eiskalt. Panisch rüttelte sie an den Fesseln. Keine Chance. Ihr Herz bohrte sich fast durch die Brust. Ruhig, sagte sie sich, atme ruhig. Die Yogaatmung half ihr vorübergehend, nicht zu hyperventilieren. Kalter Schweiss stand auf ihrer Stirn.

Die Tür zur Kammer öffnete sich. Ein grosser Mann mit schwarzer Maske betrat den Raum und beugte sich über sie. In seiner Hand hatte er eine Spritze. Sie versuchte, sich zu wehren, doch es war sinnlos. Sie spannte ihren Körper an. Spürte den Einstich. Wenig später fiel sie in eine warme, lichte Glückseligkeit.

Um vier Uhr zwei rasten Malfazi und vier weitere Polizisten in einem Jeep an dem Geröllberg vorbei, den die Feuerwehr mit den Hilfsdiensten mühsam von der Strasse geräumt hatte. Gleichzeitig setzten sich zwei Hubschrauber mit schwer bewaffneten Polizisten in Bewegung.

Der Weg zu den Silberminen war steil; Schotter prasselte gegen den Unterboden.

«Wie lange braucht man auf einem Maultier von der Viamala bis zu den Minen?», fragte Malfazi über Funk.

«Unter fünf Stunden ist das nicht zu machen», sagte Heini.

«Warum hat er nicht die Strasse genommen?», fragte Malfazi.

«Er wusste, dass wir ihn verfolgen, und wollte uns wohl im Glauben lassen, er sei mit dem Wagen in die Tiefe gestürzt», antwortete Heini.

Malfazi fuhr sich übers Gesicht. Vor seinem inneren Auge liess er die Geschehnisse des Abends noch einmal ablaufen.

Um zweiundzwanzig Uhr vierunddreissig hatte er das letzte Signal von Sabina bekommen. Um zweiundzwanzig Uhr fünfundvierzig war der Berg eingestürzt. Seither waren über fünf Stunden vergangen. Er hielt Kontakt zu den Hubschraubern und wies die Polizisten an, nach einem oder mehreren Maultieren Ausschau zu halten. Die Rückmeldungen waren negativ.

«Wir treffen uns an der Alp», funkte er.

Der Jeep ächzte die Strasse hoch. Mehrmals musste der Fahrer zurückstossen, weil er nicht um die engen Kurven kam. Einmal hing der Wagen mit einem Rad über dem Abgrund.

Im Osten erhellte ein rosafarbener Streifen den Horizont. Bald ging die Sonne auf. Ihnen blieb nicht mehr viel Zeit.

***

Er legte seinen Mantel ab und kniete nieder. Nur für ihn war der Hohepriester gekommen. Nur für ihn hielten Cautes und Cautopates, die beiden Messdiener, die Fackeln. Nur für ihn brachte der Stumme das Opfer herein. Sie roch nach Honig. Gereinigt für die letzte Opferung. Für die heiligste, für die siebte Stufe. Mit ihrem Blut würde er die Erlösung erlangen. Würde endlich die letzte Stufe erreichen und mit dem Licht des Felsengottes verschmelzen.

Der Hohepriester legte ihr das Amulett an. *Vater* stand gross in der Mitte, *Vater*, die siebte Stufe des Mithraskults. Die Vollendung.

***

«Wie viele dieser Schächte gibt es?», fragte Malfazi, als sie die Zweitausender-Grenze erreicht hatten.

«Fünfzehn, zwanzig», funkte Heini, «vielleicht auch mehr. Sie sind wohl nie alle freigelegt worden.»

Die Polizisten aus den Hubschraubern stiessen hinzu und leuchteten die Felswand ab, in die sich die Erzschächte bohrten. Es war nichts zu sehen. Sie stiegen weiter abwärts, immer an der Wand entlang. An einem Felsvorsprung etwa hundert Meter unter ihnen erkannten sie die Umrisse zweier Maultiere.

«Da unten», flüsterte Malfazi.

Sie stiegen ab. Das Geröll kam ins Rutschen. Sie warteten kurz. Als sie bei den Tieren angekommen waren, hielten sie inne. Es war nichts zu hören.

«Hier muss irgendwo etwas sein», sagte Malfazi. Er tastete sich an der Wand entlang, dann bemerkte er eine Öffnung im Fels. Gerade breit genug, um sich hindurchzuzwängen. Er gab ein Zeichen. «Wir gehen rein, ihr wartet draussen.»

Gemeinsam mit sechs Kollegen betrat Malfazi den Schacht. Er

war feucht und kaum mannshoch. Leicht gebückt gingen die Polizisten vorwärts. Nach etwa zwanzig Metern teilte sich der Weg. Malfazi gab dreien der Polizisten ein Zeichen nach rechts. Er und die drei anderen gingen geradeaus weiter. Der Weg führte gut fünfzig Meter ins Innere des Bergs. Plötzlich hielt Malfazi inne und gab ein Zeichen, stehen zu bleiben.

Er lauschte. Von irgendwoher war die monotone Melodie eines Mönchsgesangs zu hören. Sie löschten ihre Lampen und tasteten sich vorsichtig weiter vor. An einer Unebenheit stolperte Malfazi und stiess sich schmerzhaft den Kopf. Er schrie kurz auf. Das Singen verstummte.

Sie verharrten einige Zeit in Stille. Dann hörte Malfazi Schritte. Der zuckende Schein einer Fackel erhellte den Gang. Ein Mann mit schwarzer Maske trat ihnen entgegen und stiess ein fürchterliches Geräusch aus. Halb animalisch, halb menschlich, so klang der Schrei.

Malfazi schoss dem Mann ohne Vorwarnung ins Bein. Der Maskierte brüllte auf und sackte in sich zusammen. Malfazi drängte sich mit zwei Polizisten an ihm vorbei. Der dritte sicherte den Verletzten.

***

Er war bereit für die letzte Stufe. Das Opfer lag auf dem Altar. Doch jemand störte das heilige Ritual.

Aus einem der Zugangsschächte war ein Geräusch zu ihnen gedrungen. Der Hohepriester brach die Zeremonie ab, hielt einen Augenblick inne, dann ging er auf Redolfi zu.

«Du bist auf einer Stufe mit Mithras, opfere den Stier und dann geh ein in seine Welt.» Damit reichte er ihm den Dolch und verliess zusammen mit den beiden Messdienern fluchtartig den Raum. Redolfi wusste, dass sie durch die Geheimtür in einen der hinteren Zugangsschächte gelangen würden, ein Bereich des Schachtsystems, den niemand ausser ihnen kannte.

Der Stumme stürmte den Eindringlingen entgegen, um sie abzuwehren. Redolfi kauerte regungslos auf den Knien.

Er wusste, was er zu tun hatte. Niemals konnte er es zulassen, dass sie ihn jetzt ergriffen. Alle Rituale waren so vollzogen worden, wie er es geplant hatte. Er hatte alle Stufen erklommen, hatte alles für seinen Gott und die Mithras-Gemeinschaft getan. Und nun? Verliess ihn sein Gott? Gab er ihn seinen Peinigern preis? Sollte er sich wieder in die blutigen Hände dieses Christengottes und seiner weltlichen Richter begeben?

Er war der Erlösung so nahe. Er musste nur noch den siebten Stier opfern. Dann ein einziger Schnitt an seiner Kehle. Und er würde für immer frei sein. Mit zitternder Hand umgriff er den Dolch und setzte ihn zwischen den Beinen seines Opfers an. Er sah das Bild seiner Mutter. Das Blut. Die durchschnittene Kehle. Die Fasern ihres blutigen Halses. Das Kruzifix mit der Dornenkrone über ihrem toten Körper. Ihre toten Augen. Er schrie.

Da hörte er hinter sich eine Stimme. Sein ganzer Körper wurde geschüttelt. Seine Hand verkrampfte sich. Blindlings stach er zwischen die Beine seines Opfers. Dann führte er den Dolch zu seiner Kehle und zog die Klinge durch.

Erlöse mich, Mithras, war sein letzter Gedanke. Im selben Moment durchbohrte ihn ein Schuss.

***

Sie waren in einem erleuchteten Höhlenraum. An den Wänden loderten Fackeln. Auf einer Art Steinaltar lag Sabina. Nackt. Besinnungslos. Blut zwischen ihren Beinen. Vor dem Altar lag Redolfi. Das Blut lief in Strömen aus seinem Hals. Er hatte sich die Kehle durchtrennt. Dazu hatte sich Malfazis Schuss auf Höhe der Lunge in seinen Rücken gebohrt.

Malfazi hastete zu Sabina, beugte sich über sie und fühlte ihren Puls. Sie lebte.

«Schnell, wir brauchen einen Notarzt!», schrie er, zog sein Hemd aus und presste es zwischen ihre Beine.

Sabina lag in eine Decke gehüllt vor dem Schacht. Sie war noch immer ohne Bewusstsein, aber dank Heinis Geistesgegenwart ausser Lebensgefahr. Er hatte einen Rettungshubschrauber zur Alp beordert, als sich die Geschehnisse zugespitzt hatten, und die Sanitäter hatten die Wunden rechtzeitig stillen können. Es waren mehrere oberflächliche Schnitte an Oberschenkeln, Venushügel und Schamlippen. Redolfi war wohl zu aufgewühlt gewesen, um gezielte Schnitte auszuführen.

Keine zehn Meter neben Sabina lag der Mann mit der Maske. Er blutete heftig und hatte offensichtlich starke Schmerzen. Malfazis Schuss hatte ihm die Kniescheibe zerfetzt.

Die Polizisten untersuchten das Höhlensystem und fanden mehrere Zugangsschächte zu dem Ritualraum. Ob ausser Redolfi und dem Mann mit der Maske noch jemand in den Schächten gewesen war, liess sich nicht mit Sicherheit sagen. Malfazi meinte, der Gesang habe möglicherweise von mehr als zwei Männern gestammt, sicher war er sich allerdings nicht. Er gab eine Suchmeldung für die Gegend zwischen Muttner Horn und Piz Curvér aus. Man suche weitere Männer, möglicherweise, wie Redolfi, in kultischen Gewändern.

Heini, der inzwischen die mobile Einsatzleitung übernommen hatte, zog alle dreihundert Mann von den Zielen rund um die Viamala-Schlucht zusammen. Sie durchkämmten in den Morgenstunden des Samstags den Wald, das Gebirge und die zugänglichen Schächte der alten Silberminen. Drei Hubschrauber kreisten über dem Areal. Doch sie fanden nichts ausser einem schwarzen Chryslerbus ohne Kennzeichen, der in einer verfallenen Scheune auf halbem Weg zu den Minen am Waldrand versteckt war. Darin standen auch drei Motorräder mit, wie sich schnell herausstellte, gefälschten Nummernschildern, einige Heuballen und Futtersäcke für die Maultiere.

11

Redolfis Leichnam war zur gerichtsmedizinischen Untersuchung ins Kantonsspital gebracht worden. In seine Brust waren sechs Symbole eingebrannt. Das siebte Mal hatte er nicht mehr erhalten, weil die Polizisten das Ritual gestört hatten.

Aus dem Maskierten, der noch immer im Kantonsspital lag, war nichts herauszubekommen. Nach der Behandlung der Schussverletzung ordnete Malfazi einen neurologischen Test an. Dabei stellte man fest, dass der Mann gehörlos und daher stumm war. Sicher konnte er irgendwie kommunizieren, jedoch schien er kein Interesse daran zu haben. Und so behielt er für sich, was sich genau in der Höhle zugetragen hatte. Ein Fotovergleich in Zürich ergab, dass er der Mann war, der das Fax im Park Hyatt aufgegeben hatte. Und er war, wie der DNA-Vergleich ergab, auch der Mörder von Bühler und der Mann, der die Frauen in den Schächten bewacht und einbalsamiert hatte. Ein treuer, stummer Diener der düsteren Gemeinschaft, der für den Rest seiner Lebenszeit in einem Hochsicherheitstrakt verwahrt werden würde.

Malfazi selbst galt als der grosse Retter. Er war es gewesen, der den Maskierten im Schacht niedergestreckt hatte, er hatte Sabina befreit und dem Mithrasspuk ein Ende bereitet.

Sabina wurde nach fünf Tagen aus dem Spital entlassen. Sie war nach Meinung der Psychologen nur leicht traumatisiert, und sie selbst empfand das auch so. Ausserdem brannte sie darauf, mehr über die Hintergründe der Morde zu erfahren.

Von Beeli liess sie sich die Ergebnisse der Minenuntersuchungen geben. Die Kollegen vom Erkennungsdienst hatten mehrere Kammern entdeckt, in denen die entführten Frauen auf Pritschen gefangen gehalten worden waren. Dort fanden sie Gasbehälter zum Beheizen der Kammern, mehrere Dosen mit Honigbalsam, Morphium, eine Videokamera, ferner Decken, eine notdürftige Küche, Essensvorräte und sogar Toiletten. Das alles musste über Monate hinweg in den Felsgängen eingerichtet worden sein.

Die Silberminen von Taspegn waren tatsächlich ein idealer Ort für die dunklen Rituale gewesen. Sie lagen abseits aller öffentlichen Strassen, und nach dem Almabtrieb im September kam bis zur Alpsaison im nächsten Sommer niemand mehr dorthin. Zu steil war die Zufahrt über den alten Forstweg, zu karg war die Gebirgswelt dort oben.

Im Schutz der Nacht mussten die Mithrasmörder die Frauen hierher verschleppt und im grossen Kultraum auf dem Steinaltar geopfert haben. Die Blutspuren auf dem Boden der grossen Höhle zeugten von den makabren Ritualen. Ferner fanden sich in der Höhle neben den Spuren Redolfis, des Stummen und der Opfer noch DNA-Spuren von weiteren Personen. Der Kultgemeinde gehörten also offenbar deutlich mehr Männer an. Nach und nach drang etwas Licht ins Dunkel, und die Ermittler konnten die Puzzlestücke im Nachhinein einigermassen zusammensetzen.

«Die Sache mit den Motorrädern hatten wir überhaupt nicht auf dem Schirm», sagte Sabina. «Mit einem Motorrad bist du unglaublich flexibel, es lässt sich viel leichter stehlen als ein Auto, und niemand merkt sich in der Regel das Nummernschild.»

«Meinst du, die anderen Mitglieder der Mithrasgruppe waren alle mit Motorrädern unterwegs?», fragte Beeli.

«Ich will das auf jeden Fall überprüfen lassen. Sie müssten ja auch mal irgendwo abgestiegen sein. Ich werde sämtliche Gasthöfe und Hotels in der Gegend prüfen lassen. Jetzt fahr ich aber erst mal zu Rosenacker. Ich kann mir einfach nicht vorstellen, dass Redolfi nicht irgendwo noch Material hinterlassen hat.»

«Na, dann viel Glück. Malfazi hat ja das ganze Haus schon mal untersuchen lassen.»

Als Sabina die Bibliothek von Schloss Mondfels betrat, stand sehr zu ihrer Freude eine Schale mit Keksen auf dem Tisch.

«Wie geht es Ihnen?», fragte der Schlossherr.

«Wenn ich das hier sehe», sie zeigte auf die Kekse, «geht es mir prächtig. Ich kann mich an das Schlimmste zum Glück überhaupt nicht erinnern.»

«Ich hätte das nicht für möglich gehalten. Ein Gast meiner Stiftung.»

«Er hat Sie ausgenutzt. Hier war er im Zentrum des Geschehens und konnte sich geschickt hinter anderen verstecken.»

«Ich habe mich in ihm getäuscht», sagte Rosenacker, und Sabina sah, dass ihn das zutiefst verletzte. «Ich habe ihm geglaubt, dass er die Stille sucht, um die Musik zu ergründen.»

«Das hat er ja auch getan – aber eben nicht nur. Er muss das alles von hier aus geplant haben. Ist es nicht sonderbar, dass die Kollegen bei der Untersuchung seines Zimmers überhaupt nichts gefunden haben?»

«Sie können gerne noch mal schauen.»

Gemeinsam stiegen sie die alte Treppe hinauf ins Dachgeschoss von Schloss Mondfels und betraten Redolfis ehemalige Kammer. Es war eine kleine Zelle wie in einem Kloster. Durch das Dachfenster sah man auf die Ruine von Hohen Rätien und auf die Anhöhe von Carschenna. Links stand ein Schreibtisch, rechts ein einfaches Bett. Ein kleiner Schrank bot Platz für Kleider, ein Schaukelstuhl diente als Leseplatz.

Sabinas Kollegen hatten das Zimmer bereits ausgeräumt und alle Kleider zur Untersuchung gebracht. Auch Redolfis Laptop war längst auseinandergenommen worden. Die Festplatte war jedoch so fachmännisch zerstört worden, dass sich keine Daten mehr rekonstruieren liessen. Sabina wusste, dass die Kollegen ganze Arbeit geleistet hatten. Dennoch wollte sie sich mit den Ergebnissen nicht zufriedengeben. Sie bückte sich und sah unters Bett. Rosenacker blickte betreten zum Fenster, als sie ihm ihren Hintern entgegenstreckte. Sie bemerkte die Ungeschicktheit ihrer Bewegung und legte sich ganz auf den Boden. Doch auch unter dem Bett schien nichts mehr zu sein. Sabina stand auf und wandte sich zu Rosenacker um. «Wo würden Sie etwas verstecken, das keiner sehen soll?»

«Ich würde es wahrscheinlich verbrennen oder vergraben», antwortete er.

«Wo könnte Redolfi hier in der Nähe etwas vergraben haben?»

«Er war öfter im Garten bei der grossen Tanne. Der Platz ist vom Haus aus nicht einsichtig.»

Im Garten roch es nach Wiesenblumen. Sabina kniete neben der Tanne nieder und wischte mit der Hand Reisig und Stecken beiseite. An einer Stelle war die Humusschicht ungleichmässig und farblich verändert. Sie setzte den Spaten an, den Rosenacker ihr aus dem Stall geholt hatte, und grub.

In etwa vierzig Zentimetern Tiefe stiess sie auf etwas Hartes. Sie grub weiter und legte eine dunkelgrüne Kiste frei, wie man sie von der Armee kannte. Mit den Händen entfernte sie die letzten Erdreste und bat Rosenacker, ihr zu helfen. Gemeinsam hievten sie die Kiste aus der Grube und öffneten sie.

Sie fanden Pläne der Gegend, Zeitungsartikel über die Morde, kopierte Facebook-Seiten, biografische Notizen, Fotos der Opfer und als lose Blattsammlung Schlorfs Aufzeichnungen. Redolfi hatte tatsächlich den ganzen Ordner von Schlorf fingiert und mit Hinweisen versehen, die er im Duktus von Schlorfs Handschrift selbst geschrieben hatte. Als die Polizei Schloss Mondfels immer mehr in den Fokus genommen hatte, war ihm die Sache offenbar zu heiss geworden, und er hatte seine Unterlagen vergraben. Spätestens nach der ersten Befragung hatte er geahnt, dass die Polizisten wiederkommen würden. Den fingierten Ordner hatte er so auf dem Dachboden deponiert, dass man das Versteck für authentisch hielt, ihn bei einer Hausdurchsuchung aber dennoch finden würde. Er hatte wirklich alles bis ins Detail geplant und vorhergesehen.

«Wieso hat er mit so viel Aufwand Schlorfs Methode kopiert? Er hätte ihn doch auch einfacher belasten können?», fragte Sabina nach einer Weile.

«Ästhetik?», sagte Rosenacker. «Abseits aller Grausamkeit – diese Morde sind ein Kunstwerk. Von ausgesuchter, morbider Schönheit. Von den Wortbotschaften bis zu den Fundorten der Leichen. Redolfi war ein Ästhet – und offenbar betrachtete er diese Morde als Opfergabe für seinen persönlichen Gott. Ich kann es mir nicht anders erklären.»

«Warum Mithras?»

«Redolfi muss schwer unter der christlichen Religion gelitten haben. Und seine Mittäter auch. In Mithras haben sie wohl ihren Erlöser gefunden und sind darüber in einen krankhaften Wahn verfallen.»

«Die Erklärung für diesen Hass aufs Christentum muss in seiner Vergangenheit liegen», sagte Sabina. «Wir haben seine Biografie aufwendig recherchiert und keinen Hinweis gefunden. Wissen Sie etwas über Redolfis Hintergrund?»

«Nein, ich habe Ihnen alles gesagt, was ich weiss. Aber es gibt noch diesen Bruder, der in einem Kloster in Frankreich lebt.»

Sabina nickte. «Er war verreist, wir konnten ihn bisher noch nicht befragen. Aber ich werde herausfinden, ob er wieder da ist …» Sie stockte. «Noch etwas …» Sabina sah Rosenacker an. «Danke. Sie haben mir sehr geholfen.»

12

Eine Woche lang durchkämmten die Hundertschaften der Polizei das Gebiet zwischen Muttner Horn und Piz Curvér. Die Suchtrupps fanden unbekannte Eingänge zu den Silberminen von Taspegn, entdeckten Spuren der Maulesel im Traversiner Tobel, stiessen auf bisher nirgends vermerkte Spalten und Höhlen. Nur eines fanden sie nicht: die Männer, die mutmasslich mit Redolfi das tödliche Ritual vollzogen hatten. Waren die Täter noch in der Nacht der Mondfinsternis entkommen?

Auf dem Polizeikommando war man damit beschäftigt, die Mosaikstückchen zusammenzufügen, die zur vollständigen Aufklärung der Morde führen konnten.

Die Suche nach Hinweisen auf eine Kultgemeinschaft im Namen des Mithras blieb ergebnislos, dafür kamen viele Rückmeldungen aus der regionalen Hotellerie. Die meisten Verdächtigungen richteten sich gegen harmlose Touristen, ein Anruf aber weckte Sabinas Interesse.

«Das war die Chefin des Hotels Alte Post in Zillis», sagte sie, als Heini in ihr Büro kam. «Da sind in den letzten Monaten gleich dreimal drei zusammen reisende Männer abgestiegen. Motorradfahrer. Ich fahr hin und überprüfe das.»

«Ich fahr mit», sagte Heini.

«Aber du wolltest doch nicht mehr ins Feld?»

«Doch, ich lass dich erst mal nicht mehr allein.»

Sabina lächelte.

Die Wirtin der Alten Post war eine betagte Frau mit leichtem Buckel. Sie bat die Polizisten herein und versorgte sie mit Kaffee.

«Nun erzählen Sie mal von den drei Motorradfahrern, wann waren die denn genau da, und wie haben sie ausgesehen?»

«Ach, ausgesehen», sagte die Wirtin, «ich seh doch fast nix mehr. Aber einer war ein Westschweizer, das hat man gehört. Und der hat auch immer gleich bezahlt, wenn sie kamen. Müssen früh wieder weg, hat er gesagt. Und das war dann auch so. Die kamen am Abend, und am Morgen waren sie wieder weg.»

«Haben Sie einen Namen oder eine Kopie vom Ausweis?», fragte Heini.

«Nein.» Die alte Frau schüttelte den Kopf. «Die haben doch immer gleich bezahlt, nicht mal was gegessen.»

«Und in der Nacht?», fragte Sabina. «Haben Sie da was gehört?»

«In der Nacht schlafe ich», sagte die Wirtin.

Sabina lachte. «Dürfen wir mal sehen, wann die Männer da waren, haben Sie das aufgeschrieben?»

«Nein, aber das war am Tag vor der Auffahrt, irgendwann nicht lang danach und jetzt bei der Mondfinsternis.»

«War das zweite Mal vielleicht am Tag vor Fronleichnam?»

«Ja, das kann sein», sagte die Wirtin.

«Und Sie können die Männer wirklich nicht beschreiben?»

«Nein. Nur die tiefe Stimme und den Westschweizer Akzent von dem, der bezahlt hat.»

«Und sonst hat die drei niemand gesehen? Eine Kellnerin? Ein Gast?»

«Hm, also ich glaube nicht. Die sind ja auch immer gleich auf ihr Zimmer.»

«Vielen Dank, Frau Grischott», sagte Sabina, und auch Heini verabschiedete sich.

«Bringt uns das weiter?», fragte Sabina, als sie zurück aufs Polizeikommando fuhren.

«Es legt zumindest den Verdacht nahe, dass drei Männer aus der Mithrasgruppe da übernachtet haben und dann nachts hoch zu den Minen sind. Wir werden auf jeden Fall noch mal die Gäste und Nachbarn befragen.»

«So machen wir's», sagte Sabina und schaltete hoch. «Ich kümmer mich aber erst noch mal um Redolfis Bruder.»

13

Auf ihre Nachfrage bei der Communauté de Taizé bekam Sabina schon nach zwei Stunden eine Antwort. Ja, Bruder Dominique, der mit bürgerlichem Namen Redolfi heisse, sei von seiner Lateinamerikareise zurück. Sie sei herzlich willkommen, ihn zu treffen. Sabina meldete sich fürs Wochenende in dem Kloster an.

Über Lausanne und Dijon fuhr sie mit dem Zug nach Mâcon. Von dort aus nahm sie den Bus und war nach neun langen Reisestunden in dem kleinen Dorf Taizé in der Bourgogne. Neben rund zweihundert Einwohnern hatte sich hier die Gemeinschaft von Taizé niedergelassen, ein ökumenischer Männerorden mit rund hundert Brüdern. Zu diesen gesellten sich wöchentlich oft Tausende vornehmlich jugendlicher Pilger, die in Zelten übernachteten. Schon im Bus war Sabina auf junge Menschen aller Nationen getroffen, die fröhlich ihrem Ziel entgegenfieberten. Sie sangen und spielten Gitarre, lachten, assen, tranken. Sabina fühlte sich an ihre Jugendtage am Lagerfeuer erinnert.

Pascal Redolfi, jetzt Frère Dominique, war, wie sein Bruder Jean, ein stiller Charakter. Seine Statur war insgesamt breiter und stabiler als die des hageren Älteren, und er vermittelte mehr Lebensfreude. Seine Augen strahlten Wärme aus.

Als Sabina ihm erzählte, was Jean Redolfi verbrochen hatte, weinte der Mönch und betete stumm für seinen älteren Bruder.

Als er sich einigermassen gefasst hatte, erzählte er aus ihrer gemeinsamen Kindheit.

Die Mutter war Schweizerin gewesen und kam aus dem Schams. Sie hatte recht jung einen Franzosen geheiratet, und die Familie war nach Frankreich gezogen. Der Vater war bei einem Unfall, den er selbst verursacht hatte, gestorben, als sie noch Kinder gewesen waren. Sie hatten bei dem Unfall mit im Wagen gesessen. Vor allem Jean sei schwer traumatisiert gewesen, weil er das Ganze bei vollem Bewusstsein miterlebt hatte. Vier weitere Personen waren bei dem Unfall ums Leben gekommen. Die Mutter geriet durch den Unfall in eine schwere Psychose und hatte sich nie mehr davon erholt.

«Sie litt unter furchtbaren Schuldgefühlen für das, was durch den Unfall geschehen war. Dass unser Vater vier Menschen und sich selber durch den Unfall getötet hatte, verkraftete sie nicht.» Bruder Dominique hielt kurz inne. «Noch am Unfallort hat sie sich mit Kreuzen aus seinem Blut beschmiert und wirre Sätze gesprochen. Von da an hat sie jeden Tag Gott um Vergebung gebeten für die Sünde dieses Unfalls. Jeden Tag, von morgens bis abends. Können Sie sich das vorstellen?»

Sabina schüttelte den Kopf.

«Jeden Tag: Herr, verzeih uns, Herr, vergib uns. An ein normales Leben war überhaupt nicht mehr zu denken. Wir Kinder litten furchtbar darunter. Und dann, drei Jahre nach dem Unfall, nahm sie sich in der Kirche unseres Dorfes das Leben. Sie schnitt sich unter dem Kreuz die Halsschlagader auf.» Bruder Dominique schluckte. «Jean hat sie gefunden.»

Sabina sah betreten zu Boden.

«Wir kamen auf ein katholisches Internat», fuhr er fort. «Dort gab es einen Lehrer, der Jean Einzelunterricht erteilte. Er musste mehrmals in der Woche auf dessen Kammer kommen. Ich habe nie näher mit ihm darüber geredet, aber nach Vaters Tod, nach dem Tod unserer Mutter und erst recht seit diesen Geschehnissen im Internat hasste Jean das Christentum. Er machte die Religion für alles Schlechte in unserem Leben verantwortlich und verschloss sich immer mehr.»

«Und Sie?», fragte Sabina fassungslos. «Sie haben nach alldem das Kloster als Lebensort gewählt?»

«Die Prüfungen in unserem Leben sind hart», sagte Bruder Dominique, «aber ich habe in Gott meinen Frieden gefunden. Ja.»

«Und Ihr Bruder, hat er irgendetwas geliebt auf dieser Welt?»

«Seine tiefste Liebe galt der Musik, in ihr fand er Frieden. Er spielte immer ein Lied aus unserer Kindheit auf seiner Harfe. Das gab ihm Trost.»

«Hat er je mit Ihnen darüber gesprochen, dass er einer Vereinigung angehörte, einem Kult?», wollte Sabina zum Abschluss wissen.

Der Bruder schwieg.

«Wir haben nicht mehr miteinander geredet, seit ich in die Gemeinschaft eingetreten bin», sagte er nach einer langen Pause.

«Danke, Bruder Dominique», sagte Sabina. «Sie haben mir geholfen zu verstehen, was bei uns passiert ist.»

Um halb neun fand das Abendgebet statt. Unter Hunderten von Gästen setzte sich Sabina auf den Teppichboden der Versammlungshalle, die in ein warmes rotes Licht getaucht war. Der Klang von Gitarren, Flöten, Oboen, ja sogar einer Harfe erfüllte den Raum. Die Gemeinde sang Lieder, die in ihrer Einfachheit und Gleichförmigkeit ergreifend waren. Sabina liess ihre Seele in den Klängen ankommen und sang die lateinischen Verse mit. Ein tiefes Glücksgefühl erfasste sie. Die Heilkraft der Musik wirkte. Eine Erfahrung, die sie mit Redolfi teilte. Sie sah die Opfer noch einmal vor sich. Weiss und unschuldig. Die Arme zu Kreuzen ausgestreckt. Sie weinte.

***

An diesem Sonntag wurde auf dem Marienheiligtum Ziteil an der Ostseite des Piz Curvér wie jedes Jahr das Kirchweihfest begangen. Ziteil war das höchstgelegene Gotteshaus Europas und ein berühmter Pilgerort. Hier war der Legende nach 1580 einem jungen Mädchen die heilige Maria erschienen und hatte Besserung von den sündigen Menschen im Tale gefordert. Seither war das Heiligtum immer wieder erneuert worden und hatte sich über die Jahrhunderte zu einem viel besuchten Wallfahrtsort entwickelt.

Vom Schams her war es über einen kleinen Pfad durch die unwirtliche Gebirgswelt um den Piz Curvér zu erreichen. Vom Oberhalbstein aus führten mehrere Wege auf die beträchtliche Höhe von 2.434 Metern. Unter die vielen Pilger, die an diesem Sonntag die heilige Stätte erwanderten, mischten sich nacheinander auch drei hagere, bärtige Männer, die aus der Steinwüste um den Piz Curvér kamen. Im Heer der Pilger fielen sie nicht weiter auf. Sie nahmen am Abendmahl teil, das sie aus ihrer Kindheit und Jugend nur zu gut kannten, und knieten vor dem Kruzifix nieder, das vor einem der riesigen Panoramafenster errichtet war.

Keiner der anderen Pilger konnte ahnen, dass die drei Männer die Schöpfer eines blutigen Kults waren, der die christliche Welt in Angst und Schrecken versetzen sollte. Niemand merkte den Männern an, wie tief ihr Hass auf die Religion war, die hier oben verehrt wurde. Am nächsten Morgen stiegen sie zusammen mit anderen Pilgern ab. Im Oberhalbstein trennten sie sich und fuhren mit verschiedenen Postbussen weiter. Als Hohepriester und Messdiener hatten sie sich einem Kult verschrieben, der einen Gott verehrte, der einst aus dem Felsen geboren worden war. Im Namen dieses Gottes hatten sie eine Gemeinde aus sieben Männern hinter sich versammelt, die nur einen Auftrag hatte: die Religion zu strafen, die den Lichtgott Mithras einst getötet hatte. Sieben Jahre sollte das Sühnen dauern. Die erste Stufe im Schatten der Viamala-Schlucht war vollbracht. Ihr Mitbruder Jean war ins ewige Licht eingegangen. Und sie konnten vorerst zurückkehren in ihr bürgerliches Leben.

14

Es war gar nicht so leicht gewesen, seine Telefonnummer herauszufinden. Die Yogalehrerin hatte ihr schliesslich geholfen. Zu Sabinas Überraschung hatte er sofort zugesagt. Ohne taktische Spielchen. Er wartete am Parkplatz über dem Wald, direkt am Ortseingang von Glas. Von hier aus führte der Weg über die Westflanke des Piz Beverin in etwa drei Stunden hinauf zum Gipfel. An manchen Stellen konnte es um diese Jahreszeit noch vereist sein. Sie hatten sich vorher darauf verständigt, das Wagnis einzugehen.

«Salü, Sabina», sagte er und gab ihr drei Küsschen auf die Wangen.

Sie grüsste mit einem «Salü, Daniel» und berührte ihn beim Küsschentausch dezent am Arm. Sie stellten ihre Wanderstöcke ein, verstauten Steigeisen und Pickel im Rucksack und gingen los. Über Gras und Büsche stiegen sie hinauf bis zum Fuss der Krähenköpfe. Der Weg wurde immer schmaler, während die Grashänge zum Carnusatal hin steil abfielen.

«Pass auf!», rief er ihr zu. «Wenn du hier abrutschst, bist du weg.»

Sabina wählte ihre Schritte mit Bedacht. Als sie etwas unterhalb am Hang vier Steinböcke sah, warf sie ihm ein «Sssst» zu. Er zückte sein Handy und machte ein Bild.

Der Weg schlängelte sich auf dem Grat entlang und wurde zusehends steiniger. Nach den Krähenköpfen kam der heikelste Teil. Durch die Westflanke ging es über Fels und Schiefergeröll hinauf zur Beverinlücke. Der Weg war teilweise noch von Schneefeldern bedeckt, sie legten die Steigeisen an und gingen mit äusserster Vorsicht.

Nach etwa drei Stunden hatten sie die Beverinlücke erreicht. Der Anstieg zum flach abfallenden Gipfelrücken war kein Problem mehr. Um die Mittagszeit standen sie auf dem Gipfel und genossen die silbergraue Schiefermondlandschaft, in der vereinzelt weisse Schneetupfer leuchteten. Je weiter der Blick in die Ferne schweifte, desto mehr wurde Sabina bewusst, wie sehr sie die Bündner Berge liebte. Nachdem Daniel sie im Gipfelbuch eingetragen hatte, gab er ihr einen Kuss auf die Wange.

Die Terrasse im Gasthaus Beverin war prallvoll. Viele Einheimische und Touristen nutzten den sonnigen Sonntag, um an der frischen Luft zu Mittag zu essen. Willi, der Besitzer, war am ganzen Berg bekannt. Auch wenn er ursprünglich aus dem südlichsten Zipfel Badens kam, war er für alle ein Einheimischer. Seine Küche war hervorragend, die Leute kamen zuhauf aus dem Tal zu ihm heraufgefahren.

Sabina bestellte einen Haussalat. Daniel liess sich eine gebratene Hirschwurst mit Rösti schmecken. Dazu tranken beide einen Apfelmost aus der Region. Es tat Sabina gut, ein wenig Abstand zu den Verbrechen zu haben.

Am Abend setzte sie sich vor ihr Haus, genoss die letzten Tupfer der Sonne und meinte, seit Langem wieder einmal ein Gefühl von Verliebtheit zu spüren. Hatte es sie tatsächlich erwischt? Und wollte sie ihre wiedergewonnene Freiheit wirklich noch einmal gefährden? Daniel hatte auf dem Gipfel wie sie gefühlt, das hatte sie gespürt.

Sie tippte eine Nachricht in ihr Handy und drückte die Sendetaste. Als zwei Minuten später ein Bild von vier Steinböcken zurückkam, wusste sie, dass es richtig gewesen war, in die Heimat ihrer Mutter zu ziehen. Sie blickte auf die leuchtenden Gipfel des Val Schons und liess sich vom betörenden Farbenspiel des Himmels verzaubern. Sie fühlte so etwas wie Glück in ihrem Herzen. Sie war angekommen in Graubünden.

Dank

Ich möchte mich sehr herzlich für die vielseitige Unterstützung bedanken, die ich vor und während der Arbeit an «Schattengott» erfahren habe:

Bei Julia für das schonungslose Erstlektorat, ihre guten Anregungen und dafür, dass sie mir stets den Rücken freigehalten hat. Bei Simon Beeli-Tester für die Bereitstellung seiner Hütte auf dem Heinzenberg. Bei Anselmo Gadola für die Zusendung vieler Artikel über das Schams, die Mithrashöhle und die Felsen von Carschenna. Bei meinen Testlesern Enno de Haan, Dolores Rupa, Katharina Lareida und Jürgen Paulus für ihre wertvollen Feedbacks. Bei Stephan Kaufmann und Denise Dillier für ihre Unterstützung. Bei Toni Thaller für die lebhafte Führung durch die Silberminen von Taspegn. Bei Daniel Zinsli für die Erläuterungen zur Struktur der Kantonspolizei Graubünden, über die ich mich teilweise bewusst hinweggesetzt habe. Bei Marco Liver für die Informationen zum regionalen Polizeibetrieb in Thusis und im Schams. Bei Wolfram Hüsken für die Hintergrundinfos zur Welt des Internets. Bei Michael Fuchs für die Gestaltung des Exposés. Bei Matthias Horn und Alexander Puchta für die grafische Unterstützung. Bei Christian Frick für den Schreibtisch in der Erstbesten. Bei Beate Matterstock für die Yogastunden. Bei Ursula von der Leyen für die Einführung des Elterngelds. Bei den Familien Arnold und Seilacher für ihr stets offenes Haus am Heinzenberg. Und bei meinen Eltern dafür, dass sie mich früh zu diesem wunderbaren Ort geführt und mir die Liebe zu den Bergen vermittelt haben. Ferner danke ich dem Emons Verlag und sehr herzlich meiner Lektorin Stefanie Rahnfeld.

Als wissenschaftliche Quellen für die Romanfiktion dienten mir unter anderem die Artikel von Jürg Rageth und Alfred Liver über die Kulthöhle von Zillis und die Felsen von Carschenna. Die Hintergrundinformationen zum Mithraskult stammen aus Büchern von Manfred Clauss, Walter Burkert, Reinhold Merkelbach, Franz Cumont und David Ulansey. Informationen zur Geschichte des frühen Christentums lieferte mir vor allem Michael Walshs Buch «Christen und Cäsaren».

Uli Paulus